콘택트
2

CONTACT
by Carl Sagan

Copyright © 1985 by Carl Sagan

All rights reserved including the rights of reproduction in whole or in part in any form.

Korean Translation Copyright © 2001 SCIENCE BOOKS Co., Ltd.

Korean translation edition is published by arrangement with the original publisher, Simon & Schuster, Inc. through KCC.

이 책의 한국어판 저작권은 KCC를 통해 Simon & Schuster, Inc.와 독점 계약한 **(주) 사이언스북스**에 있습니다.

저작권법에 의해 한국 내에서 보호를 받는 저작물이므로 무단 전재와 무단 복제를 금합니다.

콘택트
CONTACT

2

칼 세이건
SF 장편소설

이상원 옮김

차례

2부 직녀성을 향하여

13장 바빌론 7

14장 조화진동자 33

15장 에르븀 못 63

16장 오존의 노인들 91

17장 개미의 꿈 115

18장 대통일 이론 135

3부 시간과 공간을 건너

19장 숨은 특이점 157

20장 거대한 중앙역 179

21장 인과 관계 223

22장 길가메시 251

23장 프로그램 재설정 261

24장 예술가의 서명 293

CONTACT

1권 차례

작가의 말

1부 우주의 메시지

1장 초월수

2장 간섭광

3장 백색잡음

4장 소수

5장 알고리듬 해독

6장 겹쳐 쓴 양피지의 사본

7장 은하 구름 에탄올

8장 무작위 선택

9장 누미너스

2부 직녀성을 향하여

10장 세차 운동

11장 세계 메시지 컨소시엄

12장 이성질체

옮기고 나서

13장
바빌론

가장 신뢰할 수 있는 동반자들과 함께
나는 바빌론 거리를 걸었다.
——아우구스티누스의 『고백록』 II, 3

아르고스 연구소의 크레이 21 컴퓨터는 직녀성으로부터 매일 수신되는 세번째 층의 데이터를 초기 것과 비교하는 역할을 담당했다. 1과 0으로 이루어진 해독 불가능한 긴 배열이 자동적으로 이전 배열과 비교되는 것이었다. 메시지 중에는 여러 번 반복되는 짧은 단위들도 있었다. 분석 담당자들은 그 단위를 희망적으로 〈단어〉라고 표현했다. 하지만 수천 페이지 중에서 단 한 번 등장하는 배열 단위들도 많았다. 이렇게 통계적으로 접근하는 해독 방식은 엘리에게는 고등학교 시절부터 익숙한 것이었다. 다만 국가안전보장회의 전문가들로부터 입이 떡 벌어질 정도로 훌륭한 해독 프로그램을 제공받는다는 점이 커다란 차이였다. 그 해독 프로그램은 대통령의 직권 명령이 있어야만 사용이 가능했으며 프로그램 정밀 분석에 들어가면 자동으로 파괴되었다.

〈정말 상대방의 암호를 읽기 위해 얼마나 많은 창의적 두뇌가 투입되는 걸까.〉 엘리는 생각했다. 근래 약간 완화되기는 했지만 미소간의 대립은 여전히 세계를 갉아먹고 있었다. 모든 나라가 군비에 재원을 쏟아부어야 한다는 문제만은 아니었다. 물론 다른 시급한 용도를 제쳐두고 2조 달러가 매년 투입된다는 것을 생각하면 이 또한 심각한 문제이기는 했다. 하지만 더 나쁜 것은 훌륭한 두뇌들이 그 군비 경쟁에 동원된다는 데 있었다.

대략 추산해보면 지구상 전체 과학자의 절반 정도가 전세계 200여 군수 시설의 직원이었다. 더욱이 그들은 가장 우수한 두뇌기도 했다. 엘리의 동료들은 물리학이나 수학 박사 학위 과정을 밟으려던 누군가를 군수 관련 기관에서 뽑아가 버렸다는 소문을 듣고 안타까워하는 일이 드물지 않았다. 과학이나 수학을 군사적으로 응용하기 위해서는 특정한 성격 혹은 마음 자세가 필요한 법이었다. 이를테면 거대한 폭발을 좋아한다든지, 개인적인 주먹다짐에는 흥미가 없지만 학교 시절 겪었던 부당한 대우에 복수하려는 목적으로 군사적 통제권을 원한다든지 하는 것 말이다. 세상에서 가장 복잡한 메시지를 해독하고 싶어하는 퀴즈 광도 적합할 것이다. 때로는 정치적인 동기도 존재했다. 국제 분쟁이나 이민 정책, 전시의 잔혹 행위, 경찰의 난폭성, 국가적 선전 선동 등등. 엘리는 그 많은 사람들의 재능이 군사 관련 업무 대신 인류와 지구의 행복을 위해 바쳐지는 상황을 상상해 보았다.

엘리는 자리를 비운 동안 쌓인 자료를 살펴보았다. 통계 분석 결과가 1미터 높이로 쌓여져 있었지만 메시지 해독에는 전혀 진전이 없는 듯했다. 정말 기운 빠지는 일이었다.

엘리는 아르고스 연구소 누구라도 붙잡고 자신이 데어 헤르의 행동에서 얼마나 큰 상처를 입고 분노를 느꼈는지 다 털어놓고 싶었다. 가까운 여자 친구라면 더 좋을 것이었다. 하지만 그런 친구는 없었다. 그렇다고 전화통을 붙잡고 싶은 기분도 아니었다.

물론 대학시절 친구인 베키와 오스틴에서 만나 주말을 보내기는 했다. 하지만 평소 남자를 비꼬거나 혹평하는 명수였던 베키가 이번에는 웬일인지 온건한 견해를 보였다.

「그 사람은 대통령의 과학자문이야. 그리고 이건 역사상 가장 위대한 발견이라고. 그렇게 심하게 굴 것 없잖아」

베키는 그렇게 엘리를 달랬었다.

「곧 네 곁에 돌아올 거야」

하지만 베키가 데어 헤르를 매력적으로 여긴다는 점을 감안해야 했다. 베키와 데어 헤르는 국립 뉴트리노 천문대 개관식에서 만난 적이 있었다. 또한 베키는 권력에 집착하는 경향이 있었다. 만약 데어 헤르가 그저 별 볼일 없는 분자생물학 교수로서 엘리를 그렇게 대했다면 아마 베키의 신랄한 비난을 피하지 못했을 것이다.

파리에서 돌아온 데어 헤르는 미안하다고 사과하면서 온갖 방식으로 애정을 표현했다. 낯설고 어려운 정치적인 문제들에 대해 책임지는 역할을 하다보니 너무 신경이 날카로워져 있었다고 변명을 늘어놓으면서 말이다. 또한 자신과 엘리의 관계가 공개된다면 미국 대표단장으로서의 지위나 공동 의장으로서의 체면이 손상되었을 거라고도 했다. 우선 키츠 차관보가 그대로 두고만 보지는 않았을 것이다. 데어 헤르는 또 며칠 내내 겨우 몇 시간 잠 잘 수 있었을 뿐이었다고 설명했다. 엘리는 너무 설명이 장황하다고 생각했지만 당분간은 관계를 지속하기로 결정했다.

* * *

처음 그것을 눈치 챈 사람은 야간 당직자였다. 나중에 야간 당직자는 그렇게 빨리 알아차렸던 것이 초고속 컴퓨터나 국가안전보장회의 해독 프로그램이 아닌, 새로 나온 헤든 문맥 판독 칩 덕분이었다고 털어놓았다. 컴퓨터가 경보음을 낸 것은 날이 밝기 한 시간쯤 전 직녀성이 낮게 떠 있을 무렵이었다. 당직자는 약간 짜증을 내면서 읽던 책을 내려놓고 화면을 바라보았다.

반복 텍스트 페이지 41617-41619: 불일치 비트 0/2271
상관계수 0.99+

그가 화면을 보고 있는 동안 41619라는 숫자는 41620이 되었다가 다시 41621이 되었다. 그런 식으로 반복되는 페이지 수가 계속 하나씩 늘어났다. 상관계수가 우연한 것이 아니라는 것은 분명했다. 당직 근무자는 엘리의 숙소로 직통 전화를 걸었다.

엘리는 깊은 잠에 빠져 있었던 터라 잠시 어리둥절했다. 하지만 곧 스탠드를 켜고 즉시 아르고스 연구소의 수석 연구원들을 소집시키라고 지시했다. 그러고는 연구소 어딘가 있을 데어 헤르에게는 자기가 연락하겠다고 말했다. 그건 전혀 어려운 일이 아니었다. 엘리는 옆에 누운 데어 헤르의 어깨를 흔들었다.

「일어나요. 메시지가 반복되고 있는 것 같아요」
「뭐라고?」
「다시 처음과 동일한 메시지가 들어온대요. 당직 근무자 말로는 그렇군요. 당장 가 봐야겠어요. 당신은 당신 방에서 오는 것처럼 10분쯤 후에 출발하도록 하세요」

「아니, 어떻게 벌써 반복이 된다는 거요? 그럼 해독 열쇠는 없다는 말인가?」 데어 헤르가 이렇게 소리쳐 물었을 때 엘리는 벌써 문을 나서고 있었다.

화면에는 1과 0으로 이루어진 두 배열이 나란히 흘러갔다. 현재 수신되는 데이터와 1년 전에 수신되었던 데이터가 비교되고 있는 것이다. 컴퓨터 프로그램이 무슨 차이점을 추출해낼지는 모르지만 눈으로 보기에 아직은 아무런 차이점이 없었다. 이것은 그간 송신이나 수신 상에 오류가 없었다는 것, 그리고 혹시나 직녀성과 지구 사이의 행성간 구름층에서 데이터 손상이 있었더라도 극히 드문 일이었다는 것을 보여주었다. 아르고스 연구소는 세계 메시지 컨소시엄에 소속된 수십 개의 다른 망원경들과 실시간으로 의사소통을 하고 있었고 메시지가 반복된다는 소식은 캘리포니아, 하와이, 남태평양의 마셜 네들린 위성, 그리고 시드니 순으로 서쪽으로 전달되고 있었다. 네트워크를 이룬 망원경 중 다른 어느 하나가 이런 발견을 했다 해도 아르고스는 똑같이 즉각 연락을 받게 되었을 것이다.

해독 열쇠가 메시지 시작 부분에서 주어지지 않았다는 것은 분명 실망스러운 일이었다. 하지만 놀라운 일은 또 있었다. 메시지의 페이지 수가 4만 대에서 1만 대로 갑자기 내려간 것이다. 그렇다면 아르고스 연구소는 직녀성으로부터 온 메시지를 거의 처음부터 받았다는 얘기가 된다. 물론 소형 전방향 망원경이라 해도 충분히 수신할 만한 강한 전파였기 때문에 무리한 얘기는 아니었다. 하지만 하필이면 아르고스 연구소의 망원경이 직녀성을 향하고 있었던 그 순간에 전파가 도착하기 시작했다는 것은 놀라운 우연의 일치가 아닐 수 없었다. 또한 메시지가 1만 단위의 페이지에서 시작한다는 것은 무슨 뜻일까? 처음부터 1만 페이지까지가 분실된 것일까? 혹은 페이지 수를 1부터 세는 것은 그저 지구에서나 통용되는 낡은 관습일까? 숫자들은 페이지 번호가 아닌 다른 어떤 것일까? 아니면 지구인과 외계인 사이에 존재하는 사물을 대하는 기본적인 차이를 드러내는 것일까? 엘리에게는 마지막이 가장 걱정스러운 가정이었다. 만약 그렇다면 세계 메시지 컨소시엄이 메시지를 해독하는 일은 얼마나 어려울 것인가?

메시지는 정확하게 반복되었고 빠졌던 부분은 모두 채워졌다. 하지만 아무도 이해하지 못했다. 다른 모든 면에서 세심함을 발휘했던 송신 문명이 실수로 해독 열쇠를 넣지 않았으리라고는 보기 어려웠다. 최소한 올림픽 방송이나 기계의 내부 디자인은 정확히 지구인을 겨냥하고 있지 않았나. 인간이 이해할 수 없는 메시지를 전송하기 위해 그 모든 수고를 감내했다고는 생각할 수 없는 일이었다. 그렇다면 인간들이 무언가를 간과하고 있는 것이 분명했다. 곧 모두들 어딘가에 네번째 층이 있다는 데 의견이 모아졌다. 하지만 그건 어디 있는 것일까?

수신되었던 도표들은 여덟 권짜리 책으로 만들어져 전세계에 배포되었다. 지구의 모든 사람들이 그림을 이해하기 위해 애를 썼다. 12면체와 꿈틀거리며 기어다니는 벌레 같은 모양의 선들에 특히 많은 이들이 관심을 보였다. 수많은 추측과 가설이 아르고스 연구소로 보내져왔다. 특히 주간지 같은 매체에서는 온갖 허무맹랑한 해석이 난무했다. 도형을 기초로 한 갖가지 주장도 판을 쳤다. 메시지를 보낸 측에서는 상상도 못했을 내용이었다. 〈고대의 신비적 12면체 질서〉라는 것이 발표되었다. 12면체의 기계는

UFO라고도 했고 운명의 여신이 돌리는 바퀴라는 설도 있었다. 어떤 브라질의 사업가는 천사가 나타나 메시지와 도표의 그림을 설명해 주었다고 주장하면서 그 해석을 전세계에 뿌렸다. 해석해야 하는 도표들이 그토록 많았던 만큼 전세계 모든 종교가 최소한 어느 한 군데에선가는 자신들의 종교적 상징을 찾아낼 수 있었다. 기계의 횡단면이 벚꽃과 비슷하게 보인다는 점 때문에 전 일본 열도는 흥분에 빠졌다. 아마 사람 얼굴처럼 보이는 도표가 있었다면 메시아의 열풍이 세계를 휩쓸었을 것이다.

그렇지 않아도 놀라울 정도로 많은 사람들이 구세주의 재림에 대비해 생업을 정리하고 있었다. 전세계의 산업 생산성은 0에 가까웠다. 가지고 있던 재산을 몽땅 가난한 사람들에게 나누어준 사람들은 재림이 지연됨에 따라 자선 단체나 정부에 손을 벌릴 수밖에 없었다. 자신이 종말을 준비하며 기부했던 바로 그 물건을 자선 단체로부터 되받게 되는 웃지 못할 사태까지 벌어졌다. 종교 지도자들은 각국 정부 지도자에게 재림으로 기아가 끝나게 될 것이라 장담했다. 또 머지않아 10년 정도의 광란의 세월이 시작될 것인데 그때 금융적인 혹은 국가적인 이익을 볼 기회를 놓치지 말아야 한다고 주장하는 축도 있었다.

해독 열쇠 같은 것은 없으며 이것은 인간에게 겸허함을 가르치기 위한, 혹은 모두를 미치게 만들기 위한 메시지라는 주장도 나왔다. 인류는 스스로 생각하듯이 총명한 존재가 아니리는 내용의 신문 사설이 실렸고 정부의 모든 지원을 받은 후에 결국 실패하고 만 과학자를 비난하는 소리도 높았다. 인류는 직녀성 사람들이 믿고 소통하기에는 너무도 바보스러운 존재인지도 몰랐다. 이런 식의 접촉을 했던 과거 은하계 역사의 모든 문명에게는 너무도 명백했던 무언가를 인류만이 놓치고 있는지도 모르는 일이었다. 일부 식자들은 이러한 우주적 자괴론을 쌍수 들어 환영했다. 그건 그동안 그들이 인류를 어떻게 보아왔는지 잘 보여주는 것이었다. 얼마간 시간이 지난 후 엘리는 도움을 청해야겠다고 결정했다.

* * *

그들은 안에서 나온 사람의 안내를 받아 엔릴 대문 안쪽으로 들어갔다. 까다로운 총무처 보안 규정에 따라 엘리는 경호 담당의 수행을 받아야 했다.

햇빛이 약간 남아 있는 시간이었지만 벌써 석유등과 횃불이 더러운 거리를 밝혔다. 올리브유 소매점으로 들어가는 입구 양 옆에는 어른도 충분히 들어갈 만큼 커다란 항아리 두 개가 놓여 있었다. 간판 글씨는 설형 문자였다. 이웃한 건물 위쪽으로 사자를 조각해 놓은 멋진 벽이 보였다. 아슈르바니팔 왕 시대의 아시리아에서 만들어진 것이었다. 아수르 신전에 다가갔을 때 군중들 틈에서 몸싸움이 벌어졌고 안내인은 멀리 돌아가는 길을 택했다. 이제 엘리는 한눈에 피라미드형 사원을 볼 수 있었다. 횃불이 밝혀진 넓은 길이 내려다 보였다. 사진에서 본 것보다 훨씬 더 아름다운 모습이었다. 행진곡 소리가 들렸다. 관악기 같았지만 처음 들어보는 소리였다. 세 남자와 말 한 마리가 시끄러운 소리를 내며 스쳐갔다. 마차꾼은 프리기아 식의 원뿔형 두건을 쓰고 있었다. 일몰 구름이 둘러싼 피라미드형 사원의 꼭대기는 창세기에 나오는 교훈적인 구절을 연상시켰다. 일행은 왼쪽으로 꺾어 이시타르 길로 접어든 뒤 골목을 통해 사원으로 들어갔다. 전용 승강기 안에서 안내인은 꼭대기 층을 눌렀다. 〈사십 층〉이라고 쓰여 있었다. 숫자가 아닌 글자로 말이다. 곧 유리판이 번쩍이며 〈신들〉이라는 글자가 떠올랐다.

헤든 씨는 곧 도착할 것이라 했다. 기다리는 동안 무얼 마시겠느냐는 질문에 엘리는 아무것도 필요 없다고 대답했다. 엄청난 장관에 다른 생각을 전혀 할 수 없을 정도였다. 엘리 바로 앞에 바빌론이 펼쳐져 있었다. 오래전에 잃어버린 시간과 장소가 재창조된 셈이었다. 낮에는 박물관이나 학교들, 그리고 여행사에서 출발한 전세 버스들이 관광객을 태우고 이시타르의 문을 통과해 들어왔다가 날이 어둡기 전에 되돌아갔다. 헤든은 이런 낮 손님들에게서 얻어지는 수익금을 모두 뉴욕 시와 롱아일랜드의 자선 단체에 기부했다. 낮 시간의 관광은 아주 인기가 좋았다. 밤의 바빌론 구경은 꿈도 못 꿀 사람들에게는 낮의 관광만 해도 퍽이나 반가운 일이었던 것이다. 물론 정확히 말해 꿈이야 모두 다 꿀 수 있었겠지만.

어두워지고 나면 바빌론은 성인용 놀이동산이 되었다. 함부르크의 리퍼반과는 비교도 안 될 정도로 대단한 곳이었다. 아직까지 이곳은 뉴욕 최대의 관광 명소였고 수익도 가장 많았다. 헤든이 어떻게 뉴욕 주 바빌론의 시의원들을 설득했는지, 또 주 정부와 연방 정부의 매음 금지법을 완화시키기 위해 어떤 로비를 펼쳤는지는 잘 알려진 사실이었다. 맨해튼의 중심부에서부터 이시타르의 문까지는 기차로 반시간 남짓에 불과했다. 경호 담당의 만류를 뿌리치고 엘리는 고집을 부려 기차를 탔다. 승객 중 1/3은 여자였다. 기차 안에는 낙서도 없었고 소매치기 당할 걱정도 없었지만 백색잡음은 뉴욕 시 지하철과 비교해 훨씬 질이 떨어졌다.

헤든은 국립 엔지니어링 학회 회원이었지만 엘리가 아는 한 회의에 참석한 적이 없었고 그래서 엘리는 아직까지 헤든을 만나보지 못했다. 하지만 몇 해 전 광고 심의회에서 주도한 반(反)헤든 캠페인 포스터 덕분에 그의 얼굴은 수백만 미국인들에게 잘 알려져 있었다. 험상궂은 표정을 지은 헤든의 얼굴 아래 〈비(非)미국인〉이라고 쓰인 포스터였다. 비스듬하게 경사가 진 유리벽 옆에서 그런 생각에 빠져 있던 엘리는 갑자기 나타난 키가 작고 통통한 체격의 남자를 보고 깜짝 놀랐다.

「아, 미안합니다. 왜 사람들이 저를 두려워하는지 이해할 수가 없군요」

그의 목소리는 놀랄 정도로 음악적이었다. 5도 음정쯤 될까. 그는 굳이 자기 소개를 할 필요가 없다고 생각한 듯 고갯짓으로 조금 열려 있는 문을 가리켰다.

그 방으로 들어가자 바빌론보다는 조금 덜 화려한 고대 도시의 정교한 모형이 탁자 위에 놓여 있었다.

「폼페이입니다」

헤든이 설명 조로 말했다.

「여기서 핵심은 운동장이지요. 권투 규제 조치 이후 미국에는 더 이상 건전한 유혈 스포츠가 존재하지 않습니다. 이건 심각한 일입니다. 유혈 스포츠야 말로 국가의 혈관에서 독소 요소를 빼내주는 역할을 하거든요. 이제 모든 설계가 끝났고 허가증도 받았는데 또 일이 터지고 말았습니다」

「무슨 일 말씀인가요?」

「검투 시합은 안 된다는 겁니다. 방금 새크라멘토에서 연락이 왔습니다. 캘리포니아에서 검투 시합을 금지하는 법안이 상정되었다는군요. 너무 폭력적이라나요. 그럼 고층 건물 짓는 것은 폭력적이 아닙니까? 공사 과정에서 한두 명은 예사로 죽어나가지 않습니까? 그건 노조도 알고 건축주도 아는 일입니다. 그래도 석유 회사나 비벌리힐스 변호사들에게 사무실이 필요하다는 설명만 있으면 끝이지요. 물론 검투에서도 몇 명의 희생은 불가피합니다. 하지만 우리는 단검보다는 삼지창이나 그물을 주로 사용할 생각이었습니다. 도대체 입법 의원들은 뭐가 중요한지 전혀 모르는 모양입니다」

헤든은 이어 올빼미 같은 눈으로 엘리를 바라보며 마실 것을 권했다. 엘리는 다시 한번 사양했다.

「직녀성에서 온 설계도에 대해 말씀하시고 싶다고요, 저 역시 그 문제에 관심이 많습니다. 말씀드릴 것도 있고요. 우선 먼저 시작하시죠. 해독 열쇠가 어디 있는지 알고 싶으십니까?」

「몇몇 분에게 도움을 청하고 있는 중입니다. 헤든 씨는 발명도 많이 하신 걸로 압니다. 특히 문맥 판독 칩은 이번 메시지 반복을 포착하는 데 커다란 역할을 했지요. 그래서 직녀성 생명체들의 입장에 서서 통찰력을 좀 발휘해 주셨으면 해서요. 당신이라면 해독 열쇠를 어디에 두셨을 것 같나요? 물론 굉장히 바쁘신 분이라는 것은 알고 있습니다만 염치 불구하고……」

「아, 아닙니다. 괜찮습니다. 물론 바쁜 것은 사실이지만요. 저는 매일의 업무를 규칙적으로 만들려고 노력합니다. 앞으로 커다란 변화가 있을 것이기 때문에……」

「천년왕국설 말씀인가요?」

엘리는 그가 월스트리트 헤든 증권 회사, 유전공학 주식회사, 헤든 인공지능 사, 그리고 바빌론까지 모든 재산을 가난한 이들에게 기부하는 광경을 상상했다.

「아니, 꼭 그런 것은 아닙니다. 자, 이제 당신 질문에 대해 생각을 해 볼까요. 당신 질문은 퍽 재미있군요. 도움을 요청받는 입장이 된 것도 기분이 좋습니다. 저도 도표들을 살펴보았지요」

헤든은 책상 위에 늘어놓은 책 여덟 권을 가리켰다.

「정말 놀라운 내용이기는 하지만 그 안에 해독 열쇠가 들어 있는 것으로 보이지는 않습니다. 최소한 도표들 안은 아닙니다. 어째서 당신이 해독 열쇠가 반드시 메시지 안에 있을 거라고 생각하는지 모르겠군요. 화성이나 명왕성, 또는 오르트 혜성운 같은 데 놓아두었을지도 모르는 일 아닙니까? 그럼 우린 그걸 찾는 데 몇 세기 정도 걸리겠죠. 지금 현재 우리가 알고 있는 것은 이 멋진 기계 그림과 삼만여 페이지에 달하는 설명문이 있다는 정도입니다. 하지만 어찌어찌 해독을 한다 해도 기계를 만들 수 있는지는 모릅니다. 어쩌면 몇 세기 동안 기다리면서 그동안 기술을 발전시켜 결국 기계를 제작할 수 있는 단계에 이르러야 할 수도 있죠. 해독 열쇠를 가지고 있지 않음으로써 우리와 미래의 세대가 연결되는 것이라고 할까요. 인류 앞에 몇 세대를 거치며 해결해야 할 과제가 던져진 셈입니다. 어때요, 멋진 생각이 아닙니까? 이게 맞다면 숨겨진 해독 열쇠를 찾으려는 당신 노력은 모두 잘못된 일입니다. 찾으려고 애쓰지 않는 편이 좋겠죠」

「아니에요, 전 그렇게 생각하지 않아요. 당장 해독 열쇠를 찾아야 해요. 직녀성이 영원히 우리를 기다려 준다는 보장이 있나요? 응답을 하지 못해 결국 통신이 두절된다면 그건 애당초 통신이 시작되지도 않은 것보다도 못하게 되는 거예요」

「일리 있는 말입니다. 난 그저 가능한 모든 가능성을 생각해본 것뿐이오. 자, 그럼 몇 가지 사소한 가능성과 사소하지 않은 가능성에 대해 말씀드리지요. 우선 사소한 가능성부터 봅시다. 첫째, 해독 열쇠는 메시지 안에 있을 수 있습니다. 다만 데이터 비율이 다를지 모르지요. 한 시간당 1비트의 비율로 다른 메시지가 숨어 있다면 탐지가 가능했을까요?」

「물론입니다. 저희는 그런 긴 간격의 수신 가능성을 모두 살펴보고 있습니다. 하지만 한 시간당 1비트라고 하면 통틀어 보았자 1만 내지 2만 비트에 불과한 분량이 아니겠어요?」

「해독 열쇠가 메시지보다 훨씬 간단해야 한다는 이야기가 되는군요. 당신도 나도 그렇게는 생각하지 않습니다. 그럼 엄청나게 빠른 비트 비율이라면 어떨까요? 메시지 1비트당 수백 비트의 해독 열쇠가 숨어 있다고 한다면?」

「엄청난 대역폭이 만들어지겠지요. 우리가 당장 잡아냈을 겁니다」

「그렇군요. 어마어마한 양의 데이터가 축적되었을 테고요. 그럼 마이크로필름처럼 생각해볼까요. 필름 위에 반복적으로 나타나는 작은 점이 있습니다. 그 점은 메시지의 일부지요. 그리고 해독 열쇠의 존재를 미리 알려주는 기능을 합니다. 바로 그 다음에 또 하나의 점이 나옵니다. 그 두번째 점에는 1억 비트짜리 정보가 숨어 있지요. 이런 점들을 혹시나 놓치신 것은 아닙니까?」

「그랬다면 절대 놓쳤을 리 없습니다. 정말이에요」

「그럼 위상 변조는 어떨까요? 레이더와 우주선 원격계측에 사용하는 위상 변조 말입니다. 이건 스펙트럼을 거의 망가뜨리지 않지요. 위상 상관관계를 측정해 보셨나요?」

「아니오. 좋은 지적이십니다. 살펴보겠습니다」

「자, 이제 사소하지 않은 가능성 차례군요. 기계가 제작된다면 그리고 인간이 거기 들어가 앉게 된다면 발사 장치를 누름과 동시에 그들은 어디론가 가게 되겠지요. 어디로 가는지는 덮어둡시다. 재미있는 문제는 그 다섯 명이 돌아올 것인가의 여부지요. 저는 이 기계가 직녀성의 시체 도둑들이 만들어낸 것이 아닌가 하는 생각이 듭니다. 왜 의과대학생이라든가 인류학자라든지 하는 사람들 말입니다. 인간의 시체 몇 구가 필요하지만 지구에 직접 오려면 아주 귀찮겠지요. 무슨 허가를 받고 서류를 만들고 해야 할 테니까 복잡하지 않습니까. 하지만 메시지를 보내는 것이야 훨씬 쉽지요. 그러면 지구인들이 알아서 모든 문제를 해결한 뒤 다섯 구의 시체를 보내줄 테니까.

그건 마치 우표 수집이나 마찬가지죠. 어렸을 때 저도 우표를 수집했었습니다. 아무 외국인에게나 편지를 보내면 대개는 답장을 해 줍니다. 무슨 내용을 썼는지는 중요하지 않습니다. 원하는 것은 우표뿐이니까요. 자, 제 생각은 이렇습니다. 직녀성에 우표 수집가들이 있죠. 생각이 나면 편지를 보냅니다. 그러면 시체가 알아서 우주를 지나 날아오게 되죠. 어떤 수집품을 모아두었는지 정말 궁금하지 않습니까?」

헤든은 엘리를 바라보며 미소를 지었다.

「자, 이게 해독 열쇠와 무슨 상관이 있느냐고요? 아무 관계가 없습니다. 하지만 제 생각이 틀렸다면 문제가 다르죠. 제 생각이 틀렸다면 그래서 다섯 사람이 지구로 무사히 돌아오는 각본이라면 우리가 적절한 우주선을 개발하는 일이 중요하게 됩니다. 직녀성 사람들이 아무리 똑똑하다 해도 기계를 제대로 착륙시키는 일은 아주 어려울 겁니다. 변수가 너무 많거든요. 얼마나 복잡한 추진 장치가 필요할지는 신만이 알걸요. 우주에서 튀어나온 사람은 약간의 착오만 있어도, 예를 들어 착륙 지점에 몇 미터만 오차가 나더라도 살 수 없습니다. 땅 속으로 처박히고 말 테니까요. 26광년을 움직이면서 몇 미터 오차조차 허용되지 않는다는 건 얼마나 어려운 일일까요? 너무 위험하지요. 그러니 아마도 기계가 우주에서 돌아오면 지구 위가 아닌 지구 근처 우주 공간에 다섯 사람이 떨어지게 될 겁니다. 직녀성 사람들로서는 그 다섯 사람이 우주에서 구조될 수 있도록 적절한 우주선이 준비되어 있다는 걸 확신해야 합니다. 하지만 그들은 마음이 급한 모양입니다. 1957년의 저녁 뉴스 방송이 도착할 때까지 기다리지 않았으니까요. 그렇다면 그들은 어떻게 할까요? 메시지의 일부가 우주 공간에서만 탐지되도록 하겠죠. 어떤 부분이냐고요? 바로 해독 열쇠입니다. 그 해독 열쇠를 탐지해낼 능력이 있다면 다섯 사람을 무사히 지구로 되돌려 올 수 있다는 뜻이 되니까요. 그래서 저는 해독 열쇠가 지구 대기권을 벗어나지 않고는 탐지할 수 없는 극초단파 스펙트럼이나 근(近)적외선 근처에서 산소 흡수 주파수로 보내지는 것은 아닌지 하는 생각이 듭니다만……」

「허블 망원경으로 직녀성 부근의 자외선, 가시광선, 근적외선을 모두 살펴보았지만 전혀 그런 가능성은 없었습니다. 소련도 자국이 보유한 밀리미터파(波) 장비를 수리하여 직녀성을 집중 관찰했지만 아무것도 찾지 못했다고 전해 왔습니다. 하지만 어쨌든 계속 살피기로 하겠습니다. 또다른 가능성은 없을까요?」

「정말 무언가 마실 생각이 없나요? 저는 술을 마시지 않습니다만 다른 사람들은 안 그렇던데요」

엘리는 다시 사양했다.

「이제 제 말씀을 드릴 차례군요. 부탁드릴 것이 있습니다. 전 부탁하는 일 같은 것에는 별로 익숙하지 않습니다. 전에도 늘 그랬었죠. 저라는 사람은 부자이긴 하지만 이상한 놈이라고, 떼돈을 벌기 위해 제도의 허점을 찾아다니는 파렴치한이라고 세상에 알려져 있습니다. 당신만은 그렇게 생각하지 않는다고 말하지 마십시오. 모두들 그 소문 중 최소한 일부는 믿고 있으니까요. 제가 이제 말하려는 것 중에는 당신이 전에 들어본 내용도 있을 겁니다. 10분만 제 이야기를 들어주십시오. 저에 대해 좀 알아주셨으면 해서요」

엘리는 도대체 이 사람이 무슨 말을 하려는 걸까 궁금해 하면서 의자에 등을 기댔다. 그러고는 이시타르의 문, 헤든, 게다가 한두 사람의 마차꾼까지 덧붙여져 만들어냈던 환상을 씻어 버렸다.

몇 년 전 헤든은 텔레비전 방송에서 광고가 나오면 자동적으로 소리가 나오지 않게 해 주는 장치를 발명했다. 처음에는 문맥 판독 방식이 아니었다. 그저 단순히 반송파(搬送波, 신호를 전파로 보내기 위해 변조되는 고주파——옮긴이)의 진폭을 측정하는 것에 불과했다. 텔레비전 광고주들은 광고를 정규 방송보다 더 크게 내보내고 있었다. 그리고 방해 소음은 더 작았다. 헤든이 발명한 장치에 대한 소문은 입에서 입으로 퍼져갔다. 평균적인 미국인이 텔레비전 앞에서 보내는 여섯 내지 여덟 시간 동안 광고의 부담에서 벗어날 수 있다는 것은 안도감과, 더 나아가 행복까지도 안겨 주었다. 텔레비전 광고 업체들이 미처 공동 대응을 시도하기도 전에 애드닉스라는 이름의 이 장치는 커다란 인기를 모았다. 광고업체나 방송국이 헤든 장치를 피해갈 새로운 반송파 전략을 내놓을 때마다 헤든은 또다른 발명품으로 응수했다. 때로는 방송국이나 광고 업체가 아직 생각조차 하지 못한 전략에 대응하는 장치가 미리 나오기도 했다. 그럴 때면 결국은 실패하고 말 전략을 세우는 데 막대한 돈을 낭비할 위험으로부터 회사와 주주들을 보호하려는 목적이었다는 설명이 따라붙었다. 판매량이 늘어날수록 헤든 장치의 가격은 떨어졌다. 그건 일종의 전쟁이었다. 그리고 헤든이 승자였다.

결국 그는 상거래 방해 음모 혐의로 고소되었다. 헤든의 소송 각하 신청은 기각되었다. 하지만 그것이 다였다. 적들에게는 실제로 승소할 만큼의 영향력이 없었던 것이다. 재판을 계기로 헤든은 관련 법조문을 연구하기 시작했다. 얼마 후 헤든은 메디슨 애비뉴의 대형 광고 회사에게 애드닉스 텔레비전 광고 방송을 만들어 달라고 의뢰했다. 방송사에서는 몇 주간 격론이 벌어진 끝에 그의 광고 방송을 거절했다. 그러자 헤든은 방송 3사를 상대로 재판을 걸었고 상거래 방해 음모죄를 입증해냈다. 대단한 재판이었다. 그런 종류의 재판으로서는 효시였을 뿐더러 헤든 자신은 그런 합법적인 방식을 통해 방송국들을 양도받게 되었던 것이다. 물론 메디슨 애비뉴에 소재한 대형 광고 회사도 얼마 후 그의 손으로 넘어왔다.

물론 방송 광고를 즐겨보는 사람들도 있었고 그들에게는 애드닉스가 필요치 않았다. 하지만 그런 사람은 점점 줄어들고 있었다. 헤든은 광고 방송의 목줄을 죄면서 많은 돈을 벌었다. 하지만 동시에 무수한 적을 만들어낼 수밖에 없었다.

문맥 판독 칩이 상업적으로 판매될 즈음 그는 프리치닉스라는 장치도 완성했다. 이것은 애드닉스에 연결해서 사용하는 것으로 딱딱한 종교 프로그램이 나올 때 자동적으로 채널을 바꾸어주었다. 예를 들어 〈재림〉이나 〈찬양〉 같은 단어들을 미리 입력시켜 놓고 거기서 가급적 거리가 먼 프로그램이 선택되도록 하는 것이다. 프리치닉스는 오랫동안 고통을 참아온 소수 시청자들에게는 복음이나 다름없었다. 다음번에는 대통령이나 총리 연설이 나오면 자동으로 채널을 바꿔주는 장치가 개발될 것이라고 사람들은 떠들어댔다.

문맥 판독 칩을 더욱 발전시켜 나가면서 헤든은 그것이 교육, 과학, 의료, 군수, 산업 스파이 활동 등 다방면에 적용될 수 있다는 점을 깨달았다. 바로 이 문제 때문에 미합중국 정부 대 헤든 인공지능 사 사이에 그 유명한 소송이 벌어지게 되었다. 헤든의 칩 중 한 가지는 상업용으로 판매되기에는 너무도 성능이 뛰어났고 그래서 국가안전보장회의의 중재에 따라 이 최신 문맥 판독 칩 생산 시설과 핵심 인력을 정부에 양도하라는 결론이 내려졌다. 소련 측의 통신을 읽을 수 있다는 것은 대단한 일이다, 저쪽에서 만약 우리 통신을 꿰뚫고 있다면 무슨 일이 일어날지 상상을 해보라 등등 정부 관리들의 설명은 길었다.

헤든은 양도 후 정부와의 협력을 거절하고 국가 안보와 관련되지 않은 부분에서만 사업을 펼치겠다고 약속했다. 그는 정부가 산업의 국유화를 시도한다고 비난했다. 자본주의자들인 척하지만 기회만 주어지면 공산주의자의 얼굴을 드러낸다는 것이다. 자신은 대중의 불만과 요구 사항을 파악해 합법적인 최신 기술로 해결 방식을 찾아냈을 뿐이며 그것은 고전적인 자본주의에 불과하다는 논지였다. 하지만 정작 자본주의자들은 애드닉스 발명이 미국식 생활양식에 위협을 가한 지나친 행동이었다고 생각했다. 소련의 《프라우다》는 페트로프 명의의 칼럼에서 이야말로 자본주의의 모순을 드러낸 예라고 지적했다. 《월스트리트 저널》은 소련어로 진리를 뜻하는 〈프라우다〉야 말로 공산주의의 모순을 잘 보여준다고 다소 빗나간 방향으로 응수했다.

헤든은 정부 양도 문제 따위보다는 광고와 비디오 복음주의에 대한 진정한 공격 측면을 강조했다. 애드닉스와 프리치닉스는 자본주의 기업가 정신의 정수라는 것이 되풀이되는 그의 주장이었다. 자본주의의 핵심은 선택의 자유를 제공하는 데 있기 때문이다.

「광고를 보지 않는 것, 그 역시 선택할 수 있는 대안이라고 저는 말했습니다. 막대한 광고 예산이란 제품들 간에 별다른 차이가 없을 때 필요한 것이지요. 제품들이 뚜렷이 다르다면 당연히 소비자는 더 좋은 제품을 삽니다. 광고는 사람들에게 그 판단을 믿지 말라고 가르칩니다. 바보로 만드는 거지요. 미국이 강력한 나라가 되려면 현명한 사람들이 필요합니다. 따라서 애드닉스는 애국적인 제품입니다. 제조업체는 광고비를 줄이고 그 돈으로 제품의 질을 향상시킬 수 있습니다. 그러면 소비자에게는 이득이 되지요. 잡지, 신문, 직접 통신 판매가 인기를 누리게 되고 광고 업체도 고생할 필요가 없는 것입니다. 도대체 뭐가 문제라는 것인지 알 수가 없군요」

방송국들을 상대로 한 명예훼손 소송이 이어지면서 헤든은 방송국들을 차례로 인수하게 되었다. 실직한 광고 회사 간부, 방송국 직원, 알거지가 된 종교인들은 한동안 헤든에 대한 피의 복수전을 주장하고 다녔다. 적들의 수는 계속 늘어만 갔다. 〈이 헤든이란 사람은 정말 재미있어.〉 엘리는 생각했다.

「이제 제가 물려나야 할 때인 것 같습니다. 저는 주체할 수 없이 많은 돈을 가지게 되었고 아내는 곁을 떠나려 하며 온 사방에

적들이 깔려 있습니다. 저는 무언가 중요한 일, 가치 있는 일을 하고 싶습니다. 수백 년이 지난 후까지도 사람들이 나 같은 사람이 있었다는 점을 기억하고 기뻐해 줄 수 있도록 말입니다」

「결국 원하시는 건……」

「기계를 만드는 일입니다. 저는 그 일에 그야말로 적격입니다. 인공지능 분야의 최고 전문가이고 그것을 사업으로 연결시킨 경험도 있으니 말이오. 내 지식은 카네기 멜론 대학교나 MIT, 스탠퍼드 대학교보다도 낫지요. 이 기계 제작에서 분명한 점이 있다면 그것은 오로지 하나, 이것이 구시대의 도구나 연장으로는 불가능하다는 겁니다. 유전공학 같은 것이 필요하게 되겠죠. 이 일에 나보다 더 잘 맞는 사람은 없습니다. 비용도 전액 이쪽에서 부담하겠소」

「헤든 씨, 말씀은 잘 알겠습니다만 우리가 정말로 기계를 제작하기로 결정이 난다 해도 누가 제작을 맡을 것인가 하는 문제는 제 소관이 아닙니다. 국제적으로 결정되어야 할 문제이죠. 온갖 정책이 관여하게 될 거구요. 메시지가 해독된다 해도 기계를 제작할 것인가 아닌가는 아직도 파리에서 논쟁이 계속되는 중이지 않습니까」

「물론 알고 있습니다. 정치적인 영향력과 부패의 고리도 동원되는 중이지요. 그저 부탁하고 싶은 것은 저에게 유리한 쪽으로 말 한마디만 해 달라는 것입니다. 아시겠습니까? 파머 조스와 빌리 조 랭킨은 당신 때문에 아주 흥분해 있더군요. 그렇게 난리를 치는 모습은 처음 보았습니다. 빌리 조 랭킨 목사는 자기가 기계 제작을 지지하는 입장이라고 잘못 선전되고 있다고 주장하더군요」

헤든은 놀랍다는 듯 고개를 흔들었다. 이들 정열적인 전도사들과 프리치닉스 개발자 사이에 오랫동안 반목과 개인적인 차원의 원한이 존재했다는 점은 이해할 만했다. 이상하게 엘리는 그들 전도사들을 옹호하고 싶은 마음이었다.

「그 두 사람은 당신이 생각하는 것보다 훨씬 똑똑해요. 파머 조스는…… 글쎄요, 천재적인 면모를 가지고 있다고 할까요? 그는 바보가 아닙니다」

「그게 그저 한쪽 면이 아니라고 확신할 수 있나요? 실례지만 이 문제에 관한 한 그 두 사람의 감정을 이해하는 것은 아주 중요하다고 말씀드리고 싶군요. 무시하기에는 너무 중요한 문제예요. 난 그 광대들을 잘 알고 있습니다. 종교를 매력적이라고 생각하는 사람은 많습니다. 개인적으로 또는 성적(性的)으로 말입니다. 이 이시타르의 문 안에서 어떤 일이 벌어지는지를 당신도 보아야 할 텐데요」

엘리는 극도의 불쾌감에 몸이 떨려왔다.

「무언가 좀 마셨으면 좋겠군요」

꼭대기에서 내려다보니 피라미드 형 신전의 계단이 한눈에 들어왔다. 층마다 꽃이 장식되어 있었다. 고대 세계의 7대 불가사의 중 하나인 바빌론의 공중 정원을 재현한 것이었다. 하얏트 호텔과 똑같이 닮지 않게 만들 수 있었다는 점이 놀라웠다. 저 아래쪽에서는 횃불을 든 행렬이 신전에서 엔릴 대문 쪽으로 향하고 있었다. 선두는 상체를 드러낸 건장한 남자 네 명이 멘 가마였다. 그 안에 누가, 혹은 무엇이 들었는지 엘리로서는 알 수 없었다.

「저것은 고대 수메르 문명의 영웅인 길가메시를 기리는 의식입니다」

「들어본 적이 있는 이름이에요」

「그는 불멸을 꿈꿨지요」
 헤든은 설명을 계속하다가 문득 손목시계를 들여다보았다.
「아시다시피 왕들은 신전 꼭대기에 올라와 신의 계시를 받았습니다. 특히 하늘의 신인 아누로부터 말입니다. 참, 그들이 직녀성을 어떻게 불렀는지 찾아 본 적이 있습니다. 티라나, 즉 천상의 생명이라고 불렀더군요. 우스운 이름이지 않습니까」
「그래서 당신은 계시를 받았나요?」
「아니오. 계시는 당신 쪽으로 갔지 제 쪽으로는 오지 않았지요. 자, 9시가 되면 또다른 길가메시 행진이 있을 겁니다」
「그렇게 오래 머물러 있을 수는 없군요. 한 가지 여쭤보고 싶은데요, 어째서 바빌론이나 폼페이에 집착하시죠? 당신은 누구보다도 창의력이 뛰어난 사람이잖아요. 여러 기업체를 세웠고 광고업계를 무너뜨리기도 했죠. 또 문맥 판독 칩의 보안 문제로 곤란을 겪기도 했고…… 그렇게 많은 일을 해 오셨는데 왜 하필이면 이런 도시들을……」
 행렬이 아수르 사원에 도착하는 모습이 멀리서 보였다.
「좀더 가치 있는 일을 하지 않는지 궁금하시다고요?」
 헤든이 되물었다.
「저는 그저 정부가 간과하는 또는 무시하는 대중의 요구를 충족시키고자 할 뿐입니다. 그것이 자본주의죠. 합법적이고요. 많은 사람들을 행복하게 하는 일입니다. 사회가 계속 만들어내는 미치광이들을 안정시키는 일종의 안전장치라고나 할까요.
 물론 본래 이런 생각을 가졌던 것은 아닙니다. 간단한 일이지요. 처음으로 바빌론 생각을 했던 순간을 정확하게 기억할 수 있습니다. 손자 녀석인 제이슨과 디즈니랜드에서 미시시피 증기선을 타고 있을 때였죠. 제이슨은 네 살인가 다섯 살쯤 되었을 겁니다. 디즈니랜드에서 일일 사용권을 판매하여 뭐든 원하는 대로 할 수 있게끔 해주는 제도가 아주 훌륭하다는 생각을 했죠. 그렇게 함으로써 디즈니랜드 측은 놀이기구별로 표를 팔았을 경우 필요했던 인력을 절약할 수 있었죠. 더욱 중요한 것은 사람들이 더 많이 배를 타고 싶어하게 되었다는 겁니다. 모든 것을 할 수 있는 권리를 사기 위해 돈을 낸 후에 실제로는 더 적은 것을 얻고서 행복해하는 셈이었습니다.

제이슨과 내 옆에는 여덟 살쯤 되어 보이는 소년이 타고 있었습니다. 멍한 눈으로 밖을 바라보는 소년이었죠. 아버지가 이것저것 물어보아도 그저 응응하고 대답할 뿐이었습니다. 장난감 총을 만지고 노느라고 정신이 없었거든요. 원하는 것은 그저 방해받지 않고 혼자 총을 가지고 노는 것뿐이었던 겁니다. 바로 뒤에는 뾰족탑이 늘어선 마법의 왕국이 있었는데도 말입니다. 전 그 순간 모든 것을 깨닫게 되었습니다. 무슨 말인지 아시겠습니까?」

그는 다이어트 콜라를 잔에 따르고 엘리와 건배를 했다.

「당신의 적들에게 혼란만이 있기를 바랍니다」

다정한 말투였다.

「이제 이시타르의 문까지 모셔다 드리도록 하겠습니다. 행렬 때문에 엔릴 대문 쪽은 너무 복잡할 겁니다」

갑자기 마술처럼 안내 겸 호위병 두 사람이 나타났다. 쫓겨나고 있는 상황이 분명했다. 하지만 엘리는 굳이 지체하고 싶은 마음이 없었다.

「위상 변조에 대해서, 그리고 산소 스펙트럼에 대해 잊지 마십시오. 해독 열쇠가 어디 있는지 하는 문제에서 제가 틀렸다 해도 기계를 제작할 수 있는 사람은 저뿐이라는 점도요」

　눈부신 빛이 이시타르의 문을 훤하게 비쳤다. 광택 나는 타일들이 푸른색의 어떤 동물 형상을 그리고 있었다. 고고학자들은 그 동물을 용이라고 불렀다.

14장
조화진동자

> 회의주의란 지적인 사람의 순결이다.
> 회의주의를 너무 빨리 포기하거나 먼저 도착한 사람에게
> 내주는 것은 부끄러운 일이다.
> 그것을 기나긴 젊은 시절 동안 생생하고 자랑스럽게 간직하다가
> 결국 본능과 분별력이 충분히 성숙한 후에
> 충실성(사실성)과 행복을 대가로
> 안전하게 교환하는 것이야말로 숭고한 일이다.
> ── 조지 산타야나의 『회의주의와 동물적 신념』
> (이성 이외의 곳에 완전한 인식의 세계가 존재한다는 신념 ── 옮긴이)

그것은 반란과 전복의 임무였다. 적은 엄청나게 크고 강했다. 하지만 적의 약점은 분명했다. 적이 가진 자원을 이쪽의 목적을 위해 돌리면서 전권을 장악하면 되는 것이었다. 이제 수백만 요원들이 침투를 완료한 상태였다…….

대통령은 재채기를 한 후 목욕 가운의 불룩한 주머니 안에서 깨끗한 휴지를 찾으려 했다. 튼 입술에는 연고를 바른 흔적이 남아 있었다. 화장기도 전혀 없는 얼굴이었다.

「주치의는 누워 있지 않으면 바이러스성 폐렴이 돼버릴 거라고 하는군요. 항생제를 달라고 하면 바이러스를 물리치는 항생제는 없다고 대답하지요. 도대체 내가 바이러스에 감염되었다는 건 어떻게 아는지 모르겠어요」

데어 헤르가 막 입을 열어 대답하려고 하자 대통령은 다시 말을 막았다.

「아니, 그만둡시다. DNA니 숙주 판별이니 하는 이야기를 듣다 보면 정작 들어야 할 이야기까지는 들을 기운이 남지 않을 것 같아요. 바이러스가 겁나지 않는다면 이리 가까이 앉아 보세요」

「감사합니다. 각하. 해독 열쇠 얘기입니다. 여기 보고서가 있습니다. 긴 기술적 설명은 부록으로 첨부되었습니다. 흥미롭게 읽으실 수 있으리라 생각합니다. 간단히 말씀드리면 현재 우리는 해독 열쇠를 잡아 읽기 시작했고 별 문제 없이 작업이 진행 중입니다. 정말 멋진 학습 프로그램이더군요. 현재 3천 개 정도의 어휘가 밝혀졌습니다」

「어떻게 그게 가능한 건지 이해가 가지 않아요. 간단한 명사 같은 건 쉽게 가르쳐줄 수 있겠지요. 점을 하나 찍고 그 아래 〈하나〉라고 써주는 방식으로 하면 되니까요. 별 그림 밑에 〈별〉이라고 쓸 수도 있고요. 하지만 동사나 과거 시제, 조건문 같은 건 어떻게 하면 되지요?」

「어떤 경우에는 영화가 동원됩니다. 영화는 동사를 나타내는 데 그만이지요. 숫자를 이용하는 경우도 많습니다. 추상적인 개념들도 숫자로 나타날 수 있습니다. 예를 들면 이렇습니다. 우선 우리에게 숫자를 세어 보여줍니다. 그 다음 새로운 단어를 소개합니다. 단어를 알파벳으로 나타내 보겠습니다. 이런 것을 읽었다고 합시다」

데어 헤르가 썼다.

    1A1B2Z

    1A2B3Z

    1A7B8Z

「이게 무슨 말이라고 생각하십니까, 각하?」

「고등학교 시절 제 성적표 같군요. 여기서 A나 B는 모두 점과 선으로 이루어진 배열을 나타낸 것이라는 말이죠?」

「바로 그렇습니다. 숫자들의 의미는 알고 있지만 알파벳의 의미는 아직 모르는 거죠. 그런데 이 식을 보면 어떤 생각이 나십니까?」

「A는 더하기(+)를, B는 등호(=)를 의미하는 것인가요?」

「훌륭하십니다. 그렇지만 아직 Z가 뭔지는 모르는 상태입니다. 다음에는 이런 것이 나옵니다」

1A2B4Y

「아시겠습니까?」

「알 것도 같은데요, 하나만 더 예를 볼까요」

2000A4000B0Y

「좋아요, 알았어요. Z는 참이고 Y는 거짓이군요」

「맞습니다. 바이러스에 감염된 데다가 남아프리카 문제로 골치를 썩는 대통령 각하치고는 대단히 훌륭하십니다. 바로 이런 식으로 몇 줄만으로 우리는 더하기, 빼기, 참, 거짓의 네 단어를 알게 된 것입니다. 아주 중요한 단어들이지요. 다음으로는 나누기, 1 나누기 0, 무한이라는 단어가 나왔지요. 어쩌면 무한이 아니라 부정(不定)이라는 뜻인지도 모릅니다. 그도 아니면 〈삼각형의 내각의 합은 두 직각의 합과 같다〉고 말하는지도 모르고요. 또 우주가 평평하다면 어떤 명제는 참이고, 반면 우주가 구부러져 있다면 그 명제는 거짓이라고 하고 있습니다. 이렇게 해서 〈—이면 —이다〉라는 문장을 만드는 법도 알게……」

「우주가 구부러져 있다니 도대체 무슨 소리죠? 어떻게 공간이 구부러질 수 있는 건가요? 아, 그냥 넘어갑시다. 그건 당장 급한 일이 아니니까」

「실은……」

「헤든은 해독 열쇠를 어디서 찾아야 하는지를 자기가 말해 주었다고 하더군요. 그런 우스운 표정 짓지 말아요, 데어 헤르. 난 여러 사람과 만나고 지낸다니까요」

「아니, 그런 것이 아니라…… 제가 알기로는 헤든 씨가 몇 가지 제안을 내놓기는 했지만 그건 다른 과학자들도 생각했던 점이라고 하더군요. 애로웨이 박사가 확인하던 중 그중 하나가 굉장한 걸로 밝혀졌다고 합니다. 위상 변조라는 것이죠」

「그렇군요. 그건 올바른 얘긴가요? 해독 열쇠가 메시지 안에 반복되면서 널려 있었다면서요? 처음으로 애로웨이 박사가 신호를 수신하기 시작한 직후에도 그런 식으로 해독 열쇠가 있었고요」

「세번째 층의 기계 설계도를 포착한 직후였습니다」

「다른 나라들도 그 해독 열쇠를 읽어낼 기술을 가지고 있겠죠?」

「글쎄요, 위상 상관관계 측정기라는 장비가 필요하긴 하지만 아마 그럴 겁니다」

「그렇다면 소련은 이미 1년 전부터 해독 열쇠를 읽었던 것이 아닐까요? 중국이나 일본이 그랬을지도 모르고. 그들이 기계 제작을 절반 정도 끝낸 상태가 아니라고 확신할 수 있나요?」

「저희들도 의논을 해 보았습니다만 그건 불가능한 일로 보입니다. 위성 사진, 전파 정보, 현지 첩보원 등 모두가 기계 제작과 같은 거대한 프로젝트 진행 증거를 포착하지 못했습니다. 우리는 모두 함께 잘못된 생각에 빠져 있었기 때문입니다. 해독 열쇠는 메시지의 처음에 있을 거라고만 여겼지 중간 중간에 들어 있다고는 꿈도 꾸지 않았죠. 메시지가 반복되기 시작한 뒤에야 첫 부분에 해독 열쇠가 없다는 것을 확인하고 다른 가능성을 생각하기 시작했던 겁니다. 그리고 모든 작업이 소련이나 다른 나라와 협력하면서 이루어졌습니다. 따라서 누구도 우리 생각을 껑충 뛰어넘어 앞서 나갔다고는 볼 수 없습니다. 하지만 지금은 모두가 해독 열쇠를 가지고 있죠. 이런 상황에서 우리가 어떤 단독 행동을 취할 수는 없다고 봅니다」

「단독 행동을 취하자고 주장하는 것이 아닙니다. 그저 다른 누가 단독 행동을 취하지 않고 있다는 것을 확인하고 싶은 뿐이에요. 자, 다시 해독 열쇠 문제로 돌아가 봅시다. 참이다, 거짓이다, —이면 —이다, 그리고 우주는 구부러져 있다 등을 알게 되었다고 했지요. 그럼 그걸로 어떻게 기계를 만들 수 있나요?」

「대단하십니다. 감기 따위가 아니라 어떤 심한 어려움을 겪으신다 해도 끄덕 없으실 것 같군요, 각하. 이렇게 설명을 해 보겠습니다. 메시지에서는 우선 원소의 주기율표를 그려 보이며 모든 화학 원소의 이름, 원자의 개념, 핵과 중성자, 양자와 전자를 뜻하는 단어를 가르쳐줍니다. 그 다음에는 양자역학에 대한 설명이 약간 들어가지요. 그렇게 해서 다시 한번 개념을 정리해주는 겁니다. 그리고 나서야 기계 제작에 필요한 특정 재료에 대해 설명이 시작됩니다. 예를 들면 에르븀 2톤을 얻기 위해 암석에서 어떻게 에르븀을 채취할 수 있는지 설명합니다」

데어 헤르는 이 대목에서 무언가 말하려고 하는 대통령에게 손을 들어 보이며 말했다.

「왜 에르븀이 필요한지는 묻지 마십시오. 아무도 짐작조차 못하는 일이니까요」

「그걸 물어보려는 것이 아니었어요. 몇 톤이라는 수치를 어떻게 이야기해 주나요?」

「플랑크 질량으로 보여줍니다. 플랑크 질량이라는 것은……」

「아, 넘어갑시다. 온 우주의 물리학자들이 다 아는 것이라고 하면 되겠죠? 전 한번도 들어본 적이 없지만 말예요. 그럼 중요한 문제로 들어가 봅시다. 우리는 메시지를 읽어 내려갈 수 있을 정도로 해독 열쇠를 잘 이해한 상태인가요? 그 기계를 만들어낼 수 있겠느냐는 말이에요」

「그렇다고 말씀드려야 할 것 같습니다. 불과 몇 주 전 해독 열쇠를 찾아냈는데 벌써 전체 메시지 내용이 분명하게 잡히기 시작했거든요. 어마어마할 정도로 방대한 설명과 설계도가 포함되어 있지요. 필요하다고 생각하신다면 목요일에 열릴 탑승자 선정 회의 때 보실 수 있도록 완성된 기계의 3차원 영상을 준비하도록 하겠습니다. 아직까지는 도대체 기계가 어떤 역할을 하는지, 어떤 식으로 움직이는지 전혀 감을 잡지 못하고 있습니다. 기계 부품이라고는 도저히 생각할 수 없는 유기화학 물질에 대해 언급되기도 합니다. 하지만 대개는 우리가 기계를 제작할 수 있다고 생각합니다」

「그렇게 생각하지 않는 사람은 누구죠?」

「베게이와 소련 학자들입니다. 빌리 조 랭킨 목사도 물론 그렇고요. 기계가 전세계를 폭파시키거나 지구 축을 건드릴 것이라고 생각하는 사람들도 있습니다. 하지만 많은 과학자들은 정교한 설계도와 주도면밀한 설명 방식에 감탄을 금하지 못하는 상황입니다」

「애로웨이 박사는 뭐라고 말합니까?」

「우리를 전멸시킬 작정이라면 25년 후에는 지구에 나타날 것이고 그동안 우리가 뾰족하게 스스로를 방어할 수단을 만들어내기란 불가능하다고 주장하고 있습니다. 그들은 우리보다 너무나 앞서 있기 때문이죠. 기계 제작에 정말로 걱정이 많다면 외딴 곳에서 작업을 진행하면 되지 않을까 하는 제안을 내놓았습니다. 드럼린 선생은 패서디나 시 한중간에서 제작해도 문제없다고 말하면서 제작 과정에 계속 참여하다가 처음으로 탑승하는 사람이 되고 싶다는 바람을 피력했습니다」

「드럼린 선생이라면 메시지가 기계 설계도라는 것을 처음으로 발견한 사람이지요?」

「정확히 말하자면……」

「목요일 회의 전까지 보고서를 읽어보도록 하겠습니다. 달리 또 하실 말씀이 있나요?」

「정말로 헤든에게 기계 제작을 맡길 생각이십니까?」

「글쎄요, 그건 알다시피 저 혼자 결정할 수 있는 사항이 아니죠. 파리에서 작성 중인 협약에 따르면 우리 발언권은 1/4에 불과해요. 소련 역시 1/4, 중국과 일본이 함께 1/4, 다른 나라들이 1/4, 뭐 대충 이런 식으로 진행되고 있지요. 기계 제작을 원하는 나라는 아주 많습니다. 국가적 체면 문제, 또 새로운 기술과 지식을 익히려는 욕심 때문이죠. 우리를 앞질러가는 나라만 없다면 그럭저럭 괜찮은 상황 전개라고 생각해요. 헤든이 일부 부품이라도 만드는 건 가능한 일이죠. 뭐가 문제겠어요? 그가 기술적으로 전문가라고 생각하지 않나요?」

「물론 그렇습니다만……」

「더 이상 말씀하실 것이 없다면 목요일에 보기로 하지요, 데어 헤르. 더 있다가는 바이러스에 감염될 걸요」

데어 헤르가 문을 닫고 나와 대기실로 들어서는 순간 대통령의 커다란 기침 소리가 울렸다. 자리에 앉아 있던 당직 장교는 깜짝 놀란 표정을 지었다. 장교의 발치에는 핵무기 발사 단추가 든 가방이 놓여 있었다. 데어 헤르는 머리와 손을 흔들며 놀라지 말라고 신호했고 장교는 미소로 답했다.

* * *

「저게 직녀성인가요? 이 모든 소란을 일으킨 장본인이 저것이란 말이죠?」 대통령은 실망한 투로 물었다. 언론 기자를 위한 시간이 막 끝났고 대통령은 이제 겨우 눈부신 조명등과 카메라 플래시에서 벗어나 어둠에 눈이 익숙해진 참이었다. 대통령이 해군 관측소 망원경에 눈을 대고 있는 모습은 다음날 신문에 대문짝만하게 실렸지만 그건 가짜 사진이었다. 사진 기자들이 떠나고 주위가 어두워질 때까지 대통령은 아무것도 볼 수 없었기 때문이다.

「왜 저렇게 자꾸 아물거리는 거죠?」

「난류 때문입니다. 따뜻한 공기가 지나가면 상이 흔들리게 되죠」 데어 헤르가 설명했다.

「아침 먹을 때 토스터기 건너편에 있는 남편 얼굴이 아물거리는 것과 같은 이치군요. 어떤 때는 얼굴이 반쪽밖에 안 보이더라고요」

대통령은 저쪽에서 제복 차림의 관측소장과 이야기를 나누고 있는 남편에게 들리도록 약간 목소리를 높여 말했다.

「그래, 요즘에는 식탁에 토스터기가 없지만 말야」

남편이 다정한 목소리로 대답했다.

대통령의 남편인 세이모어 라스커는 퇴직할 때까지 국제 여성복 노동조합의 고위직에 있었다. 그러다가 몇십 년 전 뉴욕 여성 코트 회사 대표로 있던 대통령을 만났고 노사 분규 문제 해결이 장기화되면서 사랑에 빠졌던 것이다. 그리고 엄청나게 지위가 달라진 지금에 와서도 두 사람 사이의 애정은 여전히 식지 않았다.

「토스터기는 없어도 별 상관없지만 요즘에는 남편하고 아침 먹을 일이 점점 줄어드는군요」

대통령은 남편 쪽을 바라보았다가 다시 망원경에 얼굴을 대었다.

「파란색 아메바 같아요. 좀 으스러지긴 했지만……」

어려운 탑승자 선정 회의를 끝내고 난 후 대통령은 한결 마음이 가벼워진 듯했다. 감기도 많이 나은 상태였다.

「난류가 없었다면 어땠을까요? 뭐가 보였을까요?」

「그랬다면 대기권 바깥쪽의 우주 망원경처럼 보였을 겁니다. 움직이지 않는, 깜박거리지도 않는 밝은 점으로요」

「별만 보이나요? 직녀성만? 행성이나 고리, 레이저 전투기지 같은 건 없나요?」

「그런 것은 없습니다, 대통령 각하. 그런 건 너무 작고 희미해서 아주 커다란 망원경으로 봐도 찾을 수 없지요」

「과학자들 생각이 정말 맞아야 할 텐데요」

대통령은 속삭이다시피 말했다.

「우리는 한번도 본 적이 없는 것에 엄청난 재원을 쏟아붓고 있으니까요」

데어 헤르는 약간 당황했다.

「하지만 이미 3만 1천 페이지에 달하는 그림과 설명, 암호 해독 열쇠를 보지 않았습니까」

「제 생각으로는 이건 보는 것과는 다른 문제예요. 약간…… 추론적이라고나 할까요. 전세계 모든 과학자가 같은 데이터를 가지고 있다고 설명할 필요는 없어요. 저도 알고 있으니까. 기계 설계도가 얼마나 분명하고 정확한지도 얘기할 필요 없어요. 그것 역시 안다니까요. 우리가 머뭇거리면 분명 다른 누군가가 기계를 만들기 시작하겠죠. 모든 걸 다 알고 있지만 그래도 전 불안한 거예요」

일행은 해군 관측소 건물을 지나 다시 부통령 관저로 갔다. 지난 몇 주 동안 탑승자 선정에 관련된 임시 합의안이 진통 끝에 만들어졌다. 미합중국과 소련은 각각 두 좌석씩을 주장했다. 그리고 그 주장을 관철시키기 위해 긴밀히 협력했다. 하지만 세계 메시지 컨소시엄의 다른 회원국들을 설득하기란 쉽지 않았다. 미국과 소련이 합의를 보았다 해도 그것을 세계 무대에서 관철시키기는 예전 어느때보다도 더 어려워진 시절이었다.

이 사업은 이제 인류 전체의 과제로 불리고 있었다. 〈세계 메시지 컨소시엄〉이라는 것은 〈세계 기계 제작 컨소시엄〉으로 바뀔 예정이었다. 메시지를 조금이라도 수신한 나라들은 모두 그것을 근거로 자국민을 탑승자에 포함시키려고 했다. 중국이 조용히 내놓은 논리는 이랬다. 다음 세기 중반이 되면 자국 인구가 15억 명에 달할 것이지만 그중 많은 수는 강력한 산아 제한 정책 때문에 외동이일 것이고 부모의 사랑을 한 몸에 받고 자라는 만큼 더 밝고 안정되며 똑똑한 인간이 되리라는 것이었다. 그 결과 다음 50년 동안 중국이 세계 무대에서 맡게 될 중요한 역할을 생각하면 당연히 탑승자 중 한 명은 중국인이어야 했다. 많은 나라에서 메시지나 기계와는 무관한 직책에 있는 관리들이 비슷한 논리를 짜냈다.

유럽과 일본은 탑승자를 포기하는 대신 기계 부품 제작에 주도적인 역할을 담당하기로 했다. 여기서 상당한 경제적인 이익을 얻게 될 것으로 기대했던 것이다. 결국 미국, 소련, 중국, 인도가 한 자리씩 얻었고 나머지 한 자리는 미정으로 남겨졌다. 인구 규모, 경제-산업-군사 부문의 영향력, 국제 정치 구도, 인류의 역사까지 고려된 길고도 어려운 다자간 협상의 결과였다.

남은 한 좌석을 둘러싸고 치열한 다툼이 벌어졌다. 브라질과 인도네시아는 인구 규모와 지질학적 균형에 근거해 대표권을 주장했다. 스웨덴은 좌석을 얻게 되면 향후 정치 분쟁에서 중재역을 맡겠다고 나섰다. 이집트, 이라크, 파키스탄과 사우디아라비아는 종교적 평등을 고려해야 한다고 했다. 최소한 남은 한 자리만큼은 국가간 협상이 아니라 개인의 자질 평가를 통해 배정해야 한다고 주장하는 사람도 있었다. 결국 이 문제는 차후에 결정하는 것으로 합의가 되었다.

좌석을 확보한 네 국가에서는 과학자와 정치 지도자를 비롯한 다양한 부류에서 나름대로 후보자를 선정하기 시작했다. 미국에서는 전국적인 논쟁이 벌어졌다. 종교 지도자, 유명한 운동선수, 우주 비행사, 명예 훈장을 받은 의회 의원, 과학자, 영화배우, 전 영부인, 텔레비전 진행자와 뉴스 앵커, 의원, 정치적 야심을 가진 백만장자, 재단 운영자, 가수, 대학총장, 현 미스 아메리카 등이 모두 자신을 적임자로 여겨 기대에 부풀어 있었다.

관저가 해군 관측소 내로 옮겨진 이후 부통령은 미 해군에서 복무하는 필리핀 군인들을 하인처럼 부리는 것이 오랜 관례였다. 그래서 〈미 부통령〉이라는 글씨가 새겨진 말끔한 푸른 상의를 입고 커피를 나르는 사람은 모두 군인이었다. 하루 종일 끌었던 탑승자 선정 회의 참석자들은 대부분 이 비공식 저녁 모임에는 초대받지 못했다.

미국 최초의 여자 대통령 남편이라는 자리는 세이모어 라스커만의 독특한 운명이었다. 신문 만화의 풍자나 우스꽝스러운 농담의 소재거리가 되는 등 다른 어떤 남자도 겪어보지 못했던 마음의 부담을 그는 특유의 솔직함과 선한 성품으로 받아들였고 마침내 세계의 절반을 통치하겠다는 대담한 마음을 먹은 여인의 남편으로 미국 사회의 정식 인정을 받게 되었다. 대통령이 데어 헤르를 근처 도서관으로 안내하는 사이 세이모어 라스커는 부통령 부인과 사춘기 아들과 어울려 우스갯소리를 주고받았다.

「자, 오늘 당장 공식적인 결론을 내야 하거나 성명을 낼 필요는 없긴 하지만 한번 정리를 해봅시다」

대통령이 말했다.

「아직 그 기계가 어디 쓰이는 것인지는 아무도 모르죠. 아마 탑승자들이 직녀성에 가게 되리라는 것이 논리적인 추측이 될 겁니다. 어떻게 작동하는지, 얼마나 오래 걸릴지 등 역시 모르는 상태고요. 한번 더 말씀해 주시지요, 직녀성이 여기서 얼마나 멀다고요?」

「26광년입니다. 대통령 각하」

「기계가 광속으로 비행하는 우주선 같은 것이라면, 아, 물론 정확히 광속은 불가능하며 다만 비슷한 속도로 갈 수 있을 뿐이라는 점은 저도 알고 있어요, 그렇다면 거기까지 가는 데 26광년이 걸리는군요. 물론 지구의 시간을 기준으로 삼을 때 말이에요. 맞지요, 데어 헤르?」

「정확히 그렇습니다. 광속에 도달할 때까지의 1년과 직녀성에 근접했을 때 감속해야 하는 1년을 생각한다면 조금 더 걸릴 수도 있습니다. 하지만 탑승자 입장에서 본다면 훨씬 짧을 겁니다. 얼마나 광속에 가까운지에 따라 다르지만 2년 정도에 불과할지도 모르고요」

「당신은 생물학자면서도 천문학에 대해 많이 알고 있군요」

「칭찬해 주시니 감사합니다. 나름대로 공부하려고 애를 썼습니다」

대통령은 잠시 데어 헤르를 바라보다가 말을 이었다.

「그러니까 우주선이 광속에 아주 가깝게 비행한다면 탑승자의 나이는 별로 고려할 필요가 없군요. 하지만 10년이나 20년이 걸릴 거라면 좀 젊은 사람으로 골라야 할 거고요. 소련 측은 이렇게 말하지 않겠죠. 겐리히 아르항겔스키나 베게이가 모두 60대니까요」

대통령은 앞에 놓인 파일에서 이름을 읽은 것이 분명했다.

「중국 역시 60대인 시 챠오무를 보내고 싶어하겠죠. 그들이 제대로 상황을 파악하고 있다는 생각이 들었다면 저 또한 〈무슨 상관이야. 60대를 보내자〉라고 말했을 거예요」

데어 헤르는 드럼린 선생이 정확히 60세라는 것을 생각했다.

「하지만……」

데어 헤르가 반론을 펴려고 했다.

「알아요, 알아. 그 인도 박사는 40대라는 얘길 하려는 거지요…… 이건 정말 바보 같은 일이군요. 마치 올림픽 참가 선수를 뽑으면서 경기 종목이 정확히 무엇인지 모르는 것이나 마찬가지예요. 왜 과학자를 보내야 하는지도 모르겠어요. 마하트마 간디나

14장 조화진동자 47

예수 그리스도를 보내는 편이 나을지도 모르죠. 그런 사람이 없다고 설명할 필요는 없어요, 데어 헤르. 저도 알고 있다니까요」

「정확히 종목을 모르는 경우라면 10종 경기 선수를 보내겠지요」

「그러다가 체스나, 웅변, 조각 같은 종목이었다면 우리 선수는 꼴찌를 하고 말 텐데요? 알았어요, 당신은 외계 생명체에 대해 오래 생각해 왔던 사람, 그리고 메시지의 수신과 해독에 관여했던 사람이어야 한다고 생각하는 거죠?」

「최소한 직녀성 사람들이 어떤 식으로 생각을 하는지 곰곰이 연구해 본 사람이어야 하겠죠. 그들이 우리의 사고방식을 어떻게 추측해 내는지 아는 사람이거나요」

「그래서 최종 탑승자를 선정하기 위한 후보가 세 사람으로 압축되었다는 거군요?」

다시 대통령은 기록을 살펴보았다.「애로웨이 박사, 드럼린 교수, 그리고 피터 발레리언이군요. 하지만 피터 발레리언은 선정 위원회의 질문에 응답하는 것을 거절했군요. 아내 곁을 떠나기 싫은 걸까요? 비난하려는 건 아니에요. 그 사람은 바보가 아니군요. 아내가 아프다거나 뭐 그런 건 아닌가요?」

「아닙니다. 제가 알기로는 건강합니다」

「좋아요. 그럼 내 이름으로 편지를 좀 보내 주세요. 우주 비행사가 비행을 포기할 정도로 훌륭한 여인이시라는 뭐 그런 내용으로요. 멋진 표현을 써줘요, 데어 헤르. 무슨 말인지 아시겠죠? 인용문도 좀 넣고, 시라면 더 좋겠군요. 너무 감상적인 건 피하고요」대통령은 손가락을 흔들어 보였다. 「발레리언 부부에게서 뭔가 유용한 얘기를 들을 수 있을 것 같은데요. 저녁 식사에라도 초대하면 어떨까요? 두 주 후에 네팔 왕이 방문하게 되어 있는데 그

때가 적당하겠군요」

데어 헤르는 바쁘게 받아 적었다. 회의가 끝나는 즉시 백악관의 일정 담당 비서에게 전화를 걸어야 했다. 더 급한 전화도 있었다. 벌써 몇 시간째 전화 한 통 걸 짬이 없었다.

「그럼 애로웨이 박사와 드럼린 교수가 남았군요. 애로웨이 박사 쪽이 스무 살 정도 더 젊지만 드럼린 교수도 건강은 남 못지않지요. 행글라이딩에 스카이다이빙, 스쿠버다이빙까지 한다니까…… 뛰어난 과학자로 메시지 해독에도 큰 역할을 했고 다른 나이든 탑승자들과도 잘 어울릴 것 같군요. 핵무기 관련 연구는 안 했겠죠? 핵무기 전문가를 보내고 싶은 생각은 없으니까요.

그럼 애로웨이 박사 차례군요. 역시 뛰어난 과학자이고 아르고스 연구소를 이끌어왔지요. 메시지의 송수신을 관장했고 아주 호기심이 많지요. 모두들 애로웨이 박사의 관심 영역이 굉장히 넓다고들 말하더군요. 또 미국의 젊은 이미지를 전달하는 데도 도움이 되겠죠」

대통령은 잠시 숨을 돌렸다.

「데어 헤르, 당신도 애로웨이 박사를 좋아하죠? 저도 그래요. 하지만 때로는 지나치게 흥분하는 경향이 있어요. 애로웨이 박사의 질의응답 내용을 당신도 자세히 들어 보았나요?」

「무슨 말씀을 하시는지 알 것 같습니다, 각하. 하지만 선정 위원회는 거의 여덟 시간 동안이나 질문을 퍼부었고 애로웨이 박사는 그중에 바보 같은 질문도 있다고 생각해 기분이 나빴던 거지요. 그건 드럼린 교수도 마찬가지였습니다. 그 점에서 애로웨이 박사가 스승을 닮은 거라고 볼 수도 있겠지요. 아시다시피 애로웨이 박사는 드럼린 교수의 제자였으니까요」

「그래요, 드럼린 교수 역시 그런 면이 있지요. 여기 비디오테이프에 다 담겨 있을 겁니다. 첫번째가 애로웨이 박사고 두번째가 드럼린 교수 것이지요. 〈동작〉 버튼을 눌러 주겠어요?」

아르고스 연구소의 사무실에서 인터뷰 중인 엘리의 모습이 화면에 떠올랐다. 벽에 붙은 카프카 인용 구절까지 선명하게 보였다. 모든 상황을 종합해 볼 때 엘리는 별들에서 아무런 메시지도 받지 못했던 편이 더 행복했을 것 같았다. 엘리의 입가에는 주름이 잡혔고 눈 밑은 피로로 거무스름했다. 코 바로 위 이마에도 미처 보지 못했던 주름살이 두 개나 생겨 있었다. 극도로 지친 듯한 엘리의 모습에 데어 헤르는 죄책감을 느꼈다.

「전세계의 인구 문제를 어떻게 생각하느냐고요?」

엘리가 말하고 있었다.

「찬성인지 반대인지를 알고 싶으신 건가요? 이것이 제가 직녀성에서 받게 될 질문이라고 생각하시나요? 그래서 제가 올바른 대답을 할 수 있는지 확인하려는 거지요? 좋아요. 인구 과잉 때문에 저는 동성애와 독신 성직 제도를 찬성하고 있습니다. 특히 독신 성직 제도는 광신도를 키우는 유전적 성향을 사전에 차단한다는 점에서 훌륭하지요」

엘리는 무표정하게 다음 질문을 기다렸다. 대통령은 〈정지〉 버튼을 눌렀다.

「물론 일부 질문은 적절치 못했어요」

대통령이 말을 이었다.

「하지만 국제적으로 아주 중요한 의미가 있는 프로젝트의 책임자가 결국 인종 차별주의자로 밝혀지는 상황은 원치 않아요. 개발도상국도 우리 편으로 만들어야 하거든요. 그러니까 저런 질문을 할 이유는 충분했던 셈이지요. 애로웨이 박사의 대답은 약간…… 요령 부족이라고 생각하지 않습니까? 똑똑하긴 하지만 바보스러운 면이 있어요. 자, 그럼 드럼린의 대답을 봅시다」

푸른색 물방울무늬 나비넥타이를 맨 드럼린 교수는 약간 그을린 피부의 건강한 모습이었다.

「우리는 모두 감정을 가지고 있습니다」

드럼린이 말했다.

「하지만 감정이란 정확히 어떤 것일까요. 그것은 우리가 너무 어리석어 제대로 상황을 파악하지 못할 때 적절한 행동을 하도록 이끄는 동기입니다. 하지만 하이에나 떼가 이빨을 보이며 다가오고 있다면 그런 감정 따위는 필요하지 않겠죠. 그런 상황에는 굳이 아드레날린이 필요하지 않단 말입니다. 또 다음 세대를 이어가야 한다는 유전적인 본능도 그렇지요. 굳이 테스토스테론을 혈관에 주입하지 않더라도 그건 누구나 알고 있습니다. 여러분은 우리보다 훨씬 앞서 있는 외계 생명체가 감정에 좌우되리라 생각하십니까? 어떤 사람들은 제가 너무 침착하고 냉정하다며 비판합니다. 하지만 정말로 외계 생명체를 이해하고 싶다면 저를 보내야 합니다. 저는 다른 누구보다도 그들과 비슷하기 때문이죠」

「정말 어려운 결정이군요!」

대통령이 말했다.

「한 사람은 무신론자이고 다른 한 사람은 자기가 이미 직녀성 사람과 비슷하다고 생각하고 있어요. 어째서 꼭 과학자여야 하죠? 다른…… 좀더 정상적인 사람은 안 되나요? 이건 그냥 해본 말이에요」

대통령이 황급히 덧붙였다.

「왜 과학자를 보내야 하는지는 저도 알고 있어요. 메시지는 과학에 대한 내용이고 과학적인 언어로 씌어 있지요. 과학이야말로 우리가 직녀성의 생명체와 공유할 수 있는 것이고요. 데어 헤르, 저도 잘 기억하고 있다고요」

「애로웨이 박사는 무신론자가 아닙니다. 불가지론자이지요. 마음이 열려 있는 사람입니다. 독단에 사로잡히지 않지요. 똑똑하고 강인하며 전문가답지요. 광범위한 지식도 가지고 있습니다. 이런 상황에 더할 나위 없이 적합하다고 봅니다」

「데어 헤르, 이 프로젝트에 전체적인 일관성을 유지하려는 노력은 고맙게 생각해요. 하지만 생각해야 할 일이 많아요. 애로웨이 박사 때문에 벌써 얼마나 많은 남자들이 모욕감을 느꼈는지 내가 모른다고 생각하나요? 직접 이야기를 나누어 본 사람들만 해도 절반 이상이 우리 일이 형편없이 진행되었다고 생각하고 있어요. 이런 판국이니 전 가능한 한 절대적으로 믿을 수 있는 사람을 보내고 싶은 겁니다. 애로웨이 박사는 당신 말대로 훌륭한 사람이지만 절대적으로 믿을 만하지는 않아요. 의회에서나 교회, 지구 중심론자, 심지어 국무 위원들까지도 반대하고 있거든요. 캘리포니아에서 애로웨이 박사는 파머 조스에게 깊은 인상을 남겼지만 빌리 조 랭킨 목사는 더할 수 없이 화가 나버렸어요. 어제 그 사람이 직접 전화를 걸어와서 말하더군요. 기계는 신이나 악마에게로 곧장 날아갈 것이며 어떤 경우라 해도 하느님을 믿는 기독교 신자를 보내는 편이 좋다고요. 아마 파머 조스와 내가 가깝다는 얘기를 듣고 자기 주장을 밀어붙이려 했던 모양이에요. 분명 자기가 가고 싶었던 거겠죠. 빌리 조 랭킨이나 애로웨이 박사보다는 드럼린 교수 쪽으로 결정하는 편이 원만할 것 같군요.

물론 드럼린 교수가 냉정한 사람이라는 건 알고 있어요. 하지만 믿을 만하고 애국적이며 무난한 인물이기도 합니다. 과학자로서 명성도 있고 그 자신도 가고 싶어하고요. 그렇게 결정합시다. 그리고 애로웨이 박사는 차선책으로 두는 편이 좋겠어요」

「그렇게 애로웨이 박사에게 말해도 될까요?」

「드럼린 교수보다 애로웨이 박사한테 먼저 연락이 가면 안 되지요. 최종 결정이 내려지고 드럼린 교수에게 통보가 된 후 알려주도록 하세요…… 자, 기운 내요, 데어 헤르. 애로웨이 박사가 이 지구에서 당신 곁에 남아 있는 편이 더 좋지 않나요?」

* * *

파리에 가 있는 미국 협상단을 지원하는 국무부 〈호랑이 팀〉 앞에서 엘리가 보고를 마쳤을 때는 벌써 여섯시가 넘어 있었다. 데어 헤르는 탑승자 선정 회의가 끝나자마자 전화하겠다고 약속했었다. 결국 엘리가 선정되었다는 소식을 다른 누구도 아닌 자신이 전하고 싶었던 것이다. 엘리는 면접관들 앞에서 별로 공손하지 못하게 굴었기 때문에 결국 탈락될지 모른다는 점을 알고 있었다. 하지만 그럼에도 불구하고 기회가 올지 모른다는 생각도 들었다.

호텔에는 메시지가 와 있었다. 호텔 교환원이 사용하는 분홍색 종이가 아니라 우표가 붙어 있지 않은 봉함 봉투인 것으로 보아 누군가 와서 놓아두고 간 것이 분명했다. 내용을 보니 〈오늘밤 8시에 국립 과학기술 박물관에서 봅시다. 파머 조스〉라고 씌어 있었다.

인사말도, 설명도, 만나는 목적도 적혀 있지 않았다. 〈바로 이런 것이 종교인다운 행동이라는 건가.〉 엘리는 생각했다. 편지지는 호텔에서 제공하는 것이었다. 엘리의 소재를 알고 있는 쪽은 국무부뿐이었다. 아마 그쪽에서 정보를 얻어 파머 조스 자신이 오후에 들른 모양이었다. 엘리는 몹시 피곤했고 메시지 해독 작업 이외의 일로 시간을 보내야 한다는 것이 싫었다. 그럼에도 불구하고 엘리는 샤워를 하고 옷을 갈아입은 뒤 택시를 탔다. 꼭 45분이 걸렸다.

문을 닫기 한 시간 전이어서 박물관은 거의 비어 있었다. 넓은 현관에는 구석마다 거대한 검은 기계가 서 있었다. 19세기 제화, 섬유, 석탄 산업의 긍지를 담은 기계들이었다. 1876년 세계박람회에 출품되었던 증기식 건반 악기는 서아프리카 관광단을 위해 멋진 음악을 연주하는 중이었다. 파머 조스는 보이지 않았다. 엘리는 당장 뒤돌아 나가버리고 싶은 충동을 억눌렀다.

〈파머 조스를 만나 종교와 메시지에 대해 이야기를 나눈다고 할 때 박물관 안 어디가 적합할까.〉 엘리는 생각했다. 그건 외계 생명체를 찾아내기 위해 주파수를 선택하는 것과 비슷한 일이었다. 앞선 문명으로부터 아직 메시지를 받지 못했다고 하자. 그러면 그들이 어떤 주파수를 선택할지 추측해야 하는 것이다. 알지도 못하고 심지어 있는지 없는지조차 불분명한 그들이 말이다. 그러자면 양쪽의 공통된 지식을 추리해야 한다. 우주에서 가장 풍부한 원자가 무엇인지는 양측 모두 알고 있다. 그러면 그 원자가 특징적으로 흡수 또는 발산하는 전파 스펙트럼이 나오는 것이다. 바로 그런 이유로 초기 외계 생명체 탐색 작업에서는 중성 원자 수소의 1420메가헤르츠 주파수 스펙트럼이 포함되었다. 그럼 이런 상황에서는 무엇이 그 역할을 할까? 알렉산더 그레이엄 벨의 전화기? 마르코니의 전신?

「이 박물관에 푸코의 추가 있나요?」

엘리가 경비원에게 물었다.

원형 천장 아래에서 엘리의 구둣발 소리가 울렸다. 파머 조스는 난간에 기댄 채 방위를 표시하는 모자이크 타일을 뚫어질 듯 바라보고 있었다. 시간을 나타내는 작은 표시들은 일부는 똑바로 서 있었지만 분명 그날 아침에 엎어진 듯 보이는 것들도 있었다. 오후 일곱시경에 누군가 추를 세운 후로 지금은 전혀 움직임이 없었다. 두 사람 외에는 아무도 없었다. 파머 조스는 최소한 1분 전부터는 엘리가 다가오는 소리를 들었을 텐데도 잠자코 서 있었다.

「기도로 저 추를 세울 수 있다고 생각하시겠죠?」

엘리가 웃었다.

「그건 신앙에 대한 모독이군」

그가 대답했다.

「제 기억에 따르면 당신은 하느님과 정기적으로 이야기를 한다고도 했던 것 같은데요.…… 그렇죠? 이제 이 조화진동자에 대한 내 물리학적 믿음을 시험해 보고 싶은가요? 좋아요」

마음속으로 파머 조스가 자신을 시험하려 한다는 데 놀라기는 했지만 시험 통과 자체는 아무 문제도 없다고 엘리는 생각했다. 가방을 내려놓고 구두도 벗었다. 파머 조스는 놋쇠로 된 난간을 가볍게 뛰어넘어 엘리가 추 쪽으로 올라가는 것을 도왔다. 타일이 붙은 경사면을 몇 번이나 미끄러지면서 힘들여 올라간 끝에 마침내 추 앞까지 갔다. 추 표면은 검은색이었다. 그것이 쇠일지 납일지 엘리는 궁금했다.

「좀 도와주세요」

엘리가 말했다. 그러고는 두 팔을 뻗어 파머 조스와 함께 추를 잡아당겼다. 엘리의 얼굴 앞으로 적당한 각이 만들어지도록 말이다. 파머 조스는 진지한 얼굴로 엘리를 관찰했다. 확신에 변함이 없는지 묻지도 않았고 앞으로 고꾸라지지 않도록 조심하라는 주의의 말도 생략했다. 추를 놓을 때 속도에 수평 요소를 주어야 한다는 충고도 없었다. 엘리 뒤로는 1미터 내지 1미터 반 정도의 편평한 바닥이 있었고 그 다음에 경사가 지기 시작해서 반원형 벽을 이루었다.

엘리가 추를 놓았다. 추가 멀어져 갔다.

단진자의 주기는 진자의 길이를 L, 중력 가속도는 g라고 할 때 $2\pi\sqrt{L/g}$라고 엘리는 약간 현기증을 느끼며 생각했다. 연결 부위의 마찰 때문에 진자는 본래 위치보다 더 멀리 나갈 수는 없었다. 〈그저 앞으로 몸을 숙이지만 않으면 돼.〉 엘리는 스스로에게 말했다.

반대편 난간 근처에서 진자는 속도가 느려지더니 잠시 멈춰 섰다. 그러고는 방향을 바꿔 예상보다 훨씬 더 빠른 속도로 엘리 쪽으로 다가왔다. 점점 가까워질수록 추는 놀랄 정도로 커졌다. 이제 막 부딪칠 참이었다. 엘리는 숨이 막혔다.

「겁이 났어요」

다시 멀어지는 추를 바라보며 엘리가 침울하게 말했다.

「약간 그랬겠죠」

「아뇨, 정말로 겁먹었다니까요」

「당신은 과학을 믿고 있지 않습니까. 의혹이 있다 해도 아주 조금일 겁니다」

「그렇지 않아요. 십억 년의 본능이 겨우 백만 년의 두뇌와 싸우고 있는 걸요. 그래서 제 일보다는 당신 일이 훨씬 더 간단하다는 거죠」

「이런 문제에서는 우리 두 사람은 같은 일을 하고 있소. 이제 내 차례군요」

파머 조스는 진자를 붙잡았다.

「에너지 보존에 대한 당신의 믿음을 시험하지는 않도록 하겠습니다」

파머 조스는 미소를 지으며 발을 올렸다.

「아니, 당신들 뭐하는 거요?」

누군가 말하는 소리가 들렸다.

「정신 나간 것 아니오?」

문 닫을 시간이 되어 입장객이 모두 나갔는지 확인하던 경비원이 난간을 넘어 진자 앞에 올라선 남녀의 기묘한 모습을 발견한 것이다.

「아무 일도 아닙니다」파머 조스가 유쾌하게 대답했다.

「그저 신앙을 시험하는 중입니다」

「박물관 안에서 그런 행동은 금지되어 있습니다」

경비원이 무뚝뚝하게 대답했다.

웃으면서 파머 조스와 엘리는 다시 추를 정지 위치에 두고 경사진 타일 벽면을 되돌아 나왔다.

「이런 일은 규칙을 개정해서 허용해야 할 텐데요」

엘리가 말했다.

「아니면 제1계명으로든지」

파머 조스가 응수했다.

엘리는 구두를 신고 가방을 어깨에 메고는 고개를 세운 채 파머 조스와 함께 걸었다. 간신히 신분을 밝히지 않고 경비원을 설득할 수 있었다. 다행히 체포되는 사태는 피했지만 제복을 입은 직원들의 감시를 받으며 바깥으로 나가야 했다. 아마 직원들은 다음번에는 신을 찾기 위해 증기식 건반 악기 쪽으로 숨어드는 사람이 나타날지도 모른다고 생각할 것이었다.

* * *

거리에는 인적이 없었다. 두 사람은 말없이 상가를 따라 걸었다. 지평선 근처 맑은 밤하늘에서 거문고자리가 보였다.
「저기 밝은 별이 보이지요? 직녀성이에요」
엘리가 말했다.
파머 조스는 오랫동안 직녀성을 바라보았다.
「그 해독 작업은 정말 대단하더군요」
마침내 그가 말했다.
「아니, 그렇지 않아요. 사소한 일이지요. 앞선 문명이 생각해낼 수 있는 가장 쉬운 메시지였으니까요. 해독해내지 못했다면 정말 수치스러운 일이 되었겠지요」
「당신은 칭찬을 받아들이지 못하는 사람이군요. 난 이것이 미래를 바꿀 발견 중의 하나라고 생각해요. 아니, 미래에 대한 우리의 시각을 바꾼다고 해야 할까. 불의 발명, 문자나 농업의 출현과도 비견할 만한 거요. 아니면 수태고지와 같다고 할까」
파머 조스는 다시 직녀성을 바라보았다.
「기계에 탑승해 메시지를 보낸 생명체와 만나게 된다면 과연 어떤 모습을 보게 되리라 생각하나요?」

「진화는 확률적인 과정이에요. 다른 곳에서 생명체가 어떻게 진화했을지는 도무지 알 수 없죠. 가능성이 너무 많거든요. 생명체가 등장하기 전의 지구를 보고서 베짱이나 기린의 존재를 상상할 수 있었겠어요?」

「난 그 질문의 답을 알고 있소. 당신은 우리가 그저 책에서 읽고 기도회에서 들은 것을 주장한다고 생각하겠지만 실은 그렇지 않아요. 난 내 직접적인 경험에서 얻은 확실한 지식을 가지고 있소. 더 이상 분명할 수 없지요. 난 하느님과 얼굴을 마주보았기 때문이오」

파머 조스는 한 점 의혹도 없는 듯 확신에 찬 말투였다.

「그 이야기를 해주세요」

그는 이야기를 시작했다.

* * *

「좋아요」

마침내 엘리가 말했다.

「그러니까 당신은 의학적으로 사망했다가 다시 살아났고 어둠 속에서 밝은 빛으로 끌어올려졌던 경험을 기억하신다는 거죠? 인간의 형상을 한 빛을 보고 하느님이라고 생각했죠. 하지만 그 빛이 우주를 창조했다거나 도덕 규범을 세웠다고 말해준 것은 없었어요. 그건 하나의 경험에 불과해요. 물론 당신은 그 경험으로 커다란 감동을 받았죠. 하지만 다른 식의 설명도 가능하다는 것을 기억하세요」

「이를테면?」

「아기가 태어나는 과정과 비슷했다고 보면 어떨까요? 출생이란 길고 어두운 터널을 지나 밝은 빛으로 나아가는 것이지요. 그게 얼마나 밝은 빛일까요? 아홉 달을 어둠 속에서 지냈던 태아에게 말이에요. 처음으로 빛과 만나는 거니까요. 처음으로 색깔이라든지, 빛과 그림자, 사람의 얼굴 같은 것을 만나는 건 정말 놀랍고 경이로울 거예요. 물론 그런 것을 사전에 인식할 수 있도록 프로그램이 되어 있어야겠지만. 당신이 거의 죽을 뻔했을 때 잠시 동안 몸속 시계가 0으로 돌아갔다가 다시 움직이기 시작했을 수 있죠. 하지만 꼭 그렇다고 고집하는 것은 아니에요. 이건 여러 가능성 가운데 한 가지일 뿐이지요. 그저 당신이 경험을 잘못 해석했을 수 있다는 얘기를 하고 싶은 거예요.」

「당신은 내가 본 것을 보지 못했어요.」

파머 조스는 다시금 차갑게 반짝이는 푸르고 흰빛의 직녀성을 올려다보다가 엘리 쪽으로 고개를 돌렸다.

「당신은…… 우주에서 길을 잃어버렸다는 느낌을 가진 적이 있소? 그럴 때 하느님이 없다면 도대체 무얼 어떻게 해야 할지 아는 방법이 무엇이오?」

「당신은 길을 잃어버릴 걱정을 하는 것이 아니에요. 당신 스스로 중심이 되지 못하고 우주 창조의 이유가 되지 못할까봐 걱정할 뿐이지요. 제 우주는 너무도 충분히 질서가 잡혀 있어요. 중력, 전자기장, 양자역학, 대통일 이론 등 모든 것이 법칙을 가지지요. 행동이라는 면도 그래요, 인류라는 종으로서 최선의 이익이 무엇이라는 점을 어떻게 모를 수 있겠어요?」

「인간 중심적인 고상한 세계관이군요. 나 역시 인간의 가슴속에 존재하는 선을 끝까지 주장하고 싶은 사람이오. 하지만 하느님의 사랑이 없다면 얼마나 많은 잔인한 일이 벌어지겠소?」

「그 사랑 때문에 얼마나 많은 잔인한 일들이 일어났나요? 당신네 종교는 사람을 어린아이 취급하면서 요괴나 귀신 같은 존재를 만들어 두지요. 사람들이 하느님을 믿어야 법치가 가능하다고 생각해요. 경찰의 엄격한 통제, 그리고 천상에서 모든 것을 내려다보는 하느님의 처벌이라는 위협, 그것이 당신이 생각하는 유일한 수단이에요. 당신은 인간을 과소평가하는 거예요.

당신은 제게 종교적인 경험이 없기 때문에 당신네 하느님의 위대함을 깨닫지 못한다고 생각하지요. 하지만 정반대예요. 당신 얘기를 듣고 나서 그런 하느님은 너무 왜소하다고 생각하게 되었으니까요! 보잘것없는 행성 하나, 겨우 몇천 년의 세월, 그건 창조주는커녕 까마득히 서열이 낮은 신조차 관심을 가지지 않을 만큼 초라해요」

「당신은 다른 전도자와 나를 혼동하는 모양이군. 그 박물관은 빌리 조 랭킨 형제의 공간이었소. 난 수십억 년 된 우주를 받아들일 준비가 되어 있어요. 그저 과학자들이 그걸 증명하지 못하는 게 문제일 뿐이지」

「아니, 당신은 증거를 이해하지 못해요. 전통적인 지혜, 종교적인 진리가 거짓말에 불과하다고 밝혀진다면 얼마나 인류에게 유익한 일일까요? 정말로 사람들을 어른으로 인정한다면 다른 식으로 설교해야 할 거예요」

잠시 침묵이 흘렀다. 정적을 깨는 것은 두 사람의 발소리뿐이었다.

「너무 제 주장만 펴서 미안해요. 전 때로 이렇게 된답니다」

엘리가 말했다.

「애로웨이 박사, 약속드리겠소. 당신이 오늘 말했던 것을 신중하게 생각해 보지요. 내가 대답해야만 하는 질문들을 제기해 주었소. 내 편에서도 몇 가지 물어봐도 되겠소?」

엘리가 고개를 끄덕였고 파머 조스는 말을 이었다.

「의식이란 어떤 느낌인지, 지금 이 순간 그것이 어떤 느낌인지 생각해 봐요. 수억 개의 작은 원자가 질서 있게 움직인다는 느낌이 들어요? 생물학적 기계론을 떠나 어린아이가 사랑을 배우는 것은 과학 안에서 어떻게 설명되오?」

그 순간 엘리의 호출기가 울렸다. 데어 헤르가 기다리던 뉴스를 알려온 것이리라. 정말 회의가 오래도 걸렸군. 좋은 소식을 전하기 위한 것이었을까? 엘리는 가만히 호출기에 떠오른 숫자를 바라보았다. 데어 헤르의 사무실 번호였다. 근처에는 공중 전화기가 하나도 없었지만 다행히 몇 분 만에 택시를 잡을 수 있었다.

「이렇게 갑자기 가게 되어 죄송해요」 엘리가 사과했다. 「만나 뵙고 이야기를 나눌 수 있어 정말 즐거웠어요. 저도 그 질문들에 대해 잘 생각해 보겠어요. 질문이 더 있나요?」

「있소. 과학자가 악을 행하지 않도록 막아주는 과학의 안전장치는 무엇이오?」

| 15장 |

에르븀 못

지구, 그것으로 충분하다.
나는 성운이 더 가깝기를 바라지 않는다.
거기 있는 자리에서 잘 지낸다는 것을 알고 있기에
그리고 거기 속한 이들에게 충분하다는 것을 알고 있기에.
——월트 휘트먼의 『열려진 길의 노래』, 「풀잎」(1855)

여러 해 동안이나 기술적인 꿈과 외교적인 악몽을 넘나든 끝에 마침내 그들은 기계 제작에 착수했다. 다양한 신조어가 나타나기 시작했다. 프로젝트 이름은 고대 신화에서 따오자는 의견이 많았지만 처음부터 모든 사람들이 그것을 기계라고 불렀기 때문에 결국 그것이 공식 명칭이 되었다. 서방의 신문 기자들은 계속되는 복잡한 국제적 협상 과정을 일컬어 〈기계 정치론〉이라고 불렀다. 처음으로 믿을 만한 전체 비용 규모가 추산되었을 때는 항공 우주 업계의 거물들조차 벌린 입을 다물 수 없을 정도였다. 결국 몇 해 동안 매년 500억 달러가 투입되었는데 그 액수는 핵무기와 재래식 무기를 포함하여 지구상 총 군수 비용의 1/3 가량이나 되었다. 기계 제작 때문에 결국 세계 경제가 파탄에 이르고 말 것이라고 우려하는 소리도 높았다. 런던 《이코노미스트》는 〈직녀성으로부터 온 경제 전쟁?〉을 기사 제목으로 뽑았다. 《뉴욕 타임스》에 매일 올라오는 기사 제목도 그 강도 면에서 주간지와 비교했을 때 더하면 더했지 전혀 덜한 수준이 아니었다.

예언가, 점성가, 초능력자, 무속인 등 누구를 막론하고 메시지나 기계에 대해 전부터 예측해온 사람은 없었다. 직녀성이나 소수, 아돌프 히틀러, 올림픽 등에 이르면 더욱 그러했다. 하지만 다만 글로 남기지 않았을 뿐 명백히 이 모든 것을 내다보았다고 주장하는 사람들은 많았다. 그리고 그렇게 주장하는 사람들이 과거의 예측이라고 내놓는 것은 모두들 놀랄 정도로 정확했다. 사실 이런 것은 일상생활에서 늘 부딪치는 수수께끼이다. 또 조금씩 정도가 달랐을 뿐 거의 모든 종교가 자기들의 경전을 주의 깊게 살펴보면 이러한 사태에 대한 분명한 예언을 찾을 수 있다고 떠들어댔다.

기계 제작이 히로시마 협정 이후 계속 내리막길을 걸었던 항공우주 산업에 새로운 전기를 열어줄 것으로 여기는 사람들도 있었다. 개발되고 있는 새로운 전략 무기는 거의 없다시피 했다. 우주에 살고 있는 생명체에 대한 관심은 높아졌지만 그것이 이전 행정부가 계획했던 〈궤도상 레이저 전투 스테이션〉 같은 전략 방어체제 같은 고부가가치 제품과 연결되지는 못했기 때문이다. 그래서 기계가 제작될 경우 지구의 안전을 운운하는 이들 중 일부는 이렇게 해서 얻어질 항공 우주 업계의 새로운 일자리, 수익, 산업으로서의 발전 가능성 등을 심중에 두고 있었다.

우주로부터의 위협 이상으로 고도의 기술 산업 발전에 기여할 수 있는 것은 없다는 주장도 나왔다. 강력한 감시 레이더, 명왕성이나 오르트 혜성운에 설치해야 할 전진 기지 등을 들먹이면서 말이다. 지상군과 외계군 사이의 병력 배분을 어떻게 해야 할 것인가 하는 논의는 끝이 없었다. 군대는 〈결국 스스로를 방어하지 못할 것이라 해도 우리 쪽으로 다가오는 적을 두고 보아야만 할 것인가?〉라는 의문을 제기했다. 이런 위협만으로도 군대는 충분히 유리한 지위를 누릴 수 있었던 것이다. 물론 몇 조의 비용이 들어가는 기계는 제작해야 했다. 하지만 기계 제작이란 시작에 불과했다. 돌릴 패는 충분했던 것이다.

라스커 대통령의 재선 여부를 결정짓는 대통령 선거는 사실상 기계를 제작할 것인가의 여부를 묻는 국민 투표나 다름없었다. 상상할 수도 없었던 식의 정치적 제휴가 이루어졌다. 정적들은 트로이의 목마니 종말의 날 기계니 등을 운운하면서 이미 〈모든 것을 다 발명한〉 외계인들 앞에서 미국 특유의 발명가 정신이 퇴색할 수 있다고 우려했다. 대통령은 미국 기술은 충분히 도전에 대응할 수 있으며 미국의 발명가 정신은 결국 직녀성의 어떤 발명품도 만들어내고 말 것이라고 간접적으로 암시했다. 라스커 대통령은 근소한 표 차로 재선되었다.

설계도는 완벽했다. 언어와 기본 기술을 설명한 해독 열쇠와 기계 제작 방식을 담은 메시지, 두 가지 모두에서 명확하지 않은 점이라고는 하나도 없었다. 때로는 너무도 명백한 중간 단계들이 지루할 정도로 자세히 설명되곤 했다. 예를 들어 수학의 기본 계산에서 $2 \times 3 = 6$이라면 3×2 역시 6이라는 점을 증명하는 식이었다. 매 제작 단계마다 확인 절차가 있었다. 정해진 과정을 거쳐 만들어진 에르븀은 순도 96퍼센트여야 했다. 한치의 오차도 허용되지 않았다. 부품 31이 완성되어 불산 6몰 용액 속에 넣고 나면 나머지 성분 구조는 제시된 도표와 정확하게 일치해야 했다. 부품 408이 조립되고, 2메가가우스 횡단 자기장을 걸면 회전자는 초기 정지 상태로 되돌아올 때까지 엄청난 초당 회전수를 보였다. 어떤 확인 작업에서든 오류가 발생하면 되돌아가 처음부터 다시 시작해야 했다.

어느 정도 그런 확인 작업에 익숙해지고 나면 생략하고 싶어지는 것이 사람 마음이다. 그것은 기계적인 암기와 비슷하다. 하지만 지정된 공장에서 해독 열쇠의 지시에 따라 만들어지는 기본 부품들은 인간의 도전을 허용하지 않았다. 도대체 어떤 식으로 작동하게 될지 짐작조차 할 수 없었기 때문이다. 하지만 부품들이 작동한다는 점은 분명했다. 그리고 그런 경우라 해도 새로운 기술의 실용적인 응용 분야에 대해 생각하는 것은 가능했다. 금속공학이나 유기 반도체 같은 분야에서 눈을 가리고 있던 껍질을 벗겨낸 듯 새로운 시도가 가능하게 되기도 했다. 또 똑같은 재료를 만들어내는 다른 기술적 방법들이 발견되기도 했다. 외계 생명체는 어떤 쪽이 인류의 기술 단계에서 가장 쉬울 것인지 정확히는 알지 못했음이 분명했다.

공장 단지가 세워져 최초의 시험품이 만들어지면서 알 수 없는 언어로 메시지에서 설명된 외계의 기술을 인류가 따라가기란 불가능하다는 회의주의가 잦아들었다. 그건 미리 준비하지 못하고 기존의 지식과 상식만으로 대처해야 하는 시험을 앞둔 기분과도 같았다. 잘 짜여진 시험 문제가 모두 그렇듯 이 역시 시험을 치르는 것만으로도 학습이 되었다. 일단 첫번째 시험은 모두 통과한 셈이었다. 적절한 순도의 에르븀을 얻었고 불산 용액에서 비유기물이 만들어진 후 도표에 묘사된 것과 같은 초(超)구조 형태가 남았으며 회전자는 지시대로 움직였다. 메시지는 과학자와 기술자들의 눈을 멀게 하여 결국 위험을 보지 못한 채 기술 따라잡기에만 급급하도록 만든다는 비판이 일어나기도 했다.

복잡한 유기화학 반응을 일으켜 그 결과물을 포름알데히드와

암모니아 수용액에 담그는 방식으로 만들어지는 부품도 있었다. 고체는 점점 자라나 기묘한 형상이 되었고 마침내 얻어진 것은 인류 역사상 가장 복잡한 모양이었다. 안쪽으로 빈 관들이 복잡한 회로를 그리고 있었다. 관을 통해 용액이 흐르게 되리라는 건 분명했다. 그것은 콜로이드(액체에는 녹아도 생물막을 통해서는 확산되지 않는 젤라틴 상태의 물질——옮긴이) 상태로 걸쭉했으며 짙은 빨간 색이었다. 자기 복제는 일어나지 않았지만 이것은 충분히 많은 사람들을 놀라게 할 만큼 생명체와 흡사했다. 이 과정은 반복되어야 했다. 결국 최종적으로 얼마나 복잡한 형태가 될지는 아무도 상상조차 할 수 없었다. 유기물 덩어리는 용액이 담긴 수영장 크기 용기 바닥에 찰싹 붙어 있었다. 이것은 12면체 안에 들어가 탑승자들의 주위를 감싸게 될 것이었다.

미국과 소련에서 똑같은 기계가 만들어지고 있었다. 두 나라 모두 기계 제작을 위해 외딴 곳을 선택했다. 결국 종말의 날 기계로 판명될 경우 자국민을 보호하기 위해서라기보다는 호기심에 찬 구경꾼들, 시위대, 그리고 언론으로부터 멀리 떨어지려는 의도가 더 컸다. 미국에서는 와이오밍 주가, 소련에서는 코카서스 너머 우즈베키스탄 공화국이 선택되었다. 새로운 공장들은 조립장 근처에 세워졌다. 기존 산업 영역에서 제조 가능한 부품의 경우 여러 곳에서 분산 작업이 이루어졌다. 예를 들어 제나의 광학 하청업자는 소련과 미국으로 보낼 부품을 만들어 시험했다. 각 부품을 체계적으로 분석하여 가능한 한 작동 방식을 이해한다는 임무를 맡은 일본에도 모든 생산 부품이 보내져야 했다. 물론 일본 홋카이도에서의 그 작업은 더딘 속도로 진행되었다.

메시지에 지정된 방식으로 시험을 거치지 않은 부품은 혹시라도 기계가 작동할 때 부품 간의 정교한 상호 작용을 망가뜨릴지 모른다는 우려의 소리가 높았다. 기계에서 가장 먼저 눈에 띄는 것은 빠른 속도로 회전하게 될 원형 바퀴 세 개였다. 각각의 축은 서로 직각을 이루지만 중심은 동일한 구형들이었다. 몇 번의 비공식 회전 시험을 거친 원형 바퀴가 12면체와 함께 조립되었을 때 제대로 작동할 것인지, 반대로 시험 과정을 거치지 않은 원형 바퀴가 과연 완벽하게 작동할 것인지 의문은 많았다.

미국 측의 기계 제작에서 주 계약 상대는 헤든 사였다. 헤든은 비공식 시험이나 부품의 사전 점검을 반대했다. 메시지의 지시 사항을 한치의 오차 없이 이행해야 한다는 것이 그의 주장이었다. 기계 제작 관계자들은 스스로를 마법의 주문을 그대로 따라 하는 중세의 마술사로 생각해야 한다고 강조하기도 했다. 길게 이어지는 주술문에서 단 한 음절이라도 잘못 발음하는 일이 있어서는 안 되는 것이다.

새 천년이 시작될 때까지 2년이 남아 있었다. 많은 사람들은 종말의 날 혹은 재림을 기대하면서 즐거이 〈은퇴〉했다. 일부 산업 분야에서는 숙련된 인력 부족 현상이 발생하기도 했다. 미국 측의 기계 제작이 그럭저럭 탈 없이 진행될 수 있었던 데는 기계 제작에 적절하게 인력 수급을 조절하고 하청업체들에게 성과급을 제공한 헤든의 공이 컸다.

하지만 헤든 또한 급작스럽게 〈은퇴〉를 단행하고 말았다. 천년왕국설 때문에 무신론자가 되었다고 주장하던 프리치닉스 발명가가 은퇴했다는 사실은 모든 사람을 놀라게 했다. 하지만 회사 직원들은 여전히 헤든 자신이 중요한 결정을 내린다고 했다. 헤든과의 의사소통은 고속 텔레넷을 통해 이루어졌다. 부하 직원들이 상황 보고, 결재 요청, 질문 등을 텔레넷 서비스를 통해 폐쇄 우편함에 넣어두면 다른 폐쇄 우편함을 통해 답변이 돌아오는 식이었다. 특이한 방법이었지만 별 문제는 없었다. 초기의 어려운 단계가 지나고 기계가 형태를 갖춰가면서 헤든의 소식을 듣는 일은 점점 더 드물어졌다. 세계 기계제작 컨소시엄의 책임자들은 다소 우려를 표명했지만 알려지지 않은 장소에서 헤든과 장시간의 만남을 가진 후 걱정할 것 없다는 입장으로 돌아섰다. 다른 사람들은 헤든이 어디 있는지 전혀 알 수 없었다.

세계의 전략 무기 재고는 1950년대 이후 처음으로 핵무기 3천 2백 기 이하 수준으로 떨어졌다. 최소 핵 저지력 수준까지 군비를 축소하는 어려운 단계에서 벌어진 다자간 협상은 진전을 보이는 중이었다. 한편의 무기가 줄어들수록 다른 편에서도 그만큼의 무기를 포기해야 했다. 협약국에 대한 새로운 자동 탐지 수단이 개발되고 현장 사찰까지 합의됨에 따라 앞으로 군비는 더욱 감축될 것이라는 전망이 지배적이었다. 이런 상황은 전문가와 일반 대중 모두의 마음속에 일종의 상승 효과를 불러 일으켰다. 군비 경쟁이라는 면에서는 전과 다름이 없었지만 방향이 달랐다. 이제는 감축을 향한 경쟁이었던 것이다. 실제적인 군수 측면에서는 아직 그다지 많이 양보한 편은 아니었다. 여전히 두 강대국은 전 인류를 멸망시킬 능력을 보유하고 있었기 때문이다. 하지만 미래를 바라보는 긍정적 시각에서, 그리고 다음 세대를 위한 희망적 전망에서 볼 때 이 시작은 이미 많은 것을 의미했다. 새 천년이 임박하면서 두 나라의 적대적 군비는 더욱 감축되어 나갔다. 멕시코시티의 추기경은 이를 일컬어 〈신의 평화〉라고 했다.

와이오밍 주와 우즈베키스탄 공화국에서는 새로운 산업 분야가 생겨났고 그곳에 소재한 모든 도시는 비약적인 발전을 했다. 비용은 선진국들이 수준에 맞게 나누어 부담했지만 전 지구의 인구로 따져보면 한 사람당 한 해 약 백 달러가 드는 셈이었다. 기계 제작에 쓰이는 돈이 직접적으로 재화나 서비스를 생산하지는 않았다. 하지만 신기술 개발을 촉진한다는 기능을 생각해 보면 기계가 결국 작동하지 않을지라도 크게 밑지지는 않는 장사임에 틀림없었다.

일의 진행 속도가 너무 빠르다며 불평하는 사람들도 많았다. 다음 단계로 진행하기 전에 반드시 이전 단계를 이해하고 넘어가야 한다는 논리였다. 기계 제작에 몇 세대가 걸린다 해서 안 될 이유가 뭐란 말인가? 그들은 반문했다. 몇십 년 동안 제작비를 나누어 지불하게 되면 세계 경제가 안는 부담도 줄어들 것이었다. 그러한 시각에는 수긍할 만한 면이 없지 않았지만 막상 동조하기는 어려웠다. 도대체 부품 하나만 만들어낸 후 만족하는 측이 없었던 것이다. 전세계의 다양한 분야의 과학자와 기술자들은 자기 분야와 겹치는 부분을 설계도에서 발견하기만 하면 벌떼처럼 달려들었다.

반면 기계를 빨리 제작하지 않으면 영원히 제작이 불가능할 것으로 우려하는 이들도 있었다. 미 대통령과 소련 서기장은 기계 제작에 심혈을 기울였다. 후계자가 어떤 정책을 택할지 알 수 없는 일이었던 것이다. 또한 제작을 감독하는 사람들이 그 자리에 있는 동안 기계의 완성을 보고 싶어 한다는 것도 충분히 납득이 가는 요인이었다. 여러 주파수로 그렇게 강하게 오랫동안 메시지가 송신된 것도 기계 제작을 재촉하는 의미라는 해석이 나오기도 했다. 직녀성에서는 인류가 어서 기계를 완성하기를 바라는 것이다. 작업 진행 속도는 빨랐다.

초기의 기본 부품들은 모두 해독 열쇠의 첫번째 부분에 설명된 기본적 기술에 근거해 만들어졌다. 사전 시험도 충분히 이루어졌다. 다음으로 보다 복잡한 부품이 시험 제작되어 오류 수정을 거쳤다. 두 강대국 모두 같은 단계를 밟았지만 오류 발생 빈도는 소련 쪽이 보다 높았다. 부품들의 작동 원리를 아무도 모르는 만큼 오류 단계를 거꾸로 밟아가 제조 과정의 결함을 밝혀내는 일이 불가능한 경우도 비일비재했다. 어떤 경우에는 동일한 부품이 서로 속도와 정확성을 겨루는 두 공장에서 함께 만들어지기도 했다. 똑같이 시험에 합격한 두 부품이 있을 경우에는 모두가 자기 나라 제품이 쓰이기를 바랐다. 이렇게 해서 결국 두 나라에서 조립된 기계는 완전히 똑같지는 않게 되었다.

마침내 와이오밍 주에서 시스템 통합을 시작하는 날이 되었다. 각 부분을 조립하여 완전한 기계로 만드는 것이다. 이것은 전체 제조 과정에서 가장 쉬운 단계일 것 같았다. 기계는 1, 2년 안에 완성될 것으로 예측되었다. 정확히 날짜에 맞춰 종말이 진행되고 있다는 지적이 나왔다.

* * *

와이오밍 주의 토끼는 훨씬 더 조심스러웠다. 아니, 덜 조심스럽다고 해야 할지도 몰랐다. 정확히 표현하기란 어려웠다. 엘리의 선더버드 자동차가 비추는 전조등 빛에 토끼 한 마리가 등장하는 경우는 몇 번 있었다. 하지만 수백 마리가 일렬로 모여 서는 습관은 아직 뉴멕시코에서 와이오밍까지 전파되지 않은 것이 분명했다. 〈상황은 아르고스 연구소와 별반 다를 것이 없군.〉 엘리는 생각했다. 연구 시설 단지는 사방 수만 킬로미터의 아름다운, 하지만 인적 없는 풍경에 둘러싸여 있었다. 엘리는 기계 제작에서 특별한 역할을 맡지도 않았고 탑승자로 선정되지도 않았지만 사상 최대의 작업 현장을 지켰다. 기계가 작동한 뒤 무슨 일이 일어난다 해도 아르고스 연구소의 발견은 인류 역사의 대 전환점으로 기록될 것임에 틀림없었다.

세계를 묶어주는 통합적인 힘이 필요한 바로 그 순간, 푸른 하늘에서 번개가 일어난 셈이었다. 〈아니, 푸른 하늘이 아니라 검은 어둠이지.〉 엘리는 생각했다. 무려 26광년 밖, 230조 킬로미터 떨어진 곳에서 온 것이니까. 천년이나 앞선 문명과 마주 대하는 입장에서는 스코틀랜드 인이라거나 슬로베니아인, 혹은 중국인이라는 것이 아무런 의미도 없었다. 지구에서 가장 발전된 나라와 기술적으로 가장 낙후된 나라 간의 차이란 그 선진국과 직녀성의 문명 간의 차이에 비교하면 훨씬 적을 수밖에 없었다. 이전까지 분명했던 인종적, 종교적, 국가적, 민족적, 언어적, 경제적 그리고 문화적 차이들이 갑자기 아무것도 아닌 문제가 되었다.

〈우리는 모두 한 인류이다.〉 요즘 들어 자주 듣게 되는 말이었다. 이전 몇십 년 동안 어쩌면 그렇게도 이런 생각을 하기가 어려웠는지 오히려 이상할 지경이었다. 특히 언론에서 말이다. 우리는 이 작은 행성을 공유하며 동일한 지구 문명에 살고 있다. 외계인들이 이데올로기에 따라 갈라진 지구의 두 대표 중 어느 한쪽에 더 호감을 표시하리라고는 상상하기 어려웠다. 메시지의 존재는 그 자체로 세계를 하나로 감쌌던 것이다. 바로 눈앞에서 이 모든 일이 일어나고 있었다.

탑승자로 선정되지 못했다는 말을 들은 어머니는 제일 먼저 〈울었니?〉라고 물었다. 실제로 엘리는 울었다. 자연스러운 일이었다. 마음 한편으로는 간절히 가고 싶었던 것이다.
「하지만 드럼린 선생님이 최우선으로 지명되었어요」
엘리는 어머니에게 설명했다.
소련은 아직 베게이와 겐리히 아르항겔스키 중 한 사람을 선정하지 않고 둘 모두에게 〈탑승 훈련〉을 시키고 있었다. 기계에 대해 제대로 이해하지도 못한 상태에서 어떤 훈련이 필요한지는 아무도 모를 일이었다. 일부 미국인들은 소련의 이러한 조치가 그저 적임자를 찾지 못한 데서 나온 미봉책이라고 비판했지만 엘리는 두 사람 다 능력 면에서는 넘치는 후보라는 것을 알고 있었다. 엘리는 결국 소련이 누구를 보내게 될지 궁금했다. 베게이는 미국에 머물러 있었지만 이곳 와이오밍은 아니었다. 그는 고위 소련 대표단과 함께 워싱턴에 머물면서 미 국무부와 최근 국방성 차관으로 승진한 키츠와 만나는 중이었다. 겐리히 아르항겔스키는 우즈베키스탄 공화국에 있었다.
와이오밍 주의 황무지에 만들어진 새로운 대도시는 기계를 뜻하는 〈머신〉이라고 불렸다. 소련에서도 마찬가지로 〈마쉬나〉라는 도시가 생겨났다. 두 도시 모두 공장을 중심으로 주거지, 연구소, 상업 지역이 복합된 형태였다. 도시의 일부는 다른 곳과 마찬가지로 개방되었지만 나머지 부분은 돔형 지붕과 뾰족탑, 수 마일에 거쳐 이어지는 파이프 등 기묘한 겉모습만을 볼 수 있을 뿐이었다. 와이오밍 황무지에 위치한 공장은 유기 물질 제조 등 잠재적으로 위험할 수 있다고 판단된 분야를 맡았다. 보다 이해하기 쉬운 다른 기술들은 세계 각지에 흩어진 공장들 몫이었다.

새로운 산업 분야의 핵심이라 할 만한 것은 시스템 통합 공장이었다. 구 타이어 공장 근처에 지어진 시스템 통합 공장에는 완성된 부품들이 모두 모였다. 때로 엘리는 부품이 도착하는 장면을 지켜보며 자신이 그 부품의 디자인 그림을 본 최초의 인물이었다는 점을 떠올렸다. 새로운 부품이 포장에서 꺼내지면 엘리가 검사하러 달려갔다. 지시된 시험을 통과한 부품이 쌓여가면서 엘리는 모성애와 비슷한 자랑스러움과 기쁨을 느꼈다.

* * *

엘리, 드럼린 선생, 그리고 피터 발레리언은 전세계가 수신하고 있는 직녀성 신호에 관한 정기 회의에 참석했다. 회의장에서는 모두들 바빌론 화재 사건을 화제에 올리고 있었다. 아침 일찍 가장 밑바닥까지 타락한 구제 불능의 인간들만이 어슬렁거릴 시간에 발생한 화재라고 했다. 모르타르와 소이탄을 휴대한 습격대가 엔릴 대문과 이시타르의 문을 통해 동시에 안으로 몰려든 것이다. 피라미드 형 신전은 훨훨 타올랐다. 신문에는 벌거벗다시피 한 사람들이 아수르 신전에서 황급히 빠져나오는 사진이 대문짝만하게 실렸다. 부상자는 있었지만 기적적으로 목숨을 잃은 사람은 없었다.

습격대의 공격 직전, 지구가 벼락불에 쪼개질 운명이라고 강조하는 신문인 《뉴욕 선》은 공격을 예고하는 전화를 받았다. 전화를 걸어온 사람은 이것이 부패와 타락에 지쳐버린 사람들이 미국의 위신과 도덕성을 지키기 위해 하늘의 지휘를 받아 실행하는 천벌이라고 했다. 바빌론 사의 회장은 성명을 통해 이 습격을 비난하며 범죄적 음모라고 주장했지만 헤든은 어디 있는지 말 한마디 없었다.

엘리가 헤든을 만나러 바빌론에 가본 적이 있다는 것을 기억하는 사람들은 엘리의 생각을 궁금해 했다. 드럼린 선생조차 엘리의 의견에 관심을 가졌다. 하지만 그곳의 지리에 훤한 것으로 보아 직접 가본 적도 많은 듯했다. 마차꾼이 된 드럼린 선생의 모습을 엘리는 어렵지 않게 상상할 수 있었다. 아니, 어쩌면 바빌론에 대해 기사를 읽었을 뿐인지도 몰랐다. 주간지만 봐도 매번 상세한 전경 사진이 실리는 판이었다.

마침내 회의 참석자들은 본론으로 들어갔다. 기본적으로 메시지는 동일한 주파수와 진폭, 시간 간격, 편광과 위상 변조에서 계속되고 있었다. 기계 제작 설계도와 해독 열쇠 역시 소수와 올림픽 방송 아래 세번째 층에 들어 있었다. 직녀성 체계의 문명은 아주 용의주도한 듯했다. 어쩌면 그저 송신기 전원을 내리는 걸 잊었는지도 몰랐다.

「발레리언, 자네는 어째서 무슨 생각에 잠겨 있을 때면 멍청하니 천장을 바라보는 건가?」

드럼린 선생은 지난 몇 년 동안 보다 원만한 인물이 되었다는 평을 받고 있었지만 이런 말을 던질 때면 예전의 심술궂은 모습과 크게 다르지 않았다. 미 대통령의 임명에 의해 외계 생명체 앞에서 나라를 대표할 자격을 얻었다는 것은 크나큰 영광이라고 그는 입버릇처럼 말했다. 그 여행은 자기 인생 최고의 일이 될 거라고도 했다. 와이오밍 주로 옮겨와 살고 있는 드럼린 선생 부인은 기계 제작에 참여하는 과학자와 기술자들 앞에서 옛날과 똑같은 스킨스쿠버 슬라이드가 상영되는 상황을 참아내야 했다. 마침 머신 지역은 드럼린 선생의 고향인 몬타나와 가까웠고 선생은 종종 고향을 방문하는 모양이었다. 한번은 엘리가 드럼린 선생을 몬타나 미줄러 시까지 태워준 적도 있었다. 두 사람이 알고 지낸 오랜 세월 동안 처음으로 드럼린 선생은 몇 시간 내내 호의적인 태도를 유지했었다.

「조용히 해 주세요! 생각 중이거든요」

발레리언이 대답했다.

「이건 잡음을 방지하는 방법이에요. 지금 시각 방해를 최소화하고 있는 중인데 선생님이 청각 방해를 일으키시는군요. 천장 말고 백지를 보는 편이 낫지 않겠느냐고요? 백지는 너무 작단 말입니다. 옆쪽으로 다른 것들이 보이는 게 문제지요. 그건 그렇고, 제가 생각한 건 이겁니다. 어째서 우리는 아직도 히틀러의 연설과 올림픽 방송을 받고 있는 걸까요? 몇 년이 흘렀는데 말입니다. 지금쯤이면 벌써 대영제국의 대관식 방송을 받아야 할 것이 아닙니까. 왕홀이나 왕관 화면과 함께 〈이제 신의 은총으로 조지 6세를 잉글랜드와 북아일랜드의 왕이자 인도 제국의 황제로 선포하노라〉 정도의 대사가 있어야 할 텐데요」

「대관식이 방송되었을 때 직녀성은 분명 영국 위에 있었지요?」

엘리가 물었다.

「그래요. 올림픽 방송을 받고 몇 주 후에 확인을 했지요. 대관식 방송은 히틀러 것보다 강도도 더 높았어요. 당연히 직녀성에서는 대관식 방송을 받아 보았을 겁니다」

「그럼 그들이 우리에게 무언가 숨기고 싶어한다는 말인가요?」

엘리가 물었다.

「서두르고 있는 거예요」

발레리언이 대답했다.
「더 가능성이 큰 쪽은」
엘리가 말했다.
「자기들이 히틀러를 알고 있다는 점을 강조하려 한다는 거죠」
「자, 공상의 세계에서 너무 시간을 낭비하지 맙시다」
드럼린 선생이 짜증을 냈다. 외계 생명체의 의도에 대해 토론이 벌어지면 드럼린 선생은 늘 참지를 못했다. 추측이란 시간 낭비일 뿐이라는 게 그의 생각이었다. 조금만 기다리면 모든 것을 알게 되지 않겠는가. 드럼린 선생의 주장에 따라 모두들 메시지에 집중했다. 방대하고 모호한, 용의주도하게 짜여진 어려운 데이터였다.
「자, 자네들 마음을 붙잡을 현실이 여기 있군. 다같이 조립 현장으로 가보는 것이 어떤가? 이제 에르븀 못을 결합시키는 단계라고 하네」
기계의 전체 기하학적 구조는 단순했다. 하지만 각 부분은 극단적으로 복잡했다. 탑승자들이 앉을 다섯 개의 의자는 12면체의 한중간이었다. 먹거나 잠자는 등의 생리 활동을 위한 공간이 전혀 없는 것으로 보아 여행은 짧은 시간 동안 이루어지는 것이 분명했다. 일부는 기계가 출발한 후 곧 지구 근처에서 행성간 우주선과 만나 결합될 것이라고 생각하기도 했다. 이 주장의 유일한 결함은 정밀한 레이더 및 광학 탐색을 계속해도 그런 우주선이 흔적도 없다는 데 있었다. 외계 생명체가 인간의 생리적 욕구를 간과했다고 보기는 어려웠다. 어쩌면 기계는 아무곳에도 가지 않고 그저 탑승자들에게만 무슨 일이 일어날지도 몰랐다. 탑승자들이 앉는 공간에는 기계 조작을 위한 단추 따위가 하나도 없었다.

그저 덜렁 의자 다섯 개뿐이었다. 의자는 안쪽으로 향해 있었고 그래서 탑승자들은 서로의 얼굴을 볼 수 있었다. 탑승자의 몸무게와 소지품의 무게는 정확하게 제한되었다. 체구가 작은 사람이 유리한 입장이었다.

탑승 공간의 아래위 12면체가 가늘어지는 부분에는 그 수수께끼 같은 복잡한 구조의 유기물이 들어갔다. 12면체 표면에는 무작위 배열로 볼 수밖에 없는 식으로 에르븀 못이 박혀 있었다. 12면체 바깥은 동심 원형 바퀴 세 개로 둘러싸였다. 원형 바퀴들은 분명 자기장으로 위치가 고정된 듯했다. 최소한 설계도에는 강력한 자기장 발생기가 포함되었고 원형 바퀴와 12면체 사이의 공간은 고(高)진공 상태였다.

메시지는 기계의 부품에 이름을 붙이지 않았다. 에르븀만 해도 양자 68개와 중성자 99개로 이루어진 원자로 표현되었다. 기계의 다양한 부분은 〈부품 31〉과 같이 숫자로 표시되었다. 언제부터인가 체코 기술자가 회전하는 동심 원형 바퀴 형태를 벤젤이라고 부르기 시작했다. 1870년 회전목마를 만들어낸 구스타프 벤젤의 이름을 딴 것이었다.

기계의 설계와 기능은 완전히 밝혀지지 않았고 전혀 새로운 기술을 요구했지만 어쨌든 기계는 제작되었다. 그 구조는 전세계에 알려진 도표와 같았다. 최종 형태가 눈에 보이게 되면서 기술적 낙관론이 기세를 올렸다.

드럼린 선생과 발레리언, 그리고 엘리는 늘 하듯 신원 확인 작업을 거쳤다. 신분증을 제시하고 지문 및 음성 확인이 끝나고 나야 거대한 조립 현장 출입이 가능했다. 3층 높이의 크레인이 에르븀 못을 박는 중이었다. 12면체의 외부를 이룰 5각형 판들은 운반

라인에 매달려 있었다. 소련 측이 몇 가지 문제에 봉착해 있는 사이 미국은 기본 부품에 대한 시험을 끝냈고 이제 기계의 전체적인 모습이 서서히 드러나는 단계였다. 〈모든 것이 한데 합쳐지는 군.〉 엘리는 생각했다. 벤젤이 조립될 곳이 보였다. 완성되고 나면 기계는 르네상스 시대 천문학자들이 만들었던 천구처럼 보이게 될 것이다. 요하네스 케플러라면 이걸로 무얼 만들었을까?

조립 현장의 바닥과 여러 높이로 설치된 원형 작업 통로는 기술자, 정부 관리, 세계 메시지 컨소시엄의 대표자들로 북적였다. 모두가 지켜보는 가운데 발레리언은 대통령이 자신의 아내와 종종 연락을 주고받는데 자신은 당최 그 내용을 알 수 없다는 말을 했다. 발레리언의 아내는 사생활 보호를 강력하게 주장하는 모양이었다.

에르븀 못 작업이 거의 완료되었고 거대한 시스템 통합 시험이 최초로 시도될 찰나였다. 일행은 기둥을 지나 조립 장면이 더 잘 보이는 곳으로 갔다.

갑자기 드럼린 선생이 공중으로 날아올랐다. 다른 사람들도 날고 있는 듯 보였다. 엘리는 오즈의 마법사에서 도로시를 데려간 회오리바람을 연상했다. 느리게 움직이는 영화 장면처럼 드럼린 선생은 팔을 뻗은 채 엘리 쪽으로 다가오더니 결국 엘리를 바닥에 쓰러뜨렸다. 결국 이런 식으로 날 모욕하려는 걸까? 순간적으로 엘리는 생각했다…….

* * *

누가 저지른 짓인지는 결국 밝혀지지 않았다. 이슬람 지하드, 시크 분리주의자, 빛나는 길, 기계 제작에 반대하는 어머니 모임, 붉은 십자가단, 종말의 날 천년왕국설 파, 국민당 비밀 부대 등 이 사건과 관련되었다고 자인하고 나선 단체들은 끝없이 많았다. 하지만 그 대부분은 그런 일을 꾸밀만한 세력을 가지지 못했다. 다만 이렇듯 여러 단체가 거론된다는 것 자체가 기계 제작에 반대하는 측이 얼마나 많은지 잘 보여주었다.

미국의 KKK, 민주국가 사회주의당 등은 자기 소행이라고 나서서 떠들지 않았지만 그래도 의혹의 눈길을 받았다. 이들 영향력 있는 소수는 메시지가 히틀러로부터 온 것이라고 생각하고 있었다. 그 주장에 따르면 히틀러는 1945년 독일의 로켓 기술로 지구를 떠났고 지금까지 나치는 우주에서 혁신적인 기술 발전을 이루었다는 것이다.

진상 조사 위원회의 보고에 의하면 폭발로 에르븀 못 하나가 떨어져 나가고 벽돌 형태의 부품들이 20미터 높이에서 아래로 떨어졌다고 했다. 그 충격으로 기계를 둘러싸고 있던 벽이 붕괴되고 말았다. 사고 결과 열한 명이 죽고 마흔여덟 명이 부상을 입었으며 주요 부품이 상당수 망가졌다. 그런 폭발은 메시지에 지시된 시험 단계에 포함되어 있지 않았고 따라서 예측 불가능한 부품 손상 가능성이 컸다. 기계가 어떻게 작동하는지 완전히 알지 못하는 상황에서 제작은 중단될 수밖에 없었다.

자기 소행임을 주장하는 수많은 단체의 존재에도 불구하고 미 정부의 의혹은 드러내 놓고 나서지 않는 두 군데로 모아졌다. 바로 외계인과 소련인이었다. 일각에서는 최후의 날 기계라는 주장에 대해 다시금 떠들기 시작했다. 기계는 조립된 후 폭발되도록 설계되어 있었지만 다행히 지구인들이 부주의했던 덕분에 소규모

폭발로 끝났다는 것이었다. 그런 사람들은 너무 늦기 전에 당장 기계 제작을 중단하고 남은 부품들을 소금 광산에 파묻어 흩어 놓아야 한다고 주장했다.

하지만 진상 조사 위원회는 폭발 사건이 지구 쪽의 책임이라는 증거를 발견했다. 이유는 알 수 없었지만 에르븀 못들은 한가운데 타원형 구멍이 뚫린 형태였다. 그리고 안쪽에는 가돌리늄(Gd) 선들이 복잡하게 엉켜 있어야 했다. 그런데 일부 에르븀 못 구멍에 플라스틱 폭발물과 타이머가 들어 있었던 것이다. 물론 메시지의 설계도에는 나와 있지 않은 내용이었다. 에르븀 못은 생산되어 구멍이 뚫린 뒤 인디애나 주 테르 오트 소재 헤든 인공지능 사에서 시험 과정을 거쳐 포장되었다. 가돌리늄 선들은 너무 정교해서 손으로는 만들 수 없었다. 때문에 정밀 시설을 갖춘 커다란 공장이 필요했다. 이 공장을 짓는 비용은 전액 헤든 인공지능 사에서 부담했다.

함께 생산된 다른 못들에는 이상이 없었다. 누군가 테르 오트의 생산 과정 마지막 단계에서 구멍 안에 폭발물과 타이머를 집어넣은 것이다. 일단 공장을 나서면 부품은 특별 수송 기차에 실려 무장 호위병의 감시 하에 와이오밍으로 향했다. 폭발 시점으로 미루어 보건대 기계 제작에 대해 잘 알고 있는 내부인의 소행일 수밖에 없었다.

하지만 조사는 지지부진했다. 대상자는 기술자, 품질 관리 담당, 운송을 위한 포장 담당 등 몇십 명 선이었다. 거짓말 탐지기 조사에서 의심스럽다는 판정을 받은 사람들은 모두 완벽한 알리바이를 가지고 있었다. 집 근처 술집에서 취중에 한마디 고백을 털어놓는 용의자도 없었다. 수상쩍은 큰 돈을 써대기 시작하는 사람도, 유도 심문에 넘어오는 사람도 없었다. 수사 기관에서 적극 나섰지만 여전히 수수께끼는 풀리지 않았다.

소련인들에게 혐의를 두는 측에서는 이것이 미국 기계가 먼저 작동되는 사태를 막기 위한 술책이라고 주장했다. 소련인들은 그런 식으로 방해 공작을 펼 기술적인 능력이 충분했고 그뿐 아니라 기계 제작에 관해 상세한 지식을 갖춘 상태였던 것이다. 사건이 일어난 직후 베게이의 제자로 와이오밍의 소련 사무소에서 일하고 있던 아나톨리 골드먼은 모스크바로 급히 전화를 걸어 에르븀 은못을 확인하라고 요청했다. 당연히 이 통화는 미국 정보기관에 의해 도청되었다. 하지만 해석은 두 가지로 갈라졌다. 이야말로 소련이 개입하지 않았음을 보여주는 증거라고 주장하는 측이 있는 반면 반대로 이는 고도의 위장 전술이거나 아나톨리 골드먼이 방해 공작 사실을 몰랐던 때문이라고 설명했다. 두 핵 강대국 간의 군비 감축 긴장 상황까지 맞물려 이 논리는 설득력을 얻었다. 물론 모스크바 측은 펄쩍 뛰며 혐의를 부인했다.

사실 소련인들은 기계 제작에 있어 외부에 알려진 것보다 더 많은 어려움을 겪고 있었다. 메시지 해독 결과 중공업 부처는 광석 추출, 금속 공학, 장비 제작 등의 분야에서는 그럭저럭 성과를 올릴 수 있었다. 하지만 새로운 극소전자공학이나 인공지능 분야에서는 문제가 많았고 그래서 그런 기술을 요구하는 부품은 유럽이나 일본에서 생산하도록 하는 계약을 맺었다. 소련 국내 산업이 더욱 곤란을 겪은 것은 유기화학, 특히 분자생물학 기술을 요구하는 분야였다.

1930년대 스탈린은 현대 멘델 유전학을 이념적으로 배척해야 할 대상이라고 지목했고 트로핌 리센코라는 농업학자의 유전학만을 정치적으로 인정했다. 소련 유전학계로서는 치명타를 입은 셈이었다. 그 후 두 세대 동안 우수한 소련 학생들 중 단 한 명도 형질 유전에 대해 배우지 못했다. 결국 60년이 흐른 지금 소련의 분자생물학과 유전공학은 형편없이 낙후되었고 이 분야에서 소련 학자가 중요한 발견을 해내는 사례는 거의 없다시피 했다. 물론 미국에서도 종교적인 이유로 공공학교 학생들에게 현대 생물학의 중심 개념인 진화론을 가르치지 말아야 한다는 주장이 있었다. 정통파 기독교의 성경 해석이 진화론 과정과 맞지 않았기 때문이었다. 하지만 이러한 종교 운동은 소련의 스탈린 지시처럼 영향력이 강하지 못했고 이것은 미국의 분자생물학으로서는 그지없는 다행이었다.

이 사건과 관련, 진상 조사 위원회가 대통령에게 제출한 보고서는 소련의 방해 공작으로 인한 사고로 보기에는 증거가 미흡하다고 결론을 내렸다. 소련은 미국과 마찬가지로 탑승자를 파견하는 만큼 오히려 미국 측의 기계 제작을 지원하려는 입장이었던 것이다. 〈3단계의 기술을 가지고 4단계 기술 보유자를 따라가던 측이라면 하늘에서 갑자기 15단계의 기술이 등장했을 때 기뻐할 수밖에 없다. 이전의 선배와 동등한 위치가 되어 함께 그 한참 앞선 단계에 접근하게 되기 때문이다〉는 설명이 붙었다. 미 정부 관리 중 소련이 폭발 사고에 관련되어 있다고 생각하는 사람은 거의 없었고 대통령도 여러 번 공개적으로 그러한 생각을 언급했다. 하지만 한번 불붙은 논쟁은 쉽게 식지 않았다.

「제 아무리 치밀하게 조직된 그 어떤 방해 공작도 이 역사적인 목표를 향해 나아가는 인류를 가로막지는 못할 것입니다」 대통령은 말했다. 하지만 실제로는 전국적인 합의를 얻어내기가 더욱 어려워진 셈이었다. 논리를 갖추고 있든 그렇지 않든 반대파들은 활기를 되찾았고 다시 목소리를 높였다. 소련이 나름대로 기계를 제작하고 있다는 점만이 미국의 기계 제작을 독려하는 요인이었다.

* * *

드럼린 선생 부인은 남편의 장례식을 가족적인 분위기에서 조촐하게 치르고 싶어했다. 하지만 그건 어려운 일이었다. 물리학자, 행글라이딩 광들, 정부 관리, 스킨 스쿠버 동료들, 전파천문학자, 스카이다이버, 전세계의 외계 생명체 탐사 공동체들이 모두 장례식에 참석하려 했던 것이다. 그 많은 사람을 다 수용하자면 뉴욕의 성 요한 성당 정도는 빌려야 할 것 같았다. 하지만 드럼린 선생 부인은 장소만은 양보하지 않아 결국 선생의 고향인 몬타나 주의 미줄러 야외 묘지에서 장례식이 거행되었다. 관리들은 미줄러 쪽이 경호 문제가 간단하다는 이유로 동의했다.

의사들의 만류를 뿌리치고 부상당한 몸으로 장례식에 참석한 피터 발레리언이 휠체어에 앉은 채 애도문을 낭독했다. 드럼린 선생은 특히 질문을 제기하는 면에서 천재성이 두드러졌다고 발레리언은 말했다. 선생은 외계 생명체 탐사에 회의적으로 접근했지만 그 회의주의야말로 과학의 핵심이라고도 했다. 일단 메시지가 수신되고 있다는 사실이 확인된 후에는 선생만큼 거기에 온몸을 바쳐 몰두한 사람도 없었다는 것이다. 국방성 차관 마이클 키츠는 대통령을 대리해 드럼린의 따뜻한 성품, 다른 사람에 대한 배려, 명석함, 뛰어난 운동 신경 등을 강조하며 애석함을 표했다. 이 비극적인 사건이 일어나지 않았다면 드럼린 선생은 다른 행성을 방문한 최초의 미국인으로 역사에 남았을 것이다.

엘리는 조사를 하지 않게끔 해달라고 데어 헤르에게 부탁했다. 언론 인터뷰도 피했다. 그저 사진만 몇 장 찍혔을 뿐이었다. 엘리는 진실을 밝힐 수 있을지 자신이 없었다. 여러 해 동안 엘리는 외계 생명체 탐사 작업이나 아르고스 연구소, 또 메시지나 기계 제작에 대해 대변인 역할을 해왔다. 하지만 이건 다른 문제였다. 시간이 좀더 필요했다.

엘리가 말할 수 있는 건 드럼린 선생이 자신을 구해내며 목숨을 잃었다는 사실이었다. 드럼린 선생은 다른 사람들이 소리를 듣기 전에 폭발 현장을 보았고 수백 킬로그램에 달하는 에르븀 못이 포물선을 그리며 일행 쪽으로 날아오는 것을 보았다. 특유의 기민함을 발휘해 선생은 엘리를 밀쳐 기둥 뒤로 쓰러뜨렸던 것이다.

엘리가 데어 헤르에게 그 이야기를 했을 때 그는 〈드럼린 선생은 분명 자기 자신을 위해 몸을 날렸을 거야. 우연히 당신이 그 사이에 서 있었던 거고〉라고 대답했다. 그 무뚝뚝한 대답은 엘리를 위로하기 위한 것이었을까? 아니면 정말로 에르븀 못을 피하기 위해 선생이 몸을 날린 것으로 믿는 걸까?

엘리의 생각은 분명했다. 모든 것을 자기 눈으로 직접 보았던 것이다. 드럼린 선생은 엘리를 구하려 했다. 그리고 그렇게 했다. 결국 엘리는 몇 군데 긁힌 상처만 났을 뿐 멀쩡했다. 오히려 기둥 뒤에 완벽하게 가려져 있던 발레리언이 무너지는 벽에 깔려 다리가 부러지는 중상을 입었다. 엘리는 심지어 기절조차 하지 않았다.

무슨 일이 일어났는지 이해하자마자 처음으로 엘리 머릿속에 떠오른 생각은 은사인 드럼린 선생이 치명상을 입었다는 것도, 선생이 자신을 위해 희생했다는 것도, 기계 제작이 늦춰졌다는 것도 아니었다. 엘리의 머릿속에서는 〈내가 갈 수 있어! 나를 보내 줄 거야! 달리 적당한 사람은 없으니까! 내가 갈 수 있다고!〉 하는 소리가 딸랑딸랑 울리는 종소리처럼 분명하게 들려왔던 것이다.

순간적으로 엘리는 정신을 차렸다. 하지만 벌써 너무 늦어버렸다. 엘리는 그 위기의 순간에 드러난 자신의 철저한 이기심에 소스라치게 놀랐다. 드럼린 선생 역시 똑같은 결점을 가지고 있다는 건 중요하지 않았다. 엘리는 자기 안에 그렇게도 치밀하고 분주하게 미래의 행동을 계산하면서 자신 외에는 모든 것을 무시하는 성격이 있다는 사실에 소름이 돋을 지경이었다. 엘리가 가장 싫어했던 것이 바로 자기 안에 숨어 있는 그런 무의식이었다. 그 무의식은 미안해하는 마음도 없이 당당하게 자신을 드러냈다. 갈기갈기 찢어버릴 수도, 내던질 수도 없는 대상이었다. 그저 참을성을 발휘해 때로는 달래고 때로는 위협하면서 다루어야 할 뿐이었다.

조사관들이 도착했을 때 엘리는 아무 말도 할 수 없었다.

「별로 말해드릴 게 없어 죄송하군요. 우리 세 사람은 원형 통로를 따라 걷고 있었어요. 그러다가 갑자기 폭발이 일어나 모든 것이 공중으로 날아올랐죠. 그게 전부입니다. 도움이 못 되어 유감입니다」

엘리는 동료들에게도 아무 할 말이 없다고 말한 뒤 자기 아파트에 틀어박혀 무슨 큰일이라도 났는지 걱정하는 사람들이 찾아올 정도로 두문불출했다. 엘리는 기억을 되살렸다. 원형 통로에 들어서기 전 무슨 이야기를 하고 있었는지, 드럼린 선생을 미줄러로 태워주었을 때는 어떤 대화가 오갔는지 되살려냈던 것이다. 처음 대학원생이 되어 만났을 때 드럼린 선생은 어떤 모습이었지? 서서히 엘리는 깨달았다. 자기 마음 한구석에는 드럼린 선생이 죽어버렸으면 하는 바램이 있었던 것이다. 그건 미국을 대표해 기계 안에 누가 앉을 것인지를 둘러싼 경쟁이 시작되기 전부터였다. 학창 시절 다른 학생들 앞에서 자신을 무시했다는 이유로, 아르고스 연구소 운영을 반대했다는 이유로, 히틀러의 올림픽 방송이 발견된 후 비난하는 말을 했기 때문에 엘리는 드럼린 선생이 죽어버리기를 바랬다. 그리고 이제 정말 선생이 죽어버린 것이다. 이런 일련의 추론 끝에 엘리는 자신이 선생의 죽음에 책임을 져야 한다고 생각했다.

엘리가 없었다 해도 드럼린 선생이 마찬가지 운명을 맞았을까? 물론 가능한 일이었다. 다른 누군가가 메시지를 발견했을 테고 드럼린 선생은 공중으로 날아올랐겠지. 사람들도 그렇게 말했다. 하지만 드럼린 선생을 기계 제작 과정에 깊숙이 끌어들인 것은 자신이 아닌가? 단계적으로 엘리는 모든 가능성을 생각했다. 끔찍한 가능성이 떠오를수록 더욱 곰곰이 생각에 잠겼다. 무언가 숨어 있는 것이 있었다. 엘리는 이런 저런 이유로 자신과 긴밀한 관련을 맺은 남자들을 생각했다. 드럼린 선생, 피터 발레리언, 데어 헤르, 헤든, 파머 조스, 제시, 아버지, 존 스터튼…….

「애로웨이 박사님?」

상념에서 깨어난 엘리는 푸른 옷을 입은 중년의 금발 여인을 보았다. 왠지 낯익은 얼굴이었다. 가슴에 붙은 이름표에는 〈헬가 보크〉라고 씌어 있었다.

「정말 애도의 뜻을 전합니다. 드럼린은 늘 당신 이야기를 하곤 했지요」

　대학원생 시절 그토록 많이 보았던 스쿠버다이빙 슬라이드에 나오는 바로 그 헬가 보크였다. 처음으로 엘리는 궁금해졌다. 도대체 그 슬라이드를 찍은 것은 누구였을까? 사진사를 불러다가 물밑을 함께 헤엄쳤던 것일까?

「당신하고 얼마나 가까운 사이였는지 드럼린이 말해 주었어요」

　이 부인은 도대체 무슨 이야기를 하려는 걸까? 드럼린 선생과는 대체 어떤 사이였을까? 부인의 두 눈에는 눈물이 가득 고여 있었다.

「죄송합니다. 헬가 보크 박사님. 실례하겠습니다」

　고개를 숙여 보이고 엘리는 그 자리를 떠났다.

　장례식장에는 낯익은 얼굴이 많았다. 베게이, 겐리히 아르항겔스키, 티모페이 고트리제, 바루다, 유 렌키옹, 시 챠오무, 데비 수하바티…… 다섯번째 탑승자로 거론되고 있는 아보네마 에다도 보였다. 물론 그가 기계에 탑승하기 위해서는 각국의 이성적인 판단이 필요할 것이었다. 엘리는 장시간 동안 사교성을 발휘할 기운이 없었다. 자기 입에서 무슨 말이 나오게 될지 자신도 없었다. 어디까지 이야기를 해야 기계 제작 사업에도 유리하고 자신의 마음도 편하게 될 것인가? 다른 사람들은 모든 것을 이해한다는 표정이었다. 결국 엘리는 에르븀 못이 날아올라 선생을 덮친 현장에 가장 가까이 있었던 사람이었으니까 말이다.

16장

오존의 노인들

과학이 인식하는 신은 전 우주의 법칙을 관장하는 신,
개별 사업이 아닌 전체를 좌우하는 신이어야 한다.
그 신은 개개인의 편의를 위해 자신의 과정을 조정할 수 없다.
——윌리엄 제임스의 『다양한 형태의 종교적 경험』(1902)

몇 백 킬로미터 높이에서 아래를 내려다보라. 하늘의 절반을 차지한 지구에서는 민다나오 섬에서부터 봄베이까지가 푸른빛으로 이어진다. 한 순간이라도 이 광경을 보게 되면 그 아름다움에 가슴이 벅차오를 것이다. 바로 그곳이 우리 고향인 것이다. 고향. 내가 사는 세상. 내가 태어난 곳. 내가 알고 들어본 모든 사람들이 저 아래 눈부시게 빛나는 푸르름 아래에서 태어나 자란 것이다.

수평선을 따라 계속 동쪽으로 새벽에서 다시 다른 새벽까지 움직이다 보면 한 시간 반만에 지구를 한바퀴 돌게 된다. 조금만 더 지켜보면 지구의 독특함을 느낄 수 있다. 육안으로도 너무도 많은 것이 보인다. 잠시 후 다시 플로리다가 눈에 들어오게 된다. 지난번 회전 때 카리브 해에서 용솟음치던 열대 폭풍대는 이제 포트 로더데일에 도착했을까? 이번 여름에는 힌두쿠시에서 눈에 덮히지 않은 산이 있을까? 호주 북동부의 산호해를 보면 감탄하지 않을 수 없다. 또 남극의 빙하를 보면 지구상 모든 해안 도시들이 물에 잠기는 사태가 없을지 절로 걱정하는 마음이 생길 것이다.

낮에는 인간의 흔적을 전혀 찾아볼 수 없다. 하지만 밤이 되면 극지방의 오로라를 제외하고는 눈에 보이는 모든 것이 인간을 느끼게 한다. 깜박거리거나 여기저기 움직이는 불빛들…… 저쪽의 불빛은 북미 동쪽, 보스턴에서 워싱턴에 이르는 대도시들이 만들어낸 것이다. 또 저 건너 불타오르는 것은 리비아의 천연가스 지대이다. 일본 새우잡이 어선이 불빛을 깜박이며 남지나해 쪽으로 움직이는 것도 보인다. 매번 궤도를 돌 때마다 지구는 새로운 이야기를 만들어낸다. 캄차카 반도에서 화산 폭발이 일어나고 사하라 사막의 모래폭풍이 브라질 쪽으로 다가가는가 하면 뉴질랜드에는 때 아닌 추위가 닥친다. 지구는 하나의 살아 있는 생명체나 다름없이 여겨진다. 그러면 저절로 지구에 대해 염려하고 잘 되기를 바라는 마음이 된다. 국경은 경선이나 남회귀선 혹은 북회귀선과 마찬가지로 눈에 보이지 않는다. 그 경계선은 사람들이 멋대로 만든 것이다. 하지만 지구는 엄연히 존재하는 현실이다.

우주 비행은 따라서 역설적인 성격을 가진다. 운이 좋아 지구 궤도 위에 올라가 본 사람이라면 대부분 같은 견해를 가지게 된다. 각 국가는 자국의 이익을 위해 우주 비행 사업을 추진했다. 하지만 정작 그렇게 해서 우주에 가게 된 사람들은 모두 국가를 초월한 전 지구적 사상을 가지게 되었다. 지구는 하나의 세상인 것이다.

이 푸른 세상, 모든 별이 태양이라는 것을 알지 못하던 시절 유일하게 〈태양〉이라고 불리던 황색 왜성 근처를 도는 행성 세계에 전적인 충성심을 보이던 시절을 상상하는 것은 어렵지 않다.

많은 사람들이 장기간 우주에 체류하고 명상할 시간을 가지게 된 지금에 와서야 그러한 행성 중심 시각이 수그러들기 시작했다. 저 지구 궤도에 있는 적지 않은 수의 사람들은 아래쪽 지구에 큰 영향을 미쳤던 것이다.

인간 이전에는 동물들이 우주로 보내졌다. 아메바, 파리, 쥐, 개, 원숭이들이 용감한 우주 비행사 역할을 했던 것이다. 점차 장시간의 우주 비행이 가능해지면서 무중력 상태가 포유류의 수명을 10-20퍼센트 연장시킨다는 뜻밖의 사실이 밝혀졌다. 무중력 상태에서는 신체가 중력을 견디기 위한 에너지를 덜 쓰게 되고 세포의 산화 속도가 느려지기 때문에 더 오래 살 수 있었다. 미생물이나 파리같이 작은 생명체에게 거의 그런 영향이 나타나지 않았다. 일부 의사들은 쥐보다 인간에게서 그런 효과가 더욱 분명하다고도 주장했다. 우주에는 불사(不死)의 기운이 희미하게 서려있는 셈이었다.

궤도에 올라가 있는 동물은 지구상의 동물에 비해 암에 걸릴 확률이 80퍼센트 낮았다. 백혈병이나 임파선 암 발병률은 90퍼센트나 낮았다. 또 통계적으로 증명되지는 않았지만 종양성 질환의 치료율이 무중력 상태에서 훨씬 높다는 주장도 나왔다. 독일의 화학자 오토 바르부르크는 이미 반세기 전에 암의 주요 발병 원인이 세포의 산화라고 주장했다. 많은 사람들은 무중력 상태에서 세포의 산소 소모율이 훨씬 낮아진다는 점에 열광했다. 지난 몇 십 년 동안 라에트릴(복숭아씨나 살구씨에서 얻는 암 치료제. FDA가 금지하는 약물임——옮긴이)을 구하기 위해 멕시코로 순례 여행을 떠났던 사람들은 이제 우주 여행권을 얻기 위해 몰려들었다. 비용은 어마어마했다. 우주 비행은 극소수를 위한 것일 수밖에 없었다.

갑자기 전례 없는 규모의 자본이 민간 궤도 정류장 투자비로 조성되었다. 2000년 말엽이 되자 수백 킬로미터 상공에는 화려한 양로원이 세워졌다. 비용 문제를 차치하고라도 이 양로원에 입주하는 데는 커다란 단점이 있었다. 점차 골과 혈관이 약화됨에 따라 중력이 작용하는 지구를 두번 다시 밟지 못하게 되는 것이다. 하지만 부유한 노인들에게 이것은 아무런 문제가 아니었다. 수명을 십년 더 연장할 수 있다면 기꺼이 하늘로 올라가 거기서 죽음을 맞으려 했기 때문이다.

이것은 제한된 지구 자원의 낭비라고 우려하는 사람들도 있었다. 부유한 권력자들의 탐욕을 위해 가난하고 힘없는 이들의 시급한 필요를 충족시켜야 하는 자원이 사용되는 꼴이었던 것이다. 또 엘리트 계급이 모두 우주로 이주하고 지상에는 주인 없는 땅에 일반 대중만 남는 것이 어리석기 짝이 없다는 비판도 있었다. 반면 이러한 현상을 신의 축복으로 여기는 사람도 있었다. 지구의 주인 행세를 하던 사람들이 저 위쪽에서는 그 전만큼 많은 피해를 입힐 수 없다는 이유에서였다.

하지만 정작 중요한 점은 아무도 예측하지 못했다. 커다란 영향력을 가진 인물들이 전 지구적 시각을 가지게 되었던 것이다. 몇 년이 흐르자 지구 궤도에서는 국가주의자들이 거의 사라졌다. 핵전쟁을 무기로 한 지구 국가들 간의 대립은 그 자체로 궤도 사람들에게 심각한 위협이 되었기 때문이다.

궤도 사람 중에는 일본의 기업가, 그리스의 선박 재벌, 사우디의 왕자, 전 대통령이나 서기장, 중국의 갱 두목, 마약 밀매업자 등이 모두 포함되었다. 서방 세계에서 궤도로 이주하기 위한 조건은 오로지 하나, 돈이었다. 소련 쪽은 상황이 약간 달랐다. 전 서기장은 〈노년학〉을 연구하기 위해 우주 정거장으로 갔다고 알려졌다. 하지만 소련 국민들 사이에는 별다른 저항감이 없었다. 언젠가는 자기들도 갈 수 있으리라 생각했기 때문이다.

지구 궤도로 간 사람들은 신중하고 침착했다. 가족이나 직원들도 대개 비슷한 성격이었다. 아직 지구에 남아 있는 부유한 권력층은 그들을 예의 주시했다. 궤도 사람들은 별달리 공개 발표를 하거나 하지는 않았지만 그들의 시각은 서서히 전세계 지도자들에게 영향을 미쳤다. 5대 핵 강대국의 계속적인 핵무기 감축도 궤도 사람들을 의식한 행동이었다. 또한 궤도 사람들은 세계를 단합시켜줄 수 있다는 이유로 기계 제작에 암묵적으로 찬성했다. 국가주의 단체들이 지구 궤도에서 조국을 팔아먹는 이들의 무서운 음모가 진행되고 있다고 폭로하고 나서는 일도 종종 있었다. 각 우주 정거장의 대표들이 〈므두셀라〉호에 모여 벌인 회의 속기록이라고 주장된 괴문서가 뿌려지기도 했다. 괴문서의 내용은 온건한 국가주의파의 가슴에까지 테러의 불길을 당기는 것이었다. 《타임 위크》는 이러한 소위 〈오존 노인들의 의정서〉가 위조된 것이라고 보도했다.

* * *

발사를 앞두고 며칠 동안 엘리는 코코아 비치에서 가능한 한 많은 시간을 보내려 했다. 특히 일몰 직후가 좋았다. 미리 빌려둔 근처 아파트에서는 해안과 대서양이 잘 내려다보였다. 엘리는 빵부스러기를 챙겨두었다가 산책하는 길에 갈매기들에게 뿌려주곤

했다. 갈매기들은 날아다니면서 빵 부스러기를 정확하게 잡아챘다. 메이저리그의 외야수 못지않았다. 이삼십 마리의 갈매기가 엘리 머리 위 겨우 1, 2미터 되는 곳에 모여드는 순간도 있었다. 어느 순간 기적과도 같이 눈앞으로 먹이가 떠오를지 모른다는 기대감에 부풀어 갈매기들은 부리를 활짝 벌린 채 날개를 열심히 퍼덕이며 제자리를 지켰다. 한 마리씩 보면 서로 부딪치기도 하면서 움직이는 중이었지만 전체 무리를 놓고 본다면 정지 상태였다. 돌아오는 길에 엘리는 해변 끝에 아무렇게나 떨어져 누운 작은 야자수 이파리를 발견했다. 엘리는 이파리를 주워 올려 아파트로 가져와 손가락으로 모래를 털어냈다.

엘리는 우주 공간에 떠 있는 헤든의 성에 초대를 받았다. 〈므두셀라〉라고 불리는 성이었다. 일반인의 눈을 피하고 싶다는 헤든의 부탁때문에 엘리는 정부 관료를 제외하고는 아무에게도 그 초대 건을 말하지 못했다. 실제로 헤든이 지구를 떠나 궤도로 올라가 은퇴 생활을 하고 있다는 사실은 거의 알려져 있지 않았다. 엘리의 의논 상대가 된 정부 관료들은 모두 우주여행에 찬성했다. 데어 헤르도「환경을 바꿔보는 편이 당신에게 좋을 거야」라고 말해 주었다. 대통령은 다음번 우주 왕복선에 갑자기 빈 자리가 하나 생겼다는 말로 분명한 찬성의 뜻을 내비쳤다. 궤도상 주거지로 가는 여행길에는 보통 상업용 우주선이 이용되었다. 새로 개발된 1회용 대형 발사선은 이제 최종 시험 단계였고 아직까지 미 정부의 우주 활동은 군사 부문과 민간 부문을 통틀어 노후한 〈인트레피드〉 우주 왕복선에 의존하고 있었다.

「지구 궤도로 재진입할 때 한 줌 정도 타일이 벗겨지면 발사 전에 다시 붙여 넣는 식이라고 할 수 있습니다」

우주 비행사는 이렇게 엘리에게 설명했다.

건강해야 한다는 점을 빼놓고 나면 우주 비행에 특별한 자격 요건은 없었다. 상업용 우주선은 보통 만원으로 출발했다가는 텅 빈 채 돌아왔다. 반면 왕복선은 갈 때나 올 때나 만원이었다. 지난주 인트레피드 호는 〈므두셀라〉 호와 도킹하여 승객 두 사람을 지구로 데려왔다. 엘리도 이름을 아는 추진 장치 설계자와 저온 (低溫) 생물학자였다. 두 사람이 〈므두셀라〉 호에서 뭘 하고 있었는지 궁금했다.

「통나무에서 떨어지는 것 같은 기분이죠. 대개 사람들은 그런 기분을 좋아합니다」

다시 우주 비행사가 설명했다.

엘리도 그 기분이 싫지 않았다. 우주 비행사, 특별한 임무를 띤 듯한 신사 두 명, 굳게 입을 다문 장교 한 사람, 국세청 관리까지 해서 만원이 된 우주 왕복선 실내에서 엘리는 흠잡을 데 없는 이륙과 난생 처음으로 뉴욕 세계무역센터 건물 승강기에서보다 더 긴 무중력 상태를 체험했다. 한 번 반의 궤도 회전 끝에 왕복선은 〈므두셀라〉 호와 무사히 도킹했다. 이틀 후면 상업용 우주선 〈나르니아〉 호가 엘리를 다시 지구로 데려다 주기 위해 올 것이었다.

헤든이 굳이 성이라고 부르는 〈므두셀라〉 호는 40분을 주기로 천천히 회전하여 늘 같은 쪽이 지구를 향하게 되어 있었다. 지구 쪽을 향해 툭 튀어나온 부분에 위치한 헤든의 서재 창밖으로는 엄청나게 아름다운 전경이 펼쳐졌다. 텔레비전을 통해 보는 것이 아닌 진짜 푸른 지구의 모습 말이다. 엘리가 보고 있는 광자는 몇 분의 몇 초 전에 눈 덮인 안데스 산맥에서 반사된 것이었다. 구부러져 상이 일그러지는 창 가장자리를 빼고는 전체적으로 모든 것이 너무도 선명했다.

엘리가 아는 많은 사람들은, 심지어 신자라고 내세우는 사람들마저도 경이감이 무엇인지 잘 모르고 있었다. 하지만 이 창 앞에서도 경이감을 느끼지 못한다면 그건 목석일 수밖에 없었다. 젊은 시인과 작곡가, 화가, 영화감독, 열성 신자들 등 세속적 관료주의에 물들지 않은 사람들을 여기에 올려 보내야만 할 것 같았다. 그럼 지구의 평범한 사람들에게도 이 경이감이 쉽게 전달될 수 있을 것이었다. 어째서 진작 그런 시도가 없었는지 안타까울 지경이었다. 그건…… 바로 누미너스라 불릴 만한 감정이었다.

* * *

「익숙해질 거요」
헤든이 엘리에게 말했다.
「하지만 진력이 나는 일은 없지요. 난 아직도 여기서 자주 영감을 얻어요」
절제하는 뜻으로 그는 다이어트 콜라를 마셨다. 엘리 역시 술은 사양했다. 궤도에서는 술이 퍽 비싸겠지, 엘리는 속으로 생각했다.
「물론 그리운 것도 있지요. 장시간의 산책, 대양의 파도를 가르면서 하는 수영, 불쑥 찾아오는 친구들 같은 것 말입니다. 하지만 전 본래 그런 걸 특별히 좋아하는 사람은 아니지요. 그리고 보시다시피 친구들은 찾아올 수 있고요」
「비용이 엄청난 것이 문제지요」

엘리가 대답했다.

「저쪽 옆에 살고 있는 이웃 야마기시에게는 매달 두번째 화요일이면 여자 손님이 찾아옵니다. 비가 오나 눈이 오나 한결같습니다. 조금 있다가 야마기시와 인사를 시켜 드리지요. 대단한 사람입니다. 일급 전범이지만 기소되었을 뿐 유죄 판결은 받지 않았어요」

「왜 여기 계신 거지요?」

엘리가 물었다.

「세계가 끝날 거라고 생각하시지는 않잖아요. 여기서 무얼 하시는 건가요?」

「창밖으로 볼 수 있는 풍경이 좋습니다. 법적으로도 편리하고요」

엘리는 의아한 시선으로 헤든을 바라보았다.

「아시다시피 나처럼 새로운 발명을 하는 사람은 늘 어떤 법을 위반할지 모르는 아슬아슬한 상황에 놓이는 법이지요. 대개는 낡은 법이 새로운 기술을 따라잡지 못해 생겨나는 문제들이에요. 그럼 소송에 많은 시간을 허비하게 됩니다. 효율성을 떨어뜨리는 일이죠. 하지만 여기는……」

헤든은 지구와 자신의 성을 한꺼번에 가리켰다.

「어느 한 국가에 속하지 않습니다. 이 성은 나와 친구인 야마기시, 그리고 다른 몇몇 사람의 소유이죠. 내게 음식이나 다른 필요한 물건을 가져다주는 일은 불법이 될 수가 없습니다. 우리는 폐쇄된 생태학적 체계 안에서 완전히 안전해진 것입니다. 이 성은 지구상 어떤 나라와도 범인 인도 협정 따위를 맺지 않았소. 그러니까…… 여기 있는 편이 내게는 더 효율적이라는 말이지요.

내가 정말로 불법적인 무슨 일을 한다는 말은 아닙니다. 하지만 새로운 일들을 하고 있으니 안전을 기하는 편이 현명하지요. 예를 들어 실제로 내가 기계 제작을 방해한다고 믿는 사람들이 많아요. 정작 난 거기 막대한 돈을 쏟아 부었는데도 말이지요. 그 사람들이 바빌론에 어떤 짓을 했는지 보십시오. 보험 회사에서는 바빌론과 테르 오트의 범인이 동일인이라고 생각하더군요. 난 적이 많은 것 같아요. 이유는 모르겠지만. 난 나름대로 사람들에게 도움되는 일을 많이 했다고 생각하는데…… 어쨌든 간에 난 여기 올라와 있는 편이 나을 것 같아요…….

기계 제작 말이 나왔으니 말이지만 에르븀 못 사고는 정말 유감입니다. 드럼린 선생에 대해서도 애도의 뜻을 표하고 싶군요. 대단한 영감이었는데…… 당신에게도 큰 충격이었겠지요. 정말 뭐 마실 생각이 없나요?」

하지만 엘리는 지구를 바라보며 이야기를 듣는 편이 더 좋았다.

「기계 일로 낙담할 필요는 전혀 없어요」

헤든이 말을 계속했다.

「반대파들이 너무 많아서 결국 미국에서 기계를 제작하지 못할까봐 걱정이 될 수는 있습니다. 대통령도 같은 문제를 우려하고 있으니까. 우리 회사가 지은 공장들은 단순한 조립 라인이 아니고 주문생산 체제이지요. 망가진 부품을 모두 교체하려면 비용이 많이 들 거요. 하지만 이렇게 해서 생각을 정리할 여유가 생긴 셈입니다. 이제까지 너무 성급하게 달려왔는지도 모르니까 시간을 좀 가지고 전체를 천천히 살펴봅시다. 당신 생각은 어떨지 몰라도 어쨌든 대통령 생각은 그런 것 같군요.

물론 당장 기계를 제작하지 않으면 영원히 일을 끝내지 못할 거라는 점은 걱정이에요. 또 한 가지 중요한 것은 직녀성에서 온 초청장이 무기한으로 유효하지 못할지도 모른다는 점이지요」

「재미있군요. 사고가 나기 직전 발레리언과 드럼린 선생, 그리고 제가 나누던 이야기가 바로 그거였어요」

엘리는 이어 말을 가로막았다는 점을 깨닫고 말했다.

「죄송해요, 어서 계속하세요」

「종교적인 사람들은 우리 지구가 하나의 실험이라고 생각해요. 바로 그것이 그들 신앙의 결론이기도 하고요. 늘 모든 것을 간섭하고 조정하는 특정한 신이 있다고들 믿지요. 상인의 아내를 집적거리기도 하고 산에 이름을 붙여주는가 하면 아이를 불구로 만들라고 명령하고 무슨 말은 해도 좋고 무슨 말은 하면 안 되는지 정해주는 신 말입니다. 즐기는 일에 죄의식을 느끼게 만드는 신이지요. 어째서 그 신들은 인간을 가만히 놓아두지 않는 걸까요? 이런 간섭은 불완전을 의미할 뿐이에요. 롯의 아내가 뒤돌아보지 않기를 신이 바랐다면 어째서 그 여인을 순종적으로 만들지 않았을까요? 남편이 시킨 대로 절대 뒤돌아보지 않도록 말이에요. 아니면 롯을 그렇게 바보로 만들지 않을 수도 있지요. 그랬다면 아내가 남편 의견을 보다 존중했을 테니까. 신이 전지전능하다면 왜 처음부터 그가 원하는 모습으로 우주를 창조하지 않은 걸까요? 왜 끊임없이 고쳐나가면서 불평을 할까요? 성경에서 분명히 알 수 있는 건 단 하나뿐이에요. 바로 신이 형편없는 창조주라는 거죠. 설계나 창조 모두에 재능이 없어요. 경쟁자가 있었다면 일찌감치 자리를 내줘야 했을 겁니다.

바로 그 때문에 나는 우리 세계가 하나의 실험이라는 말을 믿지 않습니다. 하긴 우주에는 좀 모자라는 신들이 자신의 기량을 향상하기 위한 연습용으로 만들어 놓은 행성이 있을지도 모르지요. 빌리 조 랭킨과 파머 조스는 바로 그런 행성에서 태어나야 했어요. 하지만 여기 이 행성에서는……」

다시 한번 헤든은 창밖을 가리켰다.

「그런 간섭 따윈 없습니다. 우리가 무슨 실수를 했다 해도 그것을 고쳐주기 위해 신이 찾아오지는 않아요. 인류의 역사를 보아도 우리가 독립적인 존재라는 점은 분명하지 않나요?」

「그럼 기계는요?」

엘리가 물었다.

「기계는 뭐죠?」

「다시 말하지만 나는 우리가 실험 대상이라고는 생각하지 않아요. 아무도 관심을 가지지 않고 간섭하려 들지도 않는 그런 행성에서 우리는 독자적으로 살아가는 셈이지요. 하지만 물론 초보신들에게는 커다란 교훈이 되어 줄 겁니다. 〈나사를 바짝 조이면 지구 같은 것을 만들 수 있어.〉 이렇게들 말할지도 모르지요. 이런 완벽하고 훌륭한 세상이 파괴되는 것은 커다란 손실이죠. 그래서 가끔 찾아와 상황을 관찰하는 겁니다. 지난번에 왔을 때 인류는 대초원에서 영양 뒤를 따라 뛰어가고 있었어요. 〈좋아. 인간은 별 말썽을 일으키지 않을 것 같군. 천만년 후에 다시 확인하도록 하지. 하지만 만약을 대비해 라디오 주파수로 살펴보자고.〉 그들은 이렇게 생각했겠죠.

어느 날 경보음이 울렸어요. 지구에서 메시지가 온 겁니다. 〈뭐라고? 벌써 텔레비전을 갖게 되었다고? 어디 한번 봅시다.〉 올림픽 경기장, 펄럭이는 국기들, 독수리 상징, 아돌프 히틀러, 열광하는 수천 명의 관중들……. 그들은 위험하다고 판단했어요. 그래서 당장 답장을 보냈고요. 〈자, 그만들 둬. 자네들이 사는 행성은 완벽하게 훌륭하다고. 다소 무질서하기는 하지만 그렇다고 무슨 불편을 주는 건 아니지. 대신 이 기계나 만들어보도록 해.〉 우리가 내리막길에 있다고 생각해 걱정이 되었던 거요. 다시 원상태를 회복하려면 서둘러야 하고. 나 역시 그렇게 생각하오. 그러니까 기계를 제작해야만 하는 거지요」

엘리는 이런 논거에 대해 드럼린이 어떤 반응을 보였을지 알고 있었다. 헤든이 말한 것 중 상당 부분에 공감하기는 했지만 직녀성 인들이 무슨 생각을 하는지에 대해 이렇게 확신에 차 설명하는 일에는 벌써 신물이 나 있는 상태였다. 엘리도 프로젝트가 계속되고 기계가 완성 가동되어 인류 역사에 새로운 장이 열리기를 바랬다. 하지만 왜 그것을 원하는지는 불명확했다. 자신이 탑승원 물망에 오르내린다는 것을 알았을 때도 불명확하기는 마찬가지였다. 따라서 사고로 인한 기계 제작 연기는 엘리에게 커다란 의미가 있었다. 찬찬히 문제들을 생각할 여유를 주었던 것이다.

「야마기시와 함께 저녁 식사를 하도록 합시다. 당신도 그를 좋아하게 될 거요. 요즘 우린 야마기시 때문에 좀 걱정을 하고 있어요. 밤 시간 동안 산소 함량을 너무 낮게 해 놓고 있거든」

「그게 무슨 뜻이지요?」

「공기 중 산소 함량이 낮아질수록 수명이 길어져요. 적어도 의사들은 그렇게 생각하고 있습니다. 그래서 우리는 자기 방에서 산소 함량을 선택할 수 있게 되어 있지요. 낮에는 20퍼센트보다 훨씬 낮게 만들어 놓을 수가 없어요. 그럼 정신이 몽롱해지니까요. 하지만 잠만 자는 밤 시간에는 산소 함량을 더 낮출 수 있죠. 물론 위험은 있어요. 너무 낮게 하면 안 되니까. 야마기시는 요즘

14퍼센트까지 함량을 낮추는 중이에요. 아마 영원히 살고 싶은 모양인가 봅니다. 그 결과 그는 점심때가 되어서도 몽롱한 상태에서 깨어나지 못하는 상황이지요」

「전 산소 함량 20퍼센트에서도 일생 동안 몽롱하게 지내왔는걸요」 엘리가 웃었다.

「지금 야마기시는 그런 몽롱함을 없애는 약을 실험하고 있어요. 기억력을 증진시키는 효능이 있다지만 선전대로 정말 머리를 총명하게 하는지는 모를 일이죠. 야마기시는 그런 약을 잔뜩 먹으면서 밤에는 거의 산소를 호흡하지 않는 셈입니다」

「본래 특이한 사람인가 봐요?」

「그건 잘 모르겠군요. 아흔두 살 먹은 1급 전범으로는 달리 아는 사람이 없으니 비교할 수가 없거든요」

「바로 그래서 모든 실험에는 통제 집단이 필요한 거예요」

엘리가 말했다.

헤든은 미소를 지었다.

*　*　*

고령임에도 불구하고 야마기시는 황국 군대에서 오래 복무하면서 체득한 반듯한 자세를 흐트러뜨리지 않았다. 작은 체구에 머리카락이 한 올도 없는 대머리였지만 콧수염은 있었다. 얼굴 표정은 다정했다.

「난 엉덩이 때문에 여기 와 있는 거요」

야마기시가 설명했다.

「암이나 수명 같은 문제도 있지만 제일 중요한 건 엉덩이지.

이 나이가 되면 뼈가 쉽게 부러지거든. 츠쿠마 남작은 다다미 바닥에 떨어지는 바람에 죽었어. 겨우 1미터 반 높이였지만 뼈가 부러졌거든. 하지만 무중력 상태라면 그럴 걱정이 없지 않소」

그럴 듯한 이유로 들렸다.

식사 메뉴에 대해 약간 논란이 있었지만 결국 준비된 저녁 식탁은 퍽 근사했다. 무중력 상태의 식사를 위한 전문 기술이 이미 개발되어 있었다. 그릇에는 뚜껑이, 술잔에는 뚜껑과 빨대가 붙어 있었다. 견과나 마른 콘플레이크 같은 것은 금기 식품이었다.

야마기시는 엘리에게 철갑상어 알을 권했다. 그건 우주 궤도에까지 가지고 오는 운송비보다 지구에서의 구입비가 더 높은 몇 안 되는 음식이라는 설명이었다. 〈철갑상어 알이 서로 뭉쳐 있는 게 다행이군.〉 엘리는 생각했다. 이 궤도 위의 양로원에 철갑상어 알들이 온통 흩어져 둥둥 떠다니는 모습은 상상만 해도 재미있었다. 갑자기 엘리는 이보다는 몇 배 더 수수한 지상의 양로원에 있는 어머니 생각이 났다. 마침 그 순간 창밖에는 지구의 오대호 풍경이 펼쳐졌다. 어머니 양로원이 바로 그 근방이었다. 두 악덕 백만장자와 지구 궤도 위에서 수다를 떨 시간은 이틀이나 낼 수 있으면서 어머니한테는 단 15분도 전화를 못한다는 말인가? 엘리는 지구로 내려가는 대로 바로 전화를 하겠다고 다짐했다. 지구 궤도에서 연락을 한다면 위스콘신 양로원의 노인들에게 지나친 충격이 될지도 몰랐다.

자신이 우주에서 가장 나이가 많다는 야마기시의 말소리에 엘리는 불현듯 정신을 차렸다. 전 중국 부주석도 자기보다는 나이가 적다고 했다. 야마기시는 겉옷을 벗고 오른쪽 소매를 걷어올린 후 근육에 힘을 주더니 엘리에게 만져보라고 했다. 그러고는 자신이 주도적으로 참여했던 여러 자선 활동들에 대해 생생하고 자세한 내용을 이야기하기 시작했다.

엘리는 예의바르게 대화를 이끌려고 애썼다.

「이 위는 아주 조용하고 평화롭군요. 정말 행복한 은퇴 생활이겠어요」

야마기시에게 한 말이었지만 대답은 헤든이 했다.

「늘 조용한 것은 아니오. 위기 상황이 닥쳐 급히 움직여야 하는 일들도 있지」

「특히 태양 폭발이 무섭지. 쑥밭을 만들어버리거든」

야마기시도 한마디 거들었다.

「맞아요. 망원경이 대규모 태양 폭발을 감지하면 그 대전입자들이 성에 도달할 때까지 3일 정도 여유가 있어요. 야마기시나 나 같은 상주인들은 대피소로 들어가지요. 거기선 좁은 공간에서 스파르타식 생활을 해야 합니다. 하지만 방사능 차폐막이 충분히 제 역할을 다하지요. 물론 2차 차단 설비도 되어 있습니다. 문제는 비상주 직원이나 손님이 모두 사흘 안에 여길 떠나야 한다는 거요. 비상사태인 만큼 우주왕복선 탑승 비용이 엄청나게 치솟지요. 어떤 때는 항공 우주국이나 소련 쪽에 구조 요청을 해야 하기도 해요. 그런 때 혼비백산 뛰쳐나오는 사람들을 보면 정말 재미있어요. 마피아들, 정보기관 간부, 미남 미녀들……」

「그런데 여기 있는 분들은 특히 성생활을 즐긴다는 느낌이 드는군요?」

엘리가 다소 주저하면서 물었다.

「그건 사실입니다. 여러 이유가 있지요. 단골로 찾아오는 사람도 많고 장소가 낭만적이기도 하고…… 하지만 주된 이유는 무중력 상태에서 찾아야 해요. 무중력 상태에서는 여든 살 노인이라도 스무 살 때 꿈도 못 꾸었던 일까지 할 수 있거든요. 당신도 여기 이 위에 와서 남자 친구랑 휴가를 보내봐야 해요. 초청할 테니 꼭 오시오」

「아흔 살이야」

야마기시가 거들었다.

「뭐라고 하셨죠?」

「야마기시는 여기서는 여든 살이 아니라 아흔 살 노인이라도 젊은이 못지않다는 말을 하고 싶은 거요. 바로 그래서 모두들 여기 오고 싶어하는 것이고요」

커피를 마시고 있을 때 헤든은 기계 쪽으로 화제를 돌렸다.

「야마기시와 나는 다른 사람들과 협력하고 있지요. 그는 야마기시 산업의 명예 이사장이오. 알다시피 그 회사는 홋카이도에서 기계 부품 시험을 담당하고 있소. 이제 우리가 당면한 문제에 대해 이야기해 봅시다. 서로 얽힌 커다란 바퀴 세 개가 있다고 해요. 재료는 니오븀 합금이고 안쪽에 12면체를 담은 상태지요. 진공 상태가 되면 아주 빠른 속도로 각각 직각을 이루며 돌도록 되어 있어요. 그 바퀴들을 벤젤이라고 부릅니다. 당신도 이미 알고 있겠지만. 그런데 그 세 벤젤을 축소판으로 만들어 빠르게 회전시켜 보면 어떨까요? 무슨 일이 일어날까요? 내노라하는 물리학자들은 이구동성으로 아무 일도 없을 거라고 합니다. 하지만 아무도 실험해본 적은 없지요. 그러니까 아무도 정확히는 모르고 있다는 거죠. 전체 기계가 완성되어 돌아갈 때 무슨 일이 발생할까요? 그건 회전 속도의 문제인가요, 아니면 벤젤의 구조 때문일까요? 혹은 벤젤 안의 특별한 형태나 혹은 크기 때문일까요? 그래서 우리는 이걸 만들어 돌려보기로 했습니다. 축소형 모델과 실물 크기 각각을 만들어서 말이에요. 우선 큰 벤젤을 하나만 돌려보는 겁니다. 아무 일도 일어나지 않는다면 다른 부품을 하나씩 더 넣어가면서 돌려보아야지요. 계속 그런 식으로 각 단계별로 부품을 끼워넣으며 실험을 하다보면 어느 한 중간 단계에서 기계가 놀라운 결과를 보일 수도 있어요. 그러니까 우리는 기계가 어떻게 움직이는지를 확실히 알고 싶었던 거요. 내 마음을 이해하겠소?」

「그래서 비밀리에 일본에서 기계를 조립하고 계셨다는 건가요?」

「꼭 비밀이라고 할 수는 없소. 우리는 기계의 부품들을 시험하고 있으니까. 여러 부품을 동시에 시험해서는 안 된다고 말한 사람은 아무도 없어요. 자, 야마기시와 내가 제안하고 싶은 것은 이겁니다. 홋카이도에서의 시험 일정을 바꿉시다. 지금 당장 전체 조립에 들어가는 거요. 부품 하나하나의 시험을 나중으로 미룬다고 문제될 것은 없어요. 어쨌든 비용은 모두 마련되어 있으니까.

미국이 다시 본격적인 기계 제작을 진행하려면 몇 달 아니 몇 년이 걸릴지 모릅니다. 소련 쪽에서도 일이 그보다 빨리 될 것 같지는 않고. 그러니 일본만이 유일한 가능성이지요. 당장 중대 발표를 할 필요는 없어요. 실제로 기계를 가동시키는 결정은 차차 내려도 좋습니다. 우리 일은 여전히 부품 시험에 국한되는 것으로 해 두고 말입니다」

「이런 결정을 두 분이 독자적으로 내리실 수 있는 건가요?」

「이건 당연히 우리의 재량권 범위에 들어가는 결정입니다. 6개월 정도면 와이오밍의 기계 제작 단계까지 따라갈 수 있을 거예요. 물론 방해 세력에 대해서도 신경을 써야겠지만 홋카이도는 잠입해 들어오기가 어려운 곳이 아닙니까. 모든 것이 제대로 준비되고 나면 세계 기계제작 컨소시엄에 해볼 의향이 있느냐고 물어 보겠습니다. 탑승자들이 동의한다면 컨소시엄도 반대할 리가 없겠죠. 당신 생각은 어떻소, 야마기시?」

야마기시는 질문을 듣지 못했다. 낮은 목소리로 〈자유 낙하〉라는 노래를 흥얼거리고 있었던 것이다. 최신 유행곡으로 지구 궤도로 가고 싶은 바람을 담은 노래였다. 재차 질문을 던지자 야마기시는 긴 영어를 다 알아듣지 못했다고 중얼거렸다.

헤든은 아랑곳없이 말을 이었다.

「현재는 일부 부품이 기준을 통과하지 못한 상태이지만 결국에는 합격품이 나올 거요. 그러니까 당신도 크게 걱정할 필요는 없다고 생각하오. 개인적인 생각이긴 하지만」

「개인적인 생각이라고요? 도대체 왜 제가 그 기계에 탈 거라고 생각하시죠? 우선 그런 일을 제게 부탁한 사람은 아무도 없어요. 변수가 아주 많다고요」

「탑승자 선정 위원회에서 당신을 지목할 가능성은 아주 높아요. 대통령도 거기 찬성할 것이고. 그것도 아주 열광적으로요」 헤든이 미소를 지었다.

「당신, 수렁에 빠져 일생을 지내고 싶은 겁니까?」

스칸디나비아와 북해는 구름에 가려졌지만 영국 해협은 투명해 보이는 엷은 안개로 뒤덮여 있었다.

「맞아요, 당신은 가게 될 거요」

야마기시가 일어나 두 손을 차렷 자세로 힘차게 몸 옆에 붙이며 섰다. 그러더니 고개를 깊이 숙여 인사를 했다.

「저희 회사의 2천2백만 직원을 대표하여 말씀드리건대 이렇게 만나 뵙게 되어 대단히 기쁩니다.」

* * *

엘리는 배정받은 좁은 방에서 깜박 졸다가 깨어났다. 무중력 상태에서 혹시라도 몸이 어디 부딪히지 않도록 느슨하게 묶여 있는 상태였다. 다른 사람들은 모두 자는 중인 듯했다. 엘리는 벽에 붙은 손잡이들을 잡으며 커다란 창문 앞으로 갔다. 지구는 밤이었다. 여기저기 흩뿌려진 빛을 제외하고는 온통 암흑뿐이었다. 그 빛들은 자신이 위치한 반구가 태양을 등지고 있을 때의 불투명함을 조금이라도 만회해 보려는 인간의 대담한 시도였다. 20분쯤 지나 해가 떠오르기 시작했을 때 엘리는 다시 헤든이 어제 밤 같은 질문을 던져온다면 그러겠다고 대답하리라 결심했다.

갑자기 등 뒤에 헤든이 나타나 먼저 말을 시작했다.

「정말 멋진 광경이죠. 벌써 몇 년째지만 여전히 멋있어요. 하지만 우주선 벽이 주위를 둘러싸고 있다는 게 거슬리지 않나요? 아직까지 아무도 해보지 못한 경험을 하고 싶지 않아요? 우주복은 입었으되 어디 묶인 끈도, 우주선도 없이 말입니다. 아마 태양은 뒤쪽에 있을 거고 온 사방이 별이겠죠. 지구는 아래쪽으로 보일 테고요. 아니면 다른 행성 근처일 수도 있고. 그럼 나 역시 하나의 별이 되는 거지요. 우주를 떠다니는 나는 정말로 우주의 한 부분이라는 생각이 들 거예요. 요즘 우주복은 몇 시간 정도는 거뜬히 견뎌 주겠죠. 당신을 떨어뜨리고 간 우주선은 멀리 가버렸을 겁니다. 한 시간쯤 후에 다시 데리러 올 수도 있고 아니면 영원히 오지 않을지도 모르는 거지요.

아니, 우주선은 영원히 돌아오지 않는 편이 더 좋겠어요. 마지막 몇 시간을 별과 공간과 세계들에 둘러싸여 보내는 겁니다. 불치의 병에 걸려 있다거나 최후의 방종을 즐기고 싶다면 그보다 나은 방법이 있겠어요?」

「진심으로 하는 말씀이에요? 그런…… 경험을 판매하시려고요?」

「글쎄, 아직 본격적으로 장사에 나서기에는 이르죠. 그게 가장 좋은 방법인지 아닌지도 모르고요. 그저 가능성을 시험하는 단계라고 해 둡시다」

엘리는 헤든에게 자기 결심을 털어놓지 않기로 했다. 헤든 편에서도 묻지 않았다. 나중에 나르니아 호가 다가와 〈므두셀라〉 호와 도킹을 시도하고 있을 때 헤든이 엘리 곁으로 다가왔다.

「여기 궤도 위에서 야마기시가 제일 나이가 많다는 얘긴 이미 했습니다. 하지만 나는 그와 정반대로 이곳에서 상주하는 사람 중에서 가장 나이가 어려요. 물론 직원이나 우주 비행사 혹은 댄서 같은 사람을 제쳐놓고 보았을 때 말입니다. 의사들은 무중력 상태에서는 몇백 년이라도 살 수 있다고들 하고 있어요. 그러니까 난 불사를 실험하고 있는 셈이지요.

자랑하려고 이런 이야기를 하는 건 아닙니다. 이건 실제적인 문제란 말이에요. 인류가 수명 연장을 추구한다는 걸 생각해 보세요. 그럼 직녀성 사람들은 과연 어땠을까요. 아마 이미 불사의 존재이거나 거기 근접하는 중이 아닐까요? 난 실제적인 사람이고 그래서 불사에 대해 많이 생각해 왔어요. 다른 누구보다도 더 오랫동안 진지하게 생각을 했을 거요. 그 결과 확실하게 말할 수 있는 것이 하나 있소. 불사의 존재는 아주 조심성이 많아요. 함부로 모험을 하지 않지요. 이미 너무나 많은 것을 불사를 위해 바쳐왔으니까. 직녀성 사람들의 외모가 어떤지, 우리에게서 바라는 것이 무엇인지 나는 모르오. 하지만 당신이 그들을 만난다면 이건 유용한 충고가 될 거요. 전적으로 확실하다고 느껴지는 일이라 해도 그들은 그걸 수용 불가능한 위험으로 생각할지 몰라요. 그들과 무슨 협상을 할 일이 생긴다면 내가 한 말을 잊지 마시오」

17장
개미의 꿈

인간의 음성은 깨진 주전자와 같다.
우리는 별들을 녹여버릴 음악을 꿈꾸지만
거기서 나오는 것은 곰을 춤추게 만드는 거친 리듬뿐이다.
—— 구스타프 플로베르의 『마담 보봐리』(1857)

대중 신학이란……
무지에서 비롯된 거대한 모순이다.
신이란 자연이 인간의 마음속에 개념을
심어줌으로써 존재하게 된 것이다.
—— 키케로의 『신에 관하여』 I, 16

일본으로 부칠 공책이랑 카세트테이프, 야자수 이파리 같은 것을 꾸리던 중에 엘리는 어머니가 심장 발작을 일으켰다는 연락을 받았다. 그리고 얼마 지나지 않아 편지가 배달되었다. 계부 존 스터튼이 쓴 편지였다. 인사말 같은 것은 없었다.

네 어머니와 나는 네가 가진 단점과 문제에 대해 자주 토론을 하곤 했다. 어려운 대화였다. 내가 널 옹호하면(그럴 리 없다고 생각하겠지만 그런 일도 종종 있었다) 네 어머니는 내가 네 손에 놀아난다고 비판했고 또 널 나쁘게 말하면 상관하지 말라고 화를 냈단다.
네가 직녀성인지 뭔지 하는 연구에 매달리면서 지난 몇 년 동안 어머니를 찾지 않은 것이 어머니에게는 얼마나 큰 상처였는지 네가 알아야 한다고 생각했다. 그 끔찍한 양로원 안에서 네 어머니는 다른 사람들에게 늘 네가 곧 찾아올 것이라고 말하곤 했지. 몇 년 동안이나 말이다. 유명한 딸을 자랑스럽게 소개하고 싶었던 거야.

넌 이런 편지를 받고 싶지 않을 게다. 이런 말을 해야 하는 나도 괴롭다. 하지만 이건 너를 위한 일이야. 네 행동은 어머니에게 더할 수 없이 큰 아픔을 주고 있다. 그 아픔은 심지어 네 아버지가 돌아가셨을 때보다도 클 거야. 넌 유명 인물이 되었고 네 홀로그램 영상은 온 세계에서 볼 수 있게 되었지만, 그리고 넌 정치인들과 담소를 나눌 정도로 출세했는지 모르지만 한 인간으로서 너는 고등학교 시절에 비해 조금도 나아지지 않았어.

눈물이 가득 고인 채 엘리는 편지와 봉투를 한꺼번에 찢어버리려 했다. 하지만 안쪽에 또 다른 딱딱한 종이가 있었다. 그건 부분적으로 홀로그램이 섞인 구식 사진이었다. 그런 각진 사진을 볼 수 있다는 건 아련한 향수를 불러 일으켰다. 엘리가 한번도 본 적이 없는 그 사진 속에서 어머니는 너무도 사랑스러운 모습으로 수염이 거뭇거뭇한 아버지의 어깨 위에 손을 얹은 채 웃고 있었다. 두 사람은 더없이 행복해 보였다. 존 스터튼에 대한 분노, 죄의식, 약간의 자기 연민에 싸여 엘리는 사진 속의 두 사람을 다시는 볼 수 없게 될 거라는 명백한 현실의 무게를 느꼈다.

* * *

어머니는 미동도 없이 누워 있었다. 얼굴 표정은 기쁨도 슬픔도 아닌…… 그저 기다림을 담은 것이었다. 엘리의 말소리를 들을 수 있는지도 확실치 않았다. 엘리는 의사소통 방법을 생각해 보았다. 어쩔 수 없이 버릇처럼 그쪽으로 생각이 돌아갔던 것이다. 눈을 한 번 깜박이면 긍정이고, 두 번 깜박이면 부정으로 할까? 아니면 음극광선 튜브가 연결된 뢴트겐 사진을 보여주면서 베타파를 조정하는 방법을 가르치면 어떨까? 하지만 앞에 있는 것은 머나먼 행성의 생명체가 아니라 어머니였고 필요한 것은 암호 해독이 아니라 애정이었다.

엘리는 어머니 손을 잡고 몇 시간이고 이야기를 했다. 어머니와 아버지, 어린 시절에 대한 이야기였다. 아장아장 걸어다닐 때 희게 빨아 넌 욧잇 사이로 번쩍 들어올려지던 일을 떠올렸고 존 스터튼에 대한 이야기도 했다. 많은 것에 대해 용서를 빌었고 조금 울기도 했다.

어머니 머리가 헝클어져 있었기 때문에 엘리는 빗을 찾아다 말끔하게 빗겨 주었다. 어머니의 주름진 얼굴에서 자기 모습을 발견하기도 했다. 젖은 듯한 어머니의 깊은 눈은 움직이지 않고 먼 허공을 바라보았다.

「저는 제가 어디에서 왔는지 알고 있어요」

엘리가 부드러운 말투로 말했다.

거의 느껴지지 않을 정도로 어머니는 고개를 좌우로 흔들었다. 마치 딸과 소원하게 지냈던 그 세월을 후회라도 하는 듯이. 엘리는 힘주어 어머니 손을 잡았다. 어머니도 마주잡은 손에 힘을 주는 듯했다.

당장 생명이 위독한 상태는 아니라고 했다. 그리고 무슨 변화가 생기면 당장 와이오밍의 사무실로 전화를 해주겠다는 다짐을 받았다. 어머니는 며칠 후 다시 병원에서 양로원으로 옮겨질 예정이었다. 존 스터튼은 다소 화가 풀린 것 같았다. 그는 엘리가 정말 상상도 못할 정도로 어머니를 배려하고 있었다. 엘리는 자주 전화하겠다고 약속했다.

* * *

　대리석 바닥이 장중한 모습으로 펼쳐진 가운데 조금은 어울리지 않는 모습으로 벌거벗은 조각상이 세워져 있었다. 홀로그램 영상이 아닌 진짜 조각상이었다. 엘리는 여러 사람과 어울려 승강기를 타고 위로 올라간 후 수많은 사람들이 워드프로세서 위에 몸을 구부리고 일에 열중하고 있는 커다란 방을 지나 걸어갔다. 일본의 표음문자 히라가나 51자로 입력한 단어는 화면에서는 자동으로 그에 해당하는 한자로 나타났다. 한자 수십만 자가 컴퓨터에 저장되어 있었다. 물론 신문을 읽을 때는 그저 3-4천 자면 족했지만 말이다. 서로 완전히 다른 뜻을 가진 다른 한자가 같은 발음으로 나타나는 경우에는 입력자가 올바른 한자를 선택할 수 있도록 다양한 한자들이 떠올랐다. 워드 프로세서는 문맥 판독 기능이 있어 가능성이 높은 순서대로 한자들을 제시했다. 기계의 판단이 틀리는 경우는 퍽 드물었다. 최근까지도 타자기 사용이 불가능했던 일본어에 있어 워드프로세서는 의사 소통의 일대 혁명을 일으킨 셈이었지만 모든 전통주의자들이 그 혁명을 환영한 것은 아니었다.
　아사히 신문사 회의실에는 나지막한 상 주위에 낮은 의자가 놓여 있었다. 그나마 서양인들을 배려한 처사였다. 차례로 일본차가 따라졌다. 엘리 자리에서는 창 너머로 동경 시가지가 내다보였다. 〈난 창문 앞에서 많은 시간을 보내게 되는군.〉 엘리는 생각했다. 아사히란 〈떠오르는 해〉라는 뜻이라고 했다. 엘리에게는 정치부 기자 중에 여자가 끼어 있다는 점이 흥미로웠다. 그건 미국이나 소련에서도 드문 일이었다. 일본은 전국적인 규모로 여성의 역할을 재평가하는 일에 매달려 있었다. 전통적으로 남성의 특권으로 여겨지던 많은 것들이 실생활에서의 전투를 통해 점점 줄어들었다. 바로 어제만 해도 나노 전자 회사의 사장이 이제 일본에서 기모노 허리띠를 묶을 줄 아는 〈소녀〉는 하나도 없다고 한탄하지 않았나. 단추 달린 나비넥타이처럼 이미 매듭이 묶여 있는 편리한 제품이 시장을 점령해버린 것이다. 일본 여성들은 더 이상 매듭을 접고 묶는 일 따위에 하루 30분이라는 시간을 쓸 수 없었다. 바쁜 일이 많아졌기 때문이다. 여류 기자 역시 멋진 정장 차림이긴 했지만 치맛단이 터져 종아리 아래로 늘어진 상태였다.

보안을 위해 기자들은 홋카이도 기계 제작 단지 출입이 금지되었다. 대신 탑승자나 고위 관계자가 혼슈로 출장을 가게 되면 반드시 일정 중에 기자 회견이 끼곤 했다. 일본을 비롯한 세계 각국의 기자들이 대기하고 있었다. 늘 그렇듯이 질문은 평이했다. 전 세계에서 온 기자들이었지만 시각은 거의 똑같았다. 미국과 소련에서 기계 제작 시도가 〈실망스럽게〉 끝나버린 뒤 결국 일본이 제작 중심지가 된 상황을 어떻게 생각하는지? 일본 북부 홋카이도 유배 생활이 외롭지는 않은지? 메시지의 지시 사항을 넘어서서 부품을 시험하고 있는 상황에 대해 불만은 없는지?

1945년 전까지 기계 제작 단지 자리에는 황국 해군이 있었다고 했다. 그래서 엘리 자리에서는 바로 근처에 위치한 해군 관측소의 지붕이 보였다. 은색으로 빛나는 반구형 망원경 두 개는 아직도 시간과 날짜 측정 용도로 사용되고 있었다. 망원경들은 정오의 햇살을 받고 빛났다.

어째서 기계는 12면체와 벤젤이라고 불리는 바퀴 세 개로 이루어져 있는지? 물론 엘리가 그 이유를 알 리 없다는 것은 기자들

눈에도 분명했다. 하지만 의견이라는 건 있지 않은가? 엘리는 그런 문제에 대해 아무런 증거가 없는 상태에서 어떤 의견을 피력한다는 것은 바보 같은 일이라고 대답했다. 기자들은 아랑곳없이 질문을 퍼부었고 엘리는 알 수 없는 일에 대해 참을성의 미덕을 발휘해 달라고 호소했다. 정말로 안전 문제가 걱정된다면 일본의 인공지능 전문가가 주장하는 대로 사람 대신 로봇을 보내면 되지 않겠는가? 개인적으로 가져갈 소지품이 있는가? 가족사진은 안 가져가는가? 소형 컴퓨터는? 스위스의 다목적 소형칼은?

엘리는 관측소의 옥상 문이 열리고 두 사람이 나오는 것을 보았다. 중세 일본풍의 청회색 갑옷을 입고 얼굴을 가리고 있었다. 자기 키보다 더 긴 나무 막대를 지닌 두 사람은 고개 숙여 상대에게 인사를 하고 잠시 숨을 돌린 후 30분 동안이나 서로 찌르고 피하고 했다. 그 광경에 정신이 팔린 엘리는 기자들의 질문에 건성으로 대답하고 있었다. 다른 사람들은 아무도 그 두 사람의 존재를 눈치 채지 못한 듯했다. 긴 나무 막대는 퍽이나 무거운 듯 두 사람은 마치 깊은 대양 아래에서 온 전사들처럼 느리게 몸을 움직였다.

메시지 수신 이전부터 베게이나 수하바티 박사를 알고 있었는지? 에다 박사나 시 챠오무는 어떤지? 그 사람들에 대해 어떻게 생각하는지? 다섯 사람이 잘 지낼 수 있다고 보는지? 갑자기 엘리는 자신이 그 선발된 일행의 한 사람이라는 점이 이상하게 여겨졌다.

일본제 부품에 대한 생각은 어떤지? 탑승자들과 아키히토 천황의 만남은 어땠는지? 신도(神道)나 불교계 지도자들과의 만남은 기계 작동 이전에 미리 세계 종교계의 지지를 얻으려는 시도인가, 아니면 그저 주최국 일본에 대한 예의 차원인가? 기계가 트로이의 목마나 최후의 날 기계는 아니라고 생각하는지? 엘리는 가능한 한 예의바르고 간결하게, 그리고 명확하게 대답하려고 애썼다. 자리를 함께했던 홍보 담당관의 얼굴에는 만족하는 빛이 역력했다.

갑자기 인터뷰가 끝났다. 모두 한마음으로 성공을 빈다고 인터뷰를 관장했던 대표가 말했다. 그리고 우주 여행에서 돌아왔을 때도 인터뷰를 하고 싶다는 말과 함께 가능한 한 자주 일본을 방문해 달라고 청했다.

기자들은 미소를 지으며 허리를 굽혀 인사했다. 갑옷을 입은 천문대의 두 무사도 사라지고 없었다. 엘리의 경호 담당들은 경계를 늦추지 않으면서 회의실 바깥에서 대기하는 중이었다. 나오는 길에 엘리는 여기자에게 중세 무사 차림의 남자들에 대해 물었다.

「아, 그건 근처 해안 경비대 소속 천문학자들이죠」

여기자가 대답했다.

「매일 점심 시간이면 검도 연습을 한답니다. 그 사람들 기준으로 시계를 맞춰도 될 정도로 정확하죠」

* * *

시 챠오무는 대장정 때 태어났고 혁명 시기에는 국민당에 대항하는 젊은 전사로 활약했다. 한국전쟁 때 정보 장보로 복무했고 결국에는 중국의 전략 기술 담당으로 출세했다. 하지만 문화혁명이 닥치면서 공개 비판을 받고 가택 연금되는 신세가 되었다.

이후 복권되어 폭넓은 지지를 받고 있었다.

문화 혁명 때 시 챠오무가 비판받은 이유 중 하나는 고대 유교 철학을 신봉한다는 점이었다. 특히 그는 대학(大學)에 나오는 구절을 즐겨 인용했다. 그 구절은 몇 세기 동안이나 교육 수준에 관계없이 대부분의 중국인이 외워왔던 것으로 20세기 초반 손문이 자신의 혁명적 민족 운동에 바탕을 이루는 사상이라고 토로했을 정도로 유명했다.

왕국 전체에 걸쳐 훌륭한 미덕을 전파하고자 했던 선조들은 우선 나라의 질서를 잡았다. 나라의 질서를 잡기 위해서 우선 가정을 잘 다스렸다. 가정을 잘 다스리기 위해서 우선 사람을 제대로 키워냈다. 사람을 키우기 위해서 우선 자신의 마음을 바르게 했다. 마음을 바르게 하기 위해서 지식을 넓혔다. 이러한 지식의 확장은 사물에 대한 연구를 통해 가능하다.

이렇게 시 챠오무는 지식 추구가 중국의 복지를 위해 중심적인 과업이라고 생각했지만 홍위병들의 의견은 달랐다.

문화 혁명 동안 시 챠오무는 만리장성 근처의 닝샤성 황폐한 집단 농장의 일꾼으로 보내졌다. 이슬람 전통이 강한 지역이었다. 거기서 불모지를 일구던 중 그는 한나라 시대의 정교한 청동 투구를 발굴했다. 이를 계기로 복권 후 시 챠오무의 관심은 전략 무기에서 고고학으로 돌아서 있었다. 문화 혁명은 5천 년을 이어 온 중국의 문화적 전통을 단절시키고자 했다. 시 챠오무는 이렇게 단절된 역사를 다시 이어가려고 시도했다. 그러면서 점차 그는 서안의 지하도시 발굴에 전념하게 되었다.

결국 서안에서 점토를 구워 만든 중국 황제의 군대가 발굴되었다. 역사적인 사건이었다. 그 황제의 이름은 진시황이었다. 기원전 3세기 진시황은 제국을 통일하고 만리장성을 축조했으며 사후에 자신을 지켜줄 점토 군대를 만든 것이다. 병사, 시종, 귀족 등이 망라된 그 점토 군대의 실제 인물들은 당시 중국 전통에 따라 순장되었음이 틀림없었다. 점토 군대는 총 7천5백여 명으로 사단 규모였다. 병사들의 얼굴은 각각 서로 달랐다. 중국 전역에서 온 사람들의 얼굴을 보여주는 셈이었다. 진시황은 서로 갈라져 대치하던 여러 지역을 한 나라로 통합했다. 근처 무덤에서는 황궁의 하급 관리직인 〈타이〉 부인의 시신이 거의 완벽한 상태로 발견되었다. 수십 년 동안 하인들을 다루면서 만들어졌을 엄격한 표정까지도 생생했다. 시체 보존 기술은 고대 이집트보다 훨씬 앞서 있었던 것이다.

진시황은 문자를 간소화하고 성문법을 제정했다. 도로를 정비하고 만리장성을 축조하며 국가를 통일하는 위업을 달성했다. 또 무기를 압수하기도 했다. 한편으로 진시황은 자신을 비판하는 학자들을 학살하고 민심을 동요시킨다는 이유로 책을 불태워 후세 학자들의 비판을 받지만 다른 한편으로는 만연되어 있던 부패를 일소하고 평화와 질서를 가져왔다는 점에서는 칭송받기도 한다. 시 챠오무는 문화 혁명을 떠올렸다. 그리고 이러한 정반대의 경향이 한 사람 속에서 어떻게 조화될 수 있는지 상상했다. 진시황의 권위는 대단한 것이어서 산이 자신을 거역했다며 그 산의 나무를 모두 베어내고 산 전체를 죄수복 색깔인 붉은색으로 칠하는 벌을 내릴 정도였다. 진시황은 위대했지만 동시에 미친 사람이기도 했다. 약간 미치지 않고서야 어떻게 그렇게 다양하고 적대적인 국가들을 하나로 통합할 수 있겠는가? 그런 일을 시도하는 것만 해도 미친 사람임이 틀림없다고 시 챠오무는 웃으며 엘리에게 말했다.

점점 더 고고학에 빠져들면서 시 챠오무는 대규모 서안 발굴 작업에 착수했다. 서서히 진시황 자신도 완벽히 보존된 시신으로 점토 군대 근처 어딘가의 무덤에서 조용히 누워 있으리라는 확신이 들었다. 고대로부터 전해 내려오는 기록에 의하면 근처에는 기원전 210년 당시의 중국을 축소한 모형이 묻혀 있다고도 했다. 정교하게 만들어진 절과 탑, 지하 세계를 통치하는 황제가 배를 타고 떠다니는 수은 강 등으로 이루어진 모형이라는 것이다. 서안의 토양이 수은에 오염되어 있다는 사실이 밝혀졌을 때 시 챠오무는 더욱 흥분하지 않을 수 없었다.

진시황이 이 모형 제국 위쪽에 천상의 나라를 표현하는 대형 반원지붕을 덮도록 지시했다는 고대 기록도 발견되었다. 중국 문자는 2200년 동안 거의 변하지 않았기 때문에 언어학자의 도움 없이도 시 챠오무는 직접 그 기록을 읽을 수 있었다. 진시황 시대에 그 기록을 남긴 사람과 직접 대화하는 셈이었다. 시 챠오무는 며칠이나 잠을 이루지 못하고 위대한 황제의 무덤 위에서 반원형 하늘을 가로지르고 있는 은하수의 모습과 황제의 죽음을 슬퍼하며 밤하늘을 가로지르는 혜성을 상상했다.

지난 10여 년 동안 시 챠오무는 진시황의 무덤과 우주 모형을 찾아내는 일에 매달렸다. 아직 찾지는 못했지만 그 노력만으로도 전 중국인은 상상력에 사로잡혔다. 「중국에는 십억의 인구가 있지만 시 챠오무는 오로지 한 사람뿐이다」 사람들은 이렇게 말하곤 했다. 개인 존재에 대한 인식이 서서히 변화해 가는 중국 상황에서 시 챠오무는 상징적인 인물이었다.

진시황은 불사의 열망에 사로잡혀 있었다. 지구상 가장 인구가 많은 나라가 자기 이름을 따서 불리도록 만들었으며 당시 세계 최대의 건축물을 축조하기도 한 진시황은 죽은 후 잊혀지게 될 거라는 사실을 몹시 두려워했다. 그래서 더 많은 기념비적 건축물을 세웠고 신하들의 얼굴과 몸을 그대로 재현했으며 아직 발굴되지 않은 무덤과 제국의 축소판 모형을 만들었다. 그리고 불로초를 찾기 위해 동쪽으로 신하들을 파견했다. 그는 새로운 파견단이 출발할 때마다 비용에 대해 엄청난 불평을 했다고 한다. 그 중에는 배 수십 척과 젊은 남녀 3천 명 이상으로 이루어진 대규모 파견단도 있었다. 한번 떠난 파견단은 다시는 되돌아오지 않았고 그들의 소식은 알 길이 없었다. 불로초나 불로수를 구하지 못한 이상 진나라로 돌아올 이유는 없었던 것이다.

그로부터 정확히 50년이 지난 후 돌연히 일본에서 벼농사와 철가공술이 등장했다. 일본 경제의 근본이 뒤바뀌고 무사 귀족 계급이 형성되는 결정적 계기였다. 시 챠오무는 〈떠오르는 태양의 나라〉라는 일본 국호 자체가 중국에 뿌리를 두고 있음을 보여준다고 주장했다. 일본 위로 태양이 떠오르는 광경을 볼 수 있는 나라가 중국 말고 대체 어디란 말인가? 그 논리대로라면 엘리가 방금 방문한 《아사히》 신문 또한 진시황의 생애와 통치 시절을 연상시키는 것이었다. 엘리는 진시황에 비하면 알렉산더 대왕도 한낱 어린아이에 불과하다고 생각했다.

진시황이 불사에 사로잡혀 있었다면 시 챠오무는 진시황에 사로잡혀 있었다. 엘리는 시 챠오무에게 지구 궤도에 사는 헤든 이야기를 해주었다. 두 사람은 진시황이 20세기가 저물어 가는 오늘날까지 살아 있다면 아마 그가 선택할 곳도 지구 궤도 위라는 데 견해를 같이 했다. 엘리는 화상 전화를 통해 시 챠오무를 헤든에게 소개했고 두 사람이 방해를 받지 않고 대화할 수 있도록 자리를 비켜 주었다. 시 챠오무의 유창한 영어 실력은 최근 있었던 홍콩의 중국 반환 협상을 통해 인정받았을 정도였다. 두 사람의 이야기는 〈므두셀라〉 호가 져버릴 때까지 끝나지 않았고 그 이후에는 정지궤도 통신위성의 도움을 받아 계속되었다. 그로부터 얼마 지나지 않아 헤든은 자신의 성이 떠 있을 시간을 감안해 기계를 작동시켜 달라고 요청해왔다. 그 중요한 순간에 자기 망원경으로 홋카이도를 바라보고 싶다는 것이었다.

* * *

「불교도는 신을 믿는 건가요, 아닌 건가요?」
엘리는 큰스님과 저녁 식사하러 가는 길에 물었다.
「그 사람들은 마치……」
베게이가 객관적인 말투로 말했다.
「자신들의 신은 존재할 수도 없을 정도로 위대하다고 생각하는 것 같아」
시골길을 따라 속도를 내어 달리는 차 안에서 일행은 일본에서 가장 유명한 선불교 큰스님인 우츠미에 대해 이야기를 나누었다. 몇 년 전 히로시마 참사 50주년 기념식에서 우츠미가 했던 연설은 전세계의 주목을 끌었다. 그는 일본 정계와 긴밀한 관계를 가지면서 정치인들의 정신적인 조언자 역할을 담당했지만 정작 대부분의 시간은 명상과 수행 활동으로 보냈다.

「그 사람의 아버지 역시 불교 큰스님이라고 하더군요」

수하바티가 말했다.

엘리는 놀라 눈을 크게 떴다.

「그렇게 놀랄 필요없어요. 일본 선불교에서는 결혼을 허용하는 걸요. 아마 러시아 정교도 그렇지요, 베게이?」

「과거 일이라 잘 모르겠습니다」

머뭇거리는 어조였다.

식당은 대나무 숲에 둘러싸여 있었다. 〈구름에 가린 달〉이라는 식당 이름에 걸맞게 정말로 초저녁 하늘에는 구름에 반쯤 가린 달이 보였다. 초청자의 배려 덕분에 다른 손님은 하나도 없었다. 엘리와 일행은 신발을 벗고 작은 방 안으로 들어갔다.

큰스님은 삭발 머리에 검은색과 은색이 섞인 장삼 차림이었다. 영어도 유창했지만 시 챠오무에 따르면 중국어 또한 상당한 수준이라고 했다. 따뜻하고 편안한 분위기에서 화기애애한 대화가 이어졌다. 요리는 나오는 것마다 예술이었다. 마치 식용 보석을 보는 것 같았다. 엘리는 어째서 새로운 현대 요리가 일본 음식을 참고하고 있는지 알 것 같았다. 눈을 가리고 맛만 음미한다고 해도 흠잡을 곳이 없었다. 아니면 그저 보고 감탄만 할 뿐 먹지 못한다고 해도 역시 불만이 없을 것 같았다. 그러니 보기도 하고 동시에 먹기도 한다는 것은 그야말로 천상의 기분이었다.

엘리는 베게이와 나란히 앉아 큰스님과 마주보는 위치였다. 사람들은 요리에 대해 많은 이야기를 나누었다. 초밥이 끝나고 은행이 나왔을 때 잠시 화제가 기계 작동 쪽으로 흘렀다.

「하지만 우리가 서로 의사소통 하는 까닭은 무엇입니까?」

큰스님이 물었다.

「정보를 교환하기 위해서입니다」

영 말을 듣지 않는 젓가락 때문에 온 신경을 곤두세운 베게이가 대답했다.

「그렇다면 우리가 정보를 교환하고 싶어하는 까닭은 무엇이죠?」

「우리는 정보를 먹고살기 때문입니다. 정보는 우리의 생존에 필요합니다. 정보가 없다면 우리는 죽고 맙니다」

베게이는 가까스로 집어 올려 입으로 가져가려 할 때마다 그만 젓가락에서 미끄러져 떨어져버리는 은행 알 때문에 고생을 하고 있었다. 그는 최대한 고개를 숙여 젓가락과 입 사이의 거리를 가까이 하려고 했다.

「저는 이렇게 생각합니다」

큰스님이 말했다.

「우리는 사랑 혹은 열정 때문에 서로 의사소통하는 것이라고 말입니다」

그러고는 손가락으로 은행을 하나 집어들더니 입에 넣었다.

「그렇다면 우리 기계가 열정의 도구라고 보십니까?」

엘리가 물었다.

「거기에 아무런 위험도 없다고 생각하시는 건가요?」

「저는 꽃과 이야기를 나눌 수 있습니다」

큰스님은 마치 그것이 대답이라는 듯 태연하게 말을 이었다.

「돌과도 이야기를 할 수 있지요. 그러니 다른 세상의 생명체를 이해하는 것은 전혀 어렵지 않은 일입니다」

「돌이 스님에게 이야기한다는 것은 어떻게 믿어 보겠지만……」

은행을 씹으면서 베게이가 말했다. 큰스님처럼 손가락으로 집어 올려 입에 넣은 은행이었다.

「큰스님이 돌에게 이야기를 한다는 점은 이상하군요. 어떻게 돌과 이야기할 수 있다고 확신하십니까? 세상은 오류로 가득 차 있습니다. 어떻게 스스로를 속이고 있지 않다는 점을 알지요?」

「아, 과학적인 회의론이군요」

큰스님은 미소를 지었다. 어린아이처럼 천진난만한 미소였다.

「돌과 이야기를 하려면 편견을 아주 많이 버려야 합니다. 너무 많이 생각하거나 말해서는 안 되지요. 제가 돌과 이야기한다고 말할 때 저는 〈말〉을 염두에 두고 있지 않았습니다. 예수는 〈태초에 말씀이 계셨다〉라고 말했다지요. 하지만 저는 그 이전, 그것보다 훨씬 더 근본적인 대화를 생각하는 겁니다」

「그 이야기는 「요한복음」에 나올 뿐이에요」

이 말이 입 밖으로 나오자마자 엘리는 너무 아는 척했다는 생각이 들었다.

「그보다 이른 시기에 나온 복음서들에는 그런 말이 없죠. 분명 그리스 철학에서 따온 걸 거예요. 그런데 이전 시기의 대화라니 무얼 말씀하시는 건가요?」

「당신의 질문은 이미 〈말〉에 대한 것입니다. 〈말〉과는 아무 관련이 없는 것을 〈말〉로 설명하라니 곤란하군요. 자, 생각해 봅시다. 일본에는 '개미의 꿈'이라는 이야기가 있습니다. 개미들의 왕국이 나오지요. 하지만 이야기의 핵심은 개미의 언어를 이해하려면 개미가 되어야만 한다, 바로 이겁니다」

「개미의 언어란 실은 화학 언어지요」

베게이가 큰스님을 뚫어질 듯 바라보면서 말했다.

「개미들은 자신이 먹이를 찾으러 갔던 길을 표시하기 위해 특별한 분자 흔적을 남깁니다. 개미 언어를 이해하려면 가스 색층 분석기나 대형 분광계가 필요한 거죠. 굳이 개미가 될 필요는 없습니다」

「아마 그것이 여러분이 아는 한에서 유일하게 개미가 되는 방법인 모양이군요」

큰스님은 모두를 둘러보았다.

「그럼 말해 보십시오. 개미가 남기는 흔적을 사람이 연구하는 까닭은 무엇입니까?」

「글쎄요」

엘리가 말을 받았다.

「곤충학자라면 개미와 그 사회를 이해하기 위해서라고 대답할 것 같은데요. 과학자들은 이해하는 데서 기쁨을 얻지요」

「그건 개미를 사랑한다는 말의 다른 표현인 것 같은데요」

엘리는 살짝 어깨를 으쓱했다.

「그래요. 하지만 곤충학자에게 연구비를 지원하는 사람들은 다른 말을 하겠죠. 개미의 행동을 통제하여 특정 장소에서 떠나게 한다거나 농업용 토지의 생물학을 연구한다거나 하는 이유를 댈 거예요. 살충제를 대신하려는 거지요. 거기에서 개미에 대한 사랑이 있다고 말할 수 있을지 모르지만」

엘리는 살짝 웃었다.

「하지만 그건 인간의 이기심을 보여주기도 해요」

베게이가 말했다.

「살충제는 결국 인간에게도 유독하니까」

「어째서 저녁을 먹다 말고 살충제 얘기를 하는 거예요?」

수하바티가 식탁 건너편에서 얼굴을 찌푸렸다.

「다음에는 개미들의 꿈을 꾸어보도록 합시다」

큰스님은 다시 그 한없이 자유로운 미소를 보이며 엘리에게 말했다.

1미터는 되어 보이는 구두 주걱을 사용해 다시 신발을 신은 후 일행은 자동차로 향했다. 식당 주인과 종업원들이 미소를 지으며 허리를 굽혀 인사했다. 엘리와 시 챠오무는 다른 일본인들과 함께 큰스님이 리무진에 오르는 모습을 지켜보았다.

「돌과 이야기할 수 있다면 죽은 사람과도 의사소통이 가능하냐고 물어 보았지요」

시 챠오무가 엘리에게 말했다.

「그래 뭐라고 대답하시던가요?」

「죽은 사람과는 쉽다고 하시더군요. 어려운 건 산 사람과 이야기하는 거라고요」

18장
대통일 이론

거친 바다여!
사도 섬 너머 펼쳐진
은하수여.
──마츠오 바쇼(1644-94)

일본에서도 홋카이도라는 장소가 선정된 데는 그 독특성이 한몫을 한 것 같았다. 기후 탓에 일본의 일반적 건축 양식과는 전혀 다른 풍이 발전했고 더군다나 이 섬은 털 많은 원주민 아이누족의 고향이었다. 아이누족은 여전히 많은 일본인들에게 경멸의 대상이 되고 있었다. 겨울 날씨는 미네소타나 와이오밍 못지않게 추웠다. 홋카이도는 물자 공급 면에서는 문제가 있었지만 물리적으로 일본 주요 섬들과 격리되어 있어 보안 면으로는 유리하기도 했다. 물론 혼슈와 홋카이도를 연결하는 51킬로미터 길이의 세계 최대 지하 터널이 완공된 지금은 격리라는 말에 어색한 면이 없지 않았다.

　홋카이도는 개개 기계 부품을 시험하는 데는 충분히 안전하다고 여겨졌지만 기계 조립 현장으로 변모한 후에는 우려의 소리도 적지 않았다. 단지 주위를 빈틈없이 둘러싼 산들에서 알 수 있듯 화산 활동으로 말미암아 지반이 동요하고 있었기 때문이다. 산 하나는 하루 1미터씩 솟아오르기도 했다. 불과 45킬로미터 떨어진 곳에 자국 영토인 사할린 섬을 두고 있는 소련에서도 불안한 시선을 보냈다. 하지만 지구 위에서 거리의 멀고 가까움은 별 의미가 없는 것이기도 했다. 설사 달 뒤쪽에서 기계를 작동시킨다 해도 정말 위험한 사태가 닥친다면 지구 전체가 폭발해버릴 테니까 말이다. 따라서 위험이라는 시각에서 본다면 기계를 제작할 것인가의 여부가 중요할 뿐 장소를 정하는 일 따위는 부차적인 문제에 불과했다.

7월 초 기계는 다시 한번 모습을 갖춰가고 있었다. 미국에서는 정치적 논쟁이 이어졌다. 소련도 기계 제작에서 심각한 기술적 문제를 겪는 중이었다. 하지만 와이오밍보다 훨씬 소박한 홋카이도 단지 안에서는 소리 소문 없이 착착 일이 진행되어 에르븀 못이 산처럼 쌓이고 12면체도 완성되어갔다. 처음으로 12면체를 발견했던 고대 피타고라스학파는 그 존재를 비밀에 붙였고 누설시키는 사람을 가혹하게 처벌했다. 2600년이 지난 지구의 반대편에서도 집채만한 12면체의 존재가 극히 일부에게만 알려져 있다는 것은 재미있는 일이었다.

일본의 프로젝트 책임자는 모든 직원에게 며칠간 휴가를 주었다. 가장 가까운 도시는 오비히로로 유베추 강과 도카치 강이 합류하는 곳에 위치해 있었다. 일부는 아직 눈이 남은 아사히 산으로 스키를 타러 갔고 다른 사람들은 바위벽이 둘러쳐진 온천을 찾아 수십억 년 전 폭발한 초신성이 남긴 열로 몸을 덥혔다. 체격 좋은 말들이 끄는 마차를 타고 농장을 달리며 여가를 즐기는 축도 있었다. 다섯 탑승자는 헬리콥터를 타고 200킬로미터 떨어진 홋카이도 최대의 도시 삿포로로 갔다.

운 좋게도 마침 타나바타 축제가 한창이었다. 보안은 별로 문제되지 않을 듯했다. 중요한 것은 기계이지 다섯 탑승자가 아니었으니 말이다. 그들은 메시지와 기계를 연구하고 기계 작동시 가지고 갈 소형 장비들을 챙기는 수준의 준비 외에 아무런 특별한 훈련도 거치지 않았다. 이성적인 세계에서 그들은 충분히 대치될 수 있는 존재였다. 물론 세계 메시지 컨소시엄이 만장일치로 받아들일 수 있는 다섯 명을 다시 뽑는 일은 정치적으로 부담이 크겠지만 말이다.

시 챠오무와 베게이는 〈끝내야 하는 일〉이 있다고 하면서 일행을 이끌었다. 그리하여 엘리와 데비 수하바티, 아보네마 에다는 그 뒤를 따라 종이 리본과 등, 나뭇잎이나 거북이 따위가 그려진 그림, 중세 복장을 한 젊은 남녀가 나오는 멋진 두루마리 등을 지나 오보리 산책로를 따라 걸어갔다. 건물 두 채 사이에 드리워진 커다란 천에는 꼬리를 펼친 공작이 그려져 있었다.

엘리는 흐르는 듯 부드러운 자수 옷을 입고 높은 모자를 쓴 에다와 비단 사리 차림의 수하바티를 바라보며 들뜬 기분이 되었다. 일본에서 제작된 기계는 이제 규정된 모든 시험을 통과했다. 그리고 다섯 탑승자들은 지구인들의 대표일 뿐 아니라 각 소속 국가의 바람과는 달리 국가보다는 하나의 인류라는 개념을 공유하는 인간들이었다. 이런 의미에서 그들은 반역자라 불릴 수도 있었다.

예를 들어 에다만 해도 그랬다. 그는 위대한 물리학자로 중력에서 쿼크에 이르는 물리학 현상들을 통합하는 대통일 이론의 주창자였다. 그것은 아이작 뉴턴이나 알베르트 아인슈타인에 비견될 만한 업적으로 실제로 에다는 그 두 사람과 대등한 대접을 받았다. 에다는 나이지리아의 이슬람 가정에서 태어났지만 주로 수

피교도 사이에 퍼져 있는 비(非)정통 이슬람 교단인 아마디야를 믿었다. 큰스님 우츠미와 만났던 날 에다는 수피교와 이슬람의 관계가 선교와 불교에 비유될 수 있다고 설명했다. 아마디야 교가 주장하는 것은 〈검이 아닌 펜에 의한 성전(聖戰)〉이었다.

조용하고 겸손한 성품이었음에도 불구하고 에다는 전통적인 이슬람 성전(聖戰) 개념에는 격렬하게 반대했고 대신 자유로운 사상의 교환을 강조했다. 이런 그의 태도에 정통파 이슬람교도들은 당황했고 일부 이슬람 국가는 그가 기계 탑승자로 선정되는 것을 반대하기까지 했다. 물론 반대는 그런 쪽에서만 나온 것도 아니었다. 흑인 노벨상 수상자란 그저 겉으로만 인종 평등에 동조하며 새로운 사회 건설에 참여했던 이들에게 퍽 껄끄러운 존재였던 것이다. 에다가 4년 전 복역 중인 흑인 인권 운동가를 면회했을 때 미국의 흑인들은 모두 자부심에 차올랐고 젊은이들은 그를 새로운 본보기로 삼았다. 에다는 인종주의자에게는 최악의 인물이었지만 그 밖의 사람들에게는 최고였던 것이다.

「물리학을 위해 필요한 시간은 일종의 사치죠」

그가 엘리에게 말했다.

「기회만 주어진다면 똑같이 해낼 수 있는 사람이 많습니다. 하지만 먹을 것을 구하기 위해 거리를 헤매야 한다면 물리학을 연구할 시간 따윈 없죠. 따라서 우리나라 젊은 과학자들의 생활 조건을 개선시키는 것은 제 의무 중 하나입니다」

서서히 나이지리아의 국민적 영웅이 되면서 그는 부패, 학위나 권력을 바탕으로 한 부당한 차별, 과학과 다른 모든 분야에서 정직이 갖는 중요성 등을 강조했고 나이지리아가 얼마나 위대한 나라가 될 수 있는지 소리 높여 주장했다. 나이지리아에는 1920년대의 미국과 맞먹을 정도로 많은 인구가 있었다. 자원도 많았고 다양한 문화는 곧 국력으로 연결될 수 있었다. 당면 문제만 해결된다면 나이지리아는 세계의 모범이 된다는 것이 에다의 생각이었다. 그는 남의 눈에 띄지 않는 조용한 생활을 원했지만 이런 주장에 있어서는 적극적이었다. 이슬람, 기독교, 민속 신앙 등 다양한 종교를 가진 나이지리아의 남녀노소가 그에게 귀를 기울였다.

에다에게는 장점이 많았지만 가장 두드러진 것은 겸손함이었다. 그는 나서서 의견을 내놓는 일이 거의 없었다. 피할 수 없는 질문에만 간단히 대답하는 정도였다. 그는 주로 글을 통해, 그리고 친숙한 사이가 된 사람 앞에서는 말로 자신의 깊은 생각을 드러냈다. 메시지와 기계, 그리고 기계 작동으로 발생할 상황에 대해 오랜 토론이 이루어지는 동안 에다가 자발적으로 말을 꺼낸 적은 단 한 번이었다. 그는 그때 모잠비크에서는 원숭이들이 이야기를 하지 않는다고, 왜냐하면 한마디라도 하기 시작하면 사람들이 달려와 일을 시킬 것이기 때문이라고 말했었다.

하나같이 말이 많은 탑승자 중에서 에다처럼 입이 무거운 사람이 있다는 것은 신기한 일이었다. 다른 많은 사람들처럼 엘리도 그가 일상적으로 내뱉는 말에까지 지대한 관심을 기울였다. 그는 이전에 불완전한 상태로 내놓았던 초기의 대통일 이론을 〈바보 같은 실수〉라고 부르곤 했다. 에다는 30대 초반이었고 대단히 매력적인 남자였다. 이에 대해서는 엘리와 수하바티가 사적인 자리에서 의견의 일치를 본 바 있었다. 아내와 행복한 결혼 생활을 했으며 가족들은 라고스에 머물러 있었다.

축제를 위해 특별히 심겨진 대나무 장대는 무게를 못 이겨 구부러질 정도로 온갖 장식을 주렁주렁 달고 있었다. 그 위로 다시 종이 조각을 덧붙이는 젊은 남녀의 모습도 보였다. 타나바타 축제는 사랑을 주제로 한 일본의 유일한 행사였다. 이 축제와 관련해 전해 내려오는 이야기는 선전판에 그려져 있기도 했고 야외무대에서 공연되기도 했다. 이야기의 골자는 두 별이 사랑에 빠졌지만 일년에 단 한번 음력 일곱번째 달의 일곱번째 날에 둘 사이의 은하수를 건너 만날 수 있다는 것이었다. 엘리는 맑은 밤하늘을 바라보며 두 연인의 평안을 빌었다. 젊은 총각별은 일본판 카우보이라 할 수 있는 A-7 왜성 견우성이었고 처녀별은 베를 짜는 여인이라는 뜻의 직녀성이었다. 기계를 작동시키기 불과 몇 개월 전 일본에서 직녀성에 대한 축제가 벌어진다는 사실은 엘리에게 그저 우연으로만 보이지 않았다. 하지만 여러 문화를 살펴보다 보면 하늘에 떠 있는 거의 모든 별에 대한 전설을 찾게 되는 법이 아닌가. 「견우와 직녀」이야기는 중국에서 넘어온 것으로 몇년 전 파리의 세계 메시지 컨소시엄에서 만난 시 챠오무로부터 들은 적이 있었다.

대부분의 대도시에서 타나바타 축제는 사라졌다. 중매결혼은 더 이상 일반적인 것이 아니었고 때문에 억지로 헤어지게 된 연인들의 슬픔도 이전처럼 애절하지 않았던 것이다. 하지만 삿포로, 센다이 등 일부 지역에서는 매년 축제의 인기가 높아만 갔다. 삿포로에서는 특히 그러했는데 그 이유는 여전히 일본인과 아이누족의 결혼에 반대하는 분위기가 강했기 때문이었다. 삿포로에서는 수고비를 받고 자녀 배우자감의 가계를 조사해주는 일종의 사립 탐정업이 성황을 누렸다. 아이누계 조상을 두었다면 그것만으로도 결혼을 거절할 이유는 충분했다. 수년전 이별한 젊은 남편을 떠올린 수하바티는 특히 그런 상황에 가슴 아파했다.

혼슈의 센다이 시에서 벌어지고 있는 타나바타 축제는 이제는 겨우 직녀성을 거의 볼 수 없게 된 사람들을 위해 일본 전역에 방송되고 있었다. 엘리는 직녀성 인들이 영원히 같은 메시지를 지구에 보내줄 것인지 궁금했다. 타나바타 축제를 중계하는 일본 언론은 홋카이도에서 거의 완성 단계에 있는 기계에 대해 잊지 않고 언급했다. 다섯 탑승자들은 일본 텔레비전에 나오지도 않았고 삿포로에서 축제 구경을 하고 있다는 점도 알려지지 않았다. 하지만 그럼에도 불구하고 오보리 산책로를 따라 되돌아 나오는 길에 에다, 수하바티, 그리고 엘리는 그들을 알아본 일본인들의 박수를 받았다. 많은 사람들이 허리를 굽혀 인사를 했다. 음반 가게 바깥에 내놓은 스피커에서는 엘리도 아는 록큰롤이 흘러나왔다. 〈백색잡음〉이라는 흑인 그룹이 부르는 〈당신을 떠나 날아가고파〉라는 곡이었다. 오후의 햇살 아래 눈곱이 잔뜩 낀 눈을 하고 누워 있던 늙은 개는 엘리가 다가가자 꼬리를 흔들었다.

일본 논평자들은 기계의 도(道)에 대해 이야기했다. 지구를 하나의 행성으로, 또 모든 인류가 공유하는 미래로 보아야 한다는 시각이 확산되고 있었던 것이다. 일부 종교에서도 이런 주장이 나왔다. 당연히 그런 종교의 대표자들은 자신들의 생각이 외계에서 온 기계로부터 생겨난 것이 아니라고 반박했다. 〈이건 종교의 일대 변화를 암시하는 거야.〉 엘리는 생각했다. 미국과 유럽의 천년왕국 신봉자들도 그러한 기계의 도(道)에 영향을 받는 상황이었다. 만약 기계가 작동하지 않고 메시지도 중단된다면 그런 시각이 얼마나 지속될지는 아무도 몰랐다. 하지만 설계도 해석에 무언가 잘못이 있었다 해도, 그리하여 결국 직녀성 생명체에 대해 아무것도 알지 못하게 된다 해도 메시지는 우주에 다른 생명체가 있으며 그들은 우리보다 훨씬 앞선 수준이라는 점을 분명히 했다는 공헌을 세운 셈이었다. 적어도 당분간은 지구 전체가 한마음이 되는 데 도움이 될 것 같았다.

엘리는 에다에게 내면이 변화되는 종교적 체험을 한 적이 있느냐고 물었다.

「있습니다」

에다가 대답했다.

「언제죠?」

그가 말을 계속하게 하려면 연달아 이런 식으로 질문을 던져야 했다.

「처음으로 유클리드 기하학을 만났을 때죠. 뉴턴 중력 이론이나 맥스웰 방정식을 알았을 때도, 일반 상대성 이론을 접했을 때도 그랬습니다. 제가 대통일 이론을 만들 때도 마찬가지였고요. 그러고 보니 운 좋게도 아주 여러 번 종교적 경험을 한 셈이군요」

「아니오」

엘리가 고쳐 물었다.

「그런 뜻이 아니에요. 과학을 떠난 종교적 경험 말이에요」

「그런 경험은 없습니다」

에다가 즉각 말했다.

「과학을 떠나서라면 한번도 없지요」

에다는 자기 종교에 대해 약간 이야기해 주었다. 그리고 자신이 그 모든 교리를 신봉하는 것은 아니지만 지금 상태로 만족한다고 했다. 여러 가지 훌륭한 일을 할 수 있는 종교라는 것이다. 아마디야 교는 미르자 굴람 아마드라는 사람이 펀잡 지방에서 창시했으며 여호와의 증인과 출발 시기가 비슷한 짧은 역사의 종파였다. 데비 수하바티 역시 아마디야 교에 대해 약간 알고 있었다. 그 교파의 기원은 종말론과 관련이 깊었다. 창시자 아마드는 자신이 이슬람교도들이 말세에 나타날 것으로 믿는 마디라고 자처하고 나섰다. 그는 또한 그리스도의 현신이자 모하메드의 재림으로 떠받들어지기도 했다. 기독교 천년왕국설의 영향을 받은 아마디야 교 신도들은 재림이 임박했다고 믿고 있었다. 아마드가 죽은 뒤 꼭 백년이 되는 2008년은 마디가 최후로 돌아오는 시점이라고 믿어졌다. 전세계가 메시아의 열기로 들끓었다. 엘리는 인류의 비이성적인 광란을 보며 정말 걱정이 된다고 털어놓았다.

「사랑의 축제일이에요」

수하바티가 말했다.

「그렇게 비관적일 필요는 없다고요」

* * *

삿포로는 눈이 많았고 그래서 눈과 얼음으로 동물이나 신화적인 인물을 조각, 전시하는 행사가 열렸다. 이번에 조각된 거대한 12면체는 하나의 상징물이 되어 매일 저녁 뉴스 화면에 등장했다. 하지만 유달리 따뜻한 날씨 때문에 밤이 되면 조각가들이 작품에 달라붙어 녹아버린 부분을 다시 손봐야 했다.

기계의 작동이 어떤 식으로든 세계에 재앙을 불러올지 모른다는 두려움은 이제 곳곳에서 제기되었다. 물론 기계 제작 프로젝트 팀은 안전을 장담하며 실제 작동 시간을 비밀에 붙였다. 일부 과학자들은 금세기 최대의 유성우 장관이 펼쳐질 11월 17일을 제안했다. 상징성이 뛰어나다는 이유였다. 하지만 발레리언은 유성우를 뚫고 기계가 우주로 날아가야 한다면 예기치 못한 문제가 생겨날 수 있다고 반대했다. 결국 작동 시점은 몇 주 연기되었다. 1900년대의 마지막 달까지 말이다. 1900년대의 마지막 날은 사실 세기의 전환과는 아무 상관이 없었지만 거창한 새 천년 행사가 열릴 계획이었다. 어차피 다음 해면 세번째 천년이 시작될 테니 언제 축하하든 큰 문제될 것 없다고 생각하는 사람들이 많았던 것이다.

외계인들이 탑승자의 몸무게를 알았을 리는 없었지만 각 부품의 무게와 전체 허용 무게 한도는 대단히 정확히 지시되어 있었다. 지구에서 만든 장비를 실을 공간은 거의 없었다. 이 사실 때문에 몇 년 전에는 탑승자를 전원 여성으로 선발하여 장비를 늘리자는 주장도 있었다. 물론 그 주장은 터무니없는 것으로 일축되었다.

생명 유지 장치를 넣을 만한 여유도 없었다. 그저 직녀성에서 인간이 산소 없이는 살 수 없다는 점을 기억해 주기를 바랄 수 있을 뿐이었다. 개인 소지품을 사실상 거의 가져갈 수 없는 상황, 탑승자들 간의 문화적 차이, 불명확한 목적지 등 여러 불안한 상황에 대해 세계 언론은 자주 언급했다. 하지만 다섯 탑승자는 한번도 그런 이야기를 나누지 않았다.

갖가지 소형 사진기, 분광계, 초전도 슈퍼컴퓨터, 다양한 마이크로필름 자료 등은 탑승자들이 꼭 챙겨야 할 물건이었다. 그건 일견 타당해 보였지만 다른 한편으로는 그렇지 않기도 했다. 그 때문에 정작 침구, 요리 도구, 생리 욕구 해결을 위한 장비 등이 하나도 실리지 못했던 것이다. 최소한의 식량만 옷 안에 넣고 가도록 되었다. 수하바티는 기본 구급 의약품을 가져갈 예정이었다. 엘리는 그저 칫솔과 갈아입을 속옷 한 벌이면 족했다. 〈의자에 앉혀 나를 직녀성까지 데려갈 생각을 했다면 필요한 것을 모두 알아서 공급해 주겠지.〉 엘리는 생각했다.

「사진기가 필요하면 직녀성에서 하나 달라고 하면 되죠」

엘리는 프로젝트 담당자에게 이렇게 말했다.

다섯 탑승자가 옷을 입어야 하는가도 논란거리였다. 옷을 입으면 안 된다는 언급은 없었지만 기계 작동을 방해할지도 모른다는 의견이 나왔던 것이다. 엘리와 수하바티는 벌거벗고 기계에 들어가야 한다는 건 생각만 해도 우스꽝스러웠다. 시 챠오무와 베게이도 직녀성 사람들은 올림픽 방송을 본 만큼 우리가 옷을 입는다는 점을 분명히 알고 있다고 주장했다. 문제는 전체 무게뿐이었다. 그럼 틀니도 빼고 안경도 두고 가라는 것인가? 이런 사소하고 우아하지 못한 논란에 선뜻 끼어들려 하지 않는 나라들이 많았기 때문에 논란은 오랜 시간 동안 계속되었다. 하지만 덕분에 언론과 기술자, 그리고 탑승자들은 웃음을 터뜨릴 기회를 얻기도 했다.

「그런 논리라면……」

베게이가 말했다.

「반드시 인간이 가야 한다는 규정도 없긴 하지. 아마 침팬지 다섯 마리가 간다고 해도 마찬가지로 환영을 받을걸」

이 기계를 타고 가서 구식 2차원 사진 한 장만 찍어 와도 대단한 일이라고들 했다. 외계인의 사진을 가져오면 얼마나 굉장한 반향이 일어날 것인가? 다시 한번 잘 생각해 사진기를 가져가는 편이 좋지 않을까? 대규모 미국 사절단을 이끌고 홋카이도에 와 있는 데어 헤르는 진지하게 생각해 보라고 권했다.

「이건 정말 대단한 일이오. 그렇게……」

데어 헤르의 말을 엘리는 눈썹을 치켜뜨며 끊어버렸다. 아마 〈그렇게 마음 내키는 대로 행동해 버리기에는〉이라고 말하고 싶었겠지. 놀랍게도 데어 헤르는 둘 간의 관계에서 마치 자신이 상처받은 쪽인 양 행동했다. 엘리는 수하바티에게 모든 것을 털어놓았지만 별로 동정을 받지는 못했다. 수하바티는 데어 헤르를 아주 〈다정한〉 사람이라고 보았기 때문이다. 결국 엘리는 초소형 비디오카메라를 가져가기로 했다.

서류를 작성하면서 엘리는 〈개인 비품〉 난에 〈야자수 이파리 0.811킬로그램〉이라고 적었다.

데어 헤르가 설득하러 나섰다.

「2/3킬로그램이라면 멋진 적외선 촬영기를 가져갈 수도 있어요. 도대체 왜 그놈의 야자잎 따위가 필요하다는 거요?」

「야자수 이파리가 뭐 어때서요? 당신이 뉴욕에서 자랐다는 건 알지만 그래도 야자수가 뭔지는 알겠지요. 〈아이반호〉에도 나오잖아요. 고등학교 때 그것도 안 읽었어요? 십자군 원정 때 성지까지 먼 길을 다녀온 사람들은 증거로 야자수 이파리를 가져왔대죠. 저도 그런 기분으로 가져가고 싶은 거예요. 직녀성 생명체들이 우리보다 얼마나 앞서 있는지는 상관없어요. 지구는 제 성지니까요. 제가 어디서 왔는지 보여주기 위해 이 야자수 이파리는 꼭 필요해요」

데어 헤르는 그저 고개를 저을 뿐이었다. 하지만 베게이에게 같은 이야기를 했을 때 그는 〈무슨 생각인지 잘 알겠소〉라고 대답해 주었다.

엘리는 파리에서 베게이가 했던 이야기를 떠올렸다. 수용소로 보내진 호화로운 마차 말이다. 물론 자기도 그런 걱정을 하는 것은 아니었다. 야자수 이파리에는 다른 목적이 있었다. 지구를 연상시킬 무언가가 필요했던 것이다. 엘리는 돌아오고 싶지 않은 생각이 들까봐 두려웠다.

* * *

기계 작동 하루 전 엘리는 와이오밍 기계 제작 단지 내 자기 아파트로 갔다가 다시 일본으로 배달되어 온 작은 소포를 받았다. 반송 주소도 메모도 보내는 사람의 서명도 없었다. 안에는 달랑 금색 메달 한 개뿐이었다. 시계추로 사용할 수도 있을 만큼 크기가 컸다. 메달 양쪽에는 작은 글씨가 새겨져 있었다. 한쪽에는

헤라, 위대한 여왕이여,
금빛 옷을 입고
아르고스를 호령했네.
그 눈길 한번에
온 세상이 벌벌 떤다네.

라고 씌어 있었고 다른 한쪽에는

로마군 사령관에게 스파르타의 방어군은 이렇게 대답했습니다.
「당신이 신이라면 아무 피해도 입히지 않은 우리를 해하지는 않을 것이오. 당신이 인간이라면 진군하시오, 당신과 똑같은 전사들을 만나게 될 테니」

이 전사에는 남자뿐 아니라 여자들도 있었겠지요.

라는 글귀가 있었다. 엘리는 누가 소포를 보냈는지 알 것 같았다.

* * *

다음날은 드디어 기계를 작동시키는 날이었다. 프로젝트 참여 인력을 대상으로 행해진 여론 조사 결과를 보면 대부분은 기계가 전혀 작동하지 않을 것으로 생각하고 있었다. 다섯 탑승자가 짧은 시간 안에 직녀성에 도착하게 될 것으로 믿는 사람은 극소수였다. 그 밖에도 태양계를 탐사하기 위한 장비, 사상 최대의 코미디, 타임머신, 은하계의 공중전화 부스 등등 기계에 대한 갖가지 의견이 나왔다. 한 과학자는 〈다섯 탑승자는 녹색 비늘이 달리고 날카로운 이빨이 달린 괴물로 서서히 변하게 될 것이다〉라고 썼다. 이것이 트로이의 목마설과 가장 흡사한 견해였다. 〈최후의 날 기계〉라고 쓴 응답지도 한 장 있었다.

기계 작동 기념식이 열렸다. 돌아가며 연설들을 했고 음식과 음료도 나왔다. 사람들은 서로 껴안거나 소리 죽여 울었다. 드러내놓고 회의적인 태도를 보이는 사람은 소수였다. 기계 작동이 조금이라도 성공적이라면 대단한 반응이 일어날 것이 분명했다. 여러 사람의 얼굴에는 기쁜 표정이 떠올라 있었다.

엘리는 가까스로 시간을 내어 양로원에 전화를 걸려고 했다. 어머니에게 인사를 하고 싶었지만 간호원과 통화할 수 있을 뿐이었다. 어머니는 마비된 몸 한쪽의 기능이 일부 되돌아오는 중이라고 간호원은 설명했다. 곧 말도 할 수 있다고 했다. 전화를 끊으면서 엘리는 한층 마음이 가벼워졌다.

일본 기술자들은 하치마키라고 불리는 천을 머리에 감고 있었다. 그건 정신적, 육체적 힘을 모으기 위해, 특히 전쟁에 나갈 때 전통적으로 감던 것이라고 했다. 그 천에는 세계지도가 찍혀 있었다. 어느 한 나라도 두드러지지 않고 모든 나라가 고루 어우러진 지도였다.

국가별 보고에서도 마찬가지였다. 각국 국기들을 둥글게 늘어세워야 한다는 등의 주장은 나오지도 않았다. 각국 정상들은 짤막한 성명을 비디오테이프에 담아 보내왔다. 엘리가 보기에는 특히 미국 대통령의 말이 멋있었다.

「이것은 무슨 성명도 아니고 작별 인사도 아닙니다. 그저 다시 보자는 인사일 뿐입니다. 여러분은 지구상 십억 인류를 대신해서 여행을 떠납니다. 지구의 모든 사람을 대표하는 것입니다. 여러분이 다른 어느곳으로 가게 된다면 잘 보고 오십시오. 과학뿐 아니라 가능한 한 모든 것을 말입니다. 여러분은 과거와 현재, 그리고 미래의 인류를 대표하고 있습니다. 무슨 일이 일어나든 여러분은 역사적 인물로 칭송받을 것입니다. 여러분은 우리 지구의 영웅입니다. 현명하게 행동하십시오. 그리고…… 다시 돌아오십시오」

몇 시간 후 탑승자들은 처음으로 기계 안으로 들어갔다. 좁은 에어록 출입구를 통해 한 사람씩 말이다. 그리 밝지 않은 실내등이 들어왔다. 기계가 완성되고 지정된 모든 시험 단계를 통과했음에도 불구하고 너무 빨리 작동시키는 것은 아닌지 불안해하는 사람이 많았다. 벤젤이 멈추어 있더라도 그저 탑승자들이 자리에 앉기만 해도 기계가 작동을 시작하지는 않을까 우려하는 사람도 있었다. 하지만 아무 일도 일어나지 않았다. 엘리는 부드러운 플라스틱 등받이에 등을 기대고 편안하게 앉았다. 〈부드러운 천을 씌우면 딱 좋을 뻔했는데.〉 엘리는 생각했다. 하지만 이건 국가 위신의 문제야. 플라스틱을 써야 더 현대식으로 또 과학적으로 보일 테니까.

베게이의 줄담배 습관을 알고 있는 프로젝트 관계자들은 담배를 한 개피도 가져가지 못하게 했다. 베게이는 10개 국어로 욕설을 퍼부었다. 그리고 제일 마지막으로 기계 안에 들어설 때까지 담배를 피웠다. 그래서 엘리 옆자리에 앉았을 때는 약간 숨을 헐떡이고 있었다. 메시지의 설계도에 따르면 좌석에는 안전벨트조차 없었다. 물론 안전벨트를 넣지 않는다는 건 말도 안 된다고 주장하는 사람들도 있긴 했었다.

* * *

기계가 어디론가 가고 있다고 엘리는 생각했다. 기계는 운송 수단일 뿐이야. …… 그건 밤을 향해 질주하는 화물 열차였다. 올라타기만 하면 어린 시절의 시골 동네로, 아니면 거대한 수정 도시로 데려다주는 열차 말이다. 그건 발견이자 도피였으며 외로움의 끝이었다. 제조 과정에서 물자 수송이 지연되거나 설계도 해석을 둘러싸고 논쟁이 벌어질 때마다 엘리는 절망에 빠졌다. 엘리가 추구하는 것은 영광이 아니었다. 자유 그리고 해방감이 필요했던 것이다.

엘리는 정신이 몽롱했다. 마음속의 자신은 진짜 고대 바빌론의 이시타르 문 앞에 서서 벌린 입을 다물지 못하는 원시인이었다.

오즈의 수정 도시 첨탑을 처음으로 바라본 도로시이기도 했다. 1939년 세계 박람회 전시장에 돌연 나타난 판자촌 소년인지도 몰랐다. 지평선 끝에서 끝까지 펼쳐진 런던을 바라보며 템즈 강을 따라 항해하는 포카혼타스 같기도 했다.

엘리는 흥분으로 가슴이 뛰었다. 인류의 조상들이 울창한 숲에서 가지 사이로 새어나오는 햇살을 받으며 이 나무에서 저 나무로 뛰어다니던 시절 이미 별과 별 사이를 여행했을 그 앞선 생명체들이 과연 무엇을 해냈는지 똑똑히 보고야 말리라.

드럼린 선생을 비롯, 수많은 사람들이 오랫동안 엘리를 못 말리는 낭만주의자라고 말해왔다. 그리고 이제 다시 한번 엘리는 왜 그 모든 사람들이 이걸 절대 불가능한 일이라고 생각했는지 의아해했다. 엘리의 낭만주의는 인생의 원동력이자 기쁨의 원천이었다. 낭만을 사랑하고 실행하는 사람으로서 엘리는 이제 마법사를 찾아 나선 셈이었다.

* * *

라디오에서 실황 중계가 나오고 있었다. 기계 외부에 부착된 탐지 장치가 전하는 바로는 아직은 아무 일도 일어나지 않았다. 벤젤들 사이와 그 근처가 완전히 진공 상태가 되기까지 좀더 기다려야 했던 것이다. 성능 좋은 기계가 지구 역사상 최고의 진공 상태를 만들기 위해 공기를 펌프로 퍼내는 중이었다. 엘리는 소형 비디오카메라가 잘 있는지 다시 확인하고 야자수 이파리를 어루만졌다. 12면체 외부로부터 밝은 빛이 들어왔다. 바퀴 두 개가 메시지에 지시된 속도대로 돌고 있었다. 그 모습만으로도 지켜보던 사람들은 경탄을 금치 못했다. 이제 곧 세번째 벤젤이 돌 차례였다. 거대한 전기적 대전이 일어났다. 메시지에는 세 개의 벤젤이 서로 직각으로 돌게 되면 기계가 작동할 것이라고 씌어 있었다.

시 챠오무의 얼굴은 결연했다. 베게이는 침착했다. 수하바티의 두 눈은 더 커졌다. 에다는 그저 조용히 주의를 집중하고 있을 뿐이었다. 엘리의 시선을 눈치 챈 수하바티가 미소를 보냈다.

엘리는 아이가 있었으면 좋았을걸 하고 생각했다. 그것이 마지막이었다. 사방의 벽이 찰칵 소리를 내며 투명해지는가 싶더니 지구가 입을 벌려 자신을 삼켜버리는 듯한 느낌이 들었다.

3부
시간과 공간을 건너

Contact

그래서 나는 정처 없이 산 위를 걸었네.
그리고 거기 희망이 있음을 알았지.
당신이 먼지로 빚은 것들이
영원함과 함께 하고 있었기에

─『사해문집』(기원전 100년부터 서기 135년까지 씌어진 두루마리 성경.
사해 근처 동굴에서 발견되었다─옮긴이)

1장
숨은 특이점

……천국으로 가는 길
놀라움의 계단을 따라.
── 랠프 왈도 에머슨의 『시』(1847) 중 「메를린」

무한히 우월한 존재에게는
전 우주가 하나의 평원으로 여겨지는 것도
불가능하지는 않다. 행성 사이의 거리는
모래 알갱이들 사이의 틈에 불과하고
체계와 체계 사이의 우주 역시
알곡들 사이의 간격 이상으로는
보이지 않는 상황 말이다.
── 새무얼 테일러 콜리지

그들은 떨어지고 있었다. 12면체의 5각형 판들이 투명해졌다. 천장과 바닥도 마찬가지였다. 엘리는 위아래에서 규산염 조직의 레이스 무늬와 에르븀 은못들을 볼 수 있었다. 모든 것이 뒤섞여 보였다. 벤젤 세 개는 모두 사라졌다. 12면체는 꼭 맞는 폭의 검은 터널을 타고 아래로 아래로 떨어져내렸다. 그 가속도는 1G(중력 가속도 단위) 정도인 듯했다. 앞을 보고 앉은 엘리의 몸은 저절로 의자 뒤쪽으로 밀려났다. 반대편에 앉은 수하바티는 허리를 약간 뒤틀었다. 안전벨트가 필요했던 모양이었다.

지구의 중심, 그 철의 용융 상태를 향해 돌진한다고 생각할 수밖에 없었다. 아니 어쩌면 곧장…… 엘리는 이 불가사의한 여행을 지옥의 강을 건너가는 배로 상상하려 했다.

터널 벽에는 우둘투둘한 결이 있었고 그래서 그 결의 움직임으로 속도를 짐작할 수 있었다. 규칙적이거나 가장자리가 날카롭지 않은 그 결은 뭐라 딱히 설명하기 어려운 모양이었다. 벽에서 인상적인 것은 형태가 아니라 그 기능이었다. 지표면 아래로 수백 킬로미터만 내려가도 바위들은 붉은 열을 내며 타오르고 있어야 했다. 하지만 그런 기미는 전혀 느낄 수 없었다. 작은 요괴가 길을 가로막지도 않고 마멀레이드 단지가 올려진 선반 따위도 없었다.

가끔 12면체의 한 끝이 벽을 스쳤고 그러면 벽에서 무언가 긁혀 떨어져 나왔다. 하지만 12면체 자체는 아무 손상을 입는 것 같지 않았다. 얼마 지나자 긁혀 떨어진 미세한 입자들이 구름처럼 12면체의 뒤를 따르게 되었다. 12면체가 벽을 건드릴 때마다 엘리는 무언가 부드러운 것이 충격을 완화시켜주고 있다는 느낌을 받았다. 흐릿한 노란 불빛이 흩어졌다가 다시 모여들었다가 했다. 터널은 부드럽게 구부러지기도 했는데 그러면 12면체도 구부러져 나아갔다. 엘리가 볼 수 있는 한 12면체를 향해 달려드는 물체는 아무것도 없었다. 이 정도 속도라면 참새 한 마리와 부딪치더라도 엄청난 충격을 받을 것이 뻔했다. 심연으로 끝없이 떨어지고 만다면? 엘리는 뱃속에서 물리적인 통증을 느꼈다. 정말 그렇다 해도 후회는 때늦은 것이었다.

블랙홀이야, 엘리는 생각했다. 그래, 블랙홀. 난 블랙홀 사상(事象)의 〈지평면〉을 통과해 〈공포의 특이점〉을 향하고 있는 거야. 아니, 어쩌면 이건 블랙홀이 아닌 〈숨은 특이점 naked singularity〉으로 가는지도 모른다. 그래, 물리학자들은 그 태초의 무한(無限) 지점을 〈숨은 특이점〉이라고 불렀어. 특이점 근처로 가면 인과 관계가 뒤집혀 결과가 원인보다 먼저 올 수도 있고 시간이 거꾸로 흐를 수도 있다. 정말로 특이점으로 가는 것이라면 겪었던 일을 기억하기는커녕 살아남을지도 의심스러웠다. 엘리는 과거에 배웠던 것을 떠올렸다. 회전하는 블랙홀 내에서는 점이란 없고 〈고리 특이점〉이나 훨씬 더 복잡한 것뿐이다. 블랙홀은 까다로운 상대였다. 중력장이 너무 강하기 때문에 누구든 일단 빠지고 나면 가느다랗고 긴 실로 변해 버린다. 또 말 그대로 뭉개져 버릴 수도 있다. 다행히도 그런 일은 일어나지 않았다. 투명한 회색 껍질이 되어버린 천정과 바닥을 통해 엘리는 엄청난 움직임을 볼 수 있었다. 규산염 조직은 망가지기도 하고 활짝 펼쳐지기도 했다. 에르븀 은못은 움직이면서 덜컹거렸다. 하지만 탑승자들을 포함해 12면체 안의 모든 것은 아무 변화가 없었다. 글쎄, 가슴이 좀 두근거리는 걸 제외한다면 말이다. 아무도 긴 실이 되어버리거나 하지는 않았다.

〈이건 바보 같은 생각이야.〉 엘리는 자책했다. 블랙홀 물리학은 자기 전공 분야가 아니었다. 그래도 도대체 어떻게 지금 블랙홀이 등장할 수 있단 말인가. 블랙홀은 까마득한 옛날 우주 생성시에, 혹은 태양보다 질량이 더 큰 별이 붕괴하는 경우에 형성되는 법이었다. 중력이 얼마나 강한지 양자 효과를 제외하고는 빛조차 빠져나가지 못할 정도지만 중력장은 남게 된다. 하지만 그들은 별을 붕괴시키지도 않았고 태고의 블랙홀에 들어간 것 같지도 않았다. 하기야 가장 가까운 태고의 블랙홀이 어디 숨겨져 있는지는 아무도 모르는 상황이었다. 그들은 그저 기계를 만들고 벤젤을 돌렸을 뿐이었다.

엘리는 소형 컴퓨터로 무언가를 하고 있는 에다를 바라보았다. 12면체가 무언가에 부딪칠 때마다 낮은 충돌음이 났다. 하지만 엘리는 그 소리보다는 몸 속 뼈들이 알려주는 느낌으로 충돌을 감지했다. 엘리가 목소리를 높여 에다를 불렀다.

「도대체 무슨 일이 일어나고 있는지 아시겠어요?」

「전혀 모르겠습니다」

에다가 큰소리로 대답했다.

「이런 일은 불가능하다는 것을 증명할 수도 있는데요. 보이어-린드퀴스트 좌표를 알고 계시죠?」

「죄송합니다. 모르는 걸요」

「나중에 설명해 드리죠」

엘리는 그가 〈나중에〉라고 말했다는 것만으로도 안도감을 느꼈다.

얼마쯤 지났을까, 감속이 시작되었다. 그 역시 눈으로 확인하기 전에 느낌으로 알 수 있었다. 청룡 열차를 타고 한참 내리막을 달려온 후 다시 천천히 위로 올라간다고나 할까. 감속이 시작되기 직전 터널은 복잡하게 이리저리 구부러졌다. 하지만 주변 빛의 색깔이나 밝기에는 뚜렷한 변화가 없었다. 엘리는 사진기를 집어들고 망원렌즈를 사용해 가능한 한 먼 곳을 보려고 했다. 하지만 다음 번 구부러진 곳을 볼 수 있을 따름이었다. 렌즈를 통해 본 벽의 결은 복잡하고 불규칙하며 희미하게 빛을 발하고 있는 듯했다.

12면체는 이제 확실히 속도가 느려졌다. 하지만 터널의 끝은 보이지 않았다. 엘리는 제대로 목적지에 갈 수 있을지 궁금했다. 기계 제작 전문가들이 혹시라도 계산에서 실수를 범했다면. 제작 과정에서 자그마한 실수라도 있었다면. 홋카이도에서는 넘어갈 만 했던 기술적 결함이 전체 여행을 엉망으로 만들어버리지는 않을까…… 앞서거니 뒤서거니 하면서 12면체와 함께 움직이는 미세한 입자 구름이 기계의 움직임을 방해하는지도 몰랐다. 12면체와 벽 사이의 공간은 이제 아주 좁았다. 기계가 터널에 끼어버린다면 어딘지도 모를 이곳에서 산소가 떨어질 때까지 죽음을 기다리게 되겠지. 직녀성에서는 우리가 숨을 쉬어야 한다는 사실을 잊어버렸을까? 환성을 지르는 올림픽 관중들을 보지 못한 것은 아니겠지?

베게이와 에다는 중력물리학의 신비에 도취되어 있었다. 하지만 두 사람의 모습만 봐도 상황이 쉽게 설명되지 않고 있다는 점을 짐작할 수 있었다. 〈몇 시간쯤 더 지나면 물리학자들이 뭔가 성과를 거두게 될지도 모르지.〉 엘리는 생각했다. 대통일 이론은 지구에 알려진 모든 물리학 측면을 한데 묶어주는 것이었다. 이 터널이 에다의 장 방정식에 중요한 점을 시사하지 않는다면 그것이 오히려 이상한 일이었다.

베게이가 물었다.

「누구 〈숨은 특이점〉을 보았소?」

「그게 도대체 무슨 엉뚱한 소리예요?」

수하바티가 대답했다.

「아, 미안합니다. 그러니까 무슨 벌거벗은 상태를 말하는 것은 전혀 아니에요. 인과율이 뒤집혀, 예를 들면 달걀 스크램블이 다시 흰자와 노른자라는 원형으로 되돌아가는 것 같은 걸 말하는 거죠」

수하바티는 눈을 가늘게 뜨고 못마땅한 표정으로 베게이를 바라보았다.

「그 말이 맞아요」

엘리가 급히 끼어들었다. 베게이는 좀 흥분한 모양이었다.

「이건 정말로 블랙홀에 대한 질문이에요. 이상한 말처럼 들리겠지만」

「글쎄요」

수하바티가 천천히 대답했다.
「갑자기 그런 질문을 받고 보니 당황했어요」
그러더니 갑자기 밝은 목소리가 되었다.
「정말 멋진 여행이었어요」
모두들 동감했다. 베게이도 기분이 좋아진 듯했다.
「이건 우주의 검열이 소련보다도 얼마나 더 엄격한지 잘 보여주는 셈이지요」
베게이가 말했다.
「숨은 특이점들은 블랙홀 안에서조차 보이지 않거든요」
「베게이는 농담하는 거예요」 에다가 덧붙였다. 「일단 사상의 지평면 안에 들어가면 블랙홀의 특이점에서 빠져나갈 방법은 없어요」
재차 엘리도 거들었지만 수하바티는 베게이와 에다를 미심쩍은 눈으로 바라보았다. 물리학자들은 일상생활과 한참 거리가 먼 개념을 표현하기 위해 말을 만들어내야 했다. 그런 와중에 완전히 새로운 용어를 만들어내기보다는 익숙한 용어를 빌려오는 것이 당연했다. 그런 식으로 새로운 발견이나 방정식에 이름이 붙여지는 것이다. 하지만 화제에 오르는 것이 물리학이라는 점을 모르는 상황이라면 수하바티처럼 기분이 상하게 될 수도 있었다.
엘리는 자리에서 일어나 수하바티에게 가려고 했다. 바로 그 순간 시 챠오무가 고함을 질렀다. 터널 벽이 움직이면서 12면체 쪽으로 줄어들더니 12면체를 앞으로 밀어냈다. 멋진 리듬이 생겨나고 있었다. 12면체가 움직임을 거의 멈추려고 할 때마다 다시 벽에서 새로운 힘이 가해졌다. 엘리는 약간 멀미가 났다. 움직이기 어려운 곳에 가면 벽이 한층 더 힘 있게 12면체를 밀어냈다.

수축과 팽창을 거듭하면서 말이다. 똑바른 곳에서는 별 문제없이 나아갈 수 있었다.

한참 앞쪽에서 자그마한 빛이 보였다. 처음에는 점이었지만 서서히 커졌다. 청백색의 빛이 12면체 안을 비추기 시작했다. 엘리는 이제 동작을 멈춘 검은색 에르븀 못에 반사되는 빛을 보았다. 기껏해야 10분이나 15분 정도 여행한 듯했지만 내내 흐릿한 빛을 보아왔던 터라 이런 밝은 빛은 놀라웠다. 빛을 향해 계속 터널을 통과한 끝에 마침내 탁 트인 공간에 이르렀다. 청백색의 거대한 항성(별)이 당황스러울 만큼 가까운 곳에서 보였다. 즉각 엘리는 이곳이 직녀성임을 알아차렸다.

* * *

엘리는 망원렌즈로 청백색 항성을 직접 들여다보려 하지 않았다. 이미 식어버린 희미한 항성이라도 그건 위험한 짓이었던 것이다. 대신 흰 종이를 꺼내 사진기에 댄 채 그 빛을 보려 했다. 커다란 흑점군 두 개에서 흑체 하나가 보였다. 무언가 물질의 존재를 암시하는 그림자였다. 이번에는 사진기를 내려놓고 팔을 길게 뻗어 손바닥을 바깥으로 편 채 직녀성을 가리고 주변을 보았다. 별 주위의 밝고 넓은 코로나가 눈에 들어왔다. 전에는 직녀성의 빛에 가려 한번도 보지 못한 코로나였다.

여전히 손바닥을 뻗은 채 엘리는 별을 둘러싼 고리를 조사했다. 소수 메시지 수신이 시작된 이후 직녀성 체계의 성격에 대해서는 오랜 논쟁이 이어져왔다. 지구 천문학계를 대표해서 엘리는 자신이 무슨 치명적 실수를 저지르지 않았기를 바랬다. 엘리는 밝기와 속도를 조절하면서 여러 번 비디오카메라로 녹화를 했다. 그들은 고리에 근접하는 중이었다. 아직 주위에서 고리의 파편까지는 나타나지 않은 상태였다. 고리는 그 폭에 비해 두께는 대단히 얇았다. 엘리는 고리 안에서 일어나는 희미한 색깔의 변화를 보았지만 개개 입자를 구별할 수는 없었다. 토성 고리라면 몇 미터 떨어진 곳에서 본 입자 하나도 엄청나게 클 것이었다. 아마도 직녀성 고리는 먼지와, 바위, 그리고 얼음의 아주 작은 조각들로 이루어져 있는 모양이었다.

엘리는 뒤돌아 12면체가 막 빠져나온 구멍을 관찰했다. 칠흑보다 더 검은 원이 보였다. 직녀성의 고리 체계의 한 부분을 가리고 있는 원이었다. 망원렌즈를 한층 열심히 들여다보자 중심부로부터 희미하고 묘한 빛이 보이는 듯했다. 호킹 방사선일까? 아니야, 그렇다면 훨씬 더 파장이 길어야 했다. 터널 저 건너편 지구에서 오는 빛일까? 저 검은 원의 다른쪽 끝은 홋카이도인 것이다.

행성들. 행성들은 어디에 있을까? 엘리는 다시 망원렌즈를 통해 고리 너머를 살폈다. 숨어 있는 행성, 메시지를 보내온 생명체의 고향을 찾기 위해서 말이다. 고리가 끊어진 부분이 나올 때마다 중력의 영향으로 먼지가 사라져버린 부분을 찾으려 했지만 성과가 없었다.

「행성을 찾았나요?」

시 챠오무가 물었다.

「아무것도 없어요. 가까이에 커다란 혜성이 몇 개 있을 뿐이에요. 그 꼬리가 보여요. 하지만 행성 같은 건 없군요. 혜성은 꼬리가 수천 개는 되는 것 같아요. 아마 입자로 되어 있겠죠. 블랙홀이 항성 고리에 커다란 구멍을 내 놓았어요. 우리는 지금 그 구멍 근처에 있지요. 천천히 직녀성 궤도를 돌면서 말이에요. 수억 년 정도에 불과한 비교적 젊은 별 체계군요. 일부 천문학자들은 여기서 곧 행성이 등장할 거라고 생각하고 있죠. 하지만 그렇다면 도대체 메시지 송신은 어디서 된 것일까요?」

「어쩌면 이건 직녀성이 아닐지도 몰라요」

베게이가 새로운 의견을 내놓았다.

「전파 신호는 직녀성에서 왔지만 우리가 타고 온 터널은 다른 체계와 연결될 수도 있으니까요」

「그럴지도 모르지요. 하지만 직녀성과 똑같은 온도로, 저것 보세요, 푸른색이잖아요. 똑같은 고리 체계를 가진 다른 별이 있다는 가정은 좀 지나친 것이 아닐까요. 사실 저 빛 때문에 별자리를 통해 정확히 직녀성 여부를 확인할 수가 없군요. 하지만 전 이것이 직녀성일 확률을 90퍼센트로 봐요」

「도대체 그 생명체들은 어디 있는 걸까요?」

수하바티가 물었다.

눈이 날카로운 시 챠오무가 위쪽을 쳐다보았다. 규산 조직 사이 투명한 오각형 판들 너머 저 위쪽의 하늘 말이다. 그는 아무 말이 없었지만 엘리도 그를 따라 위를 쳐다보았다. 무언가가 있었다. 햇빛에 반짝이는 각진 물체였다. 엘리가 망원렌즈를 통해 살폈다. 거대한 불규칙 다각형 형체 꼭대기에는 무언가가 잔뜩 달려 있었다. 원인가? 안테나? 디스크?

「여길 좀 봐 주세요, 시 챠오무. 뭐가 보이나요?」

「보입니다. …… 당신 전공이군요. 전파망원경이에요. 수천 개는 되겠어요. 여러 방향을 향하고 있는 것 같고요. 세계는 아닙니다. 그저 망원경뿐이에요」

모두들 번갈아 망원렌즈를 들여다보았다. 엘리는 어서 다시 살펴보고 싶었지만 간신히 참았다. 전파망원경의 기본적인 특성은 전파 물리학으로 규정되는 것이었다. 엘리는 블랙홀을 초(超)상대론적 교통 수단으로 이용할 줄 아는 문명이 아직도 인간이 알아볼 수 있는 모양의 전파망원경을 가지고 있다는 데 가벼운 실망감을 느꼈다. 직녀성 생명체들은 퇴보하고 있는 것일까? 생각할 수 없는 일이었다. 그들이 별 주위의 극궤도에 망원경을 놓은 이유는 분명했다. 이렇게 해야 고리의 입자와 충돌할 위험이 없는 것이다. 하지만 하늘 전체를 향하는 수천 개의 전파망원경이란 치밀한 관찰을 의미했다. 우주에 존재하는 헤아릴 수 없이 많은 세계의 텔레비전 방송, 군사 레이더, 그 밖의 다양한 전파를 수신하는 셈이었다. 지구에서는 전혀 모르는 신호들도 많겠지. 지구의 신호는 수백만 년 동안의 탐사 작업 끝에 처음으로 포착된 것이었을까, 아니면 전에도 그런 경험이 많았을까? 환영하러 나온 낌새도 없었다. 우리처럼 궁벽한 시골에서 온 대표단은 대단하게 여기지 않는 걸까?

다시 망원렌즈를 볼 차례가 되자 엘리는 초점, 밝기, 노출 시간 등을 조정하면서 세심히 살폈다. 국립과학협회에 전파천문학이 정말로 얼마나 대단한 것인지 보여주려면 확실한 기록을 남겨야 했다. 엘리는 다각형 세계의 크기를 대강이나마 측정하고 싶었다. 망원경은 고래 등에 붙은 조가비처럼 다각형 위를 덮은 상태였다. 무중력 상태에서 전파망원경은 어떤 크기로도 만들어질 수 있었다. 각들의 크기는 그럭저럭 추측할 수 있었지만 길이나 넓이는 대상 물체가 얼마나 떨어져 있는지를 모르는 한 어림짐작조차 불가능했다. 하지만 엘리는 분명 어마어마하게 클 것이라고 생각했다.

「여기 생명체가 사는 세상이 없다면……」

시 챠오무가 말했다.

「직녀성에 사는 존재도 없는 거요. 아무도 여기서 살지 않아요. 직녀성은 보초병이 서 있는 국경 경비소 같은 셈이지요. 보초가 손을 녹이려고 들락날락하는 곳 말입니다」

「이 전파망원경들은」

그가 위쪽을 쳐다보았다.

「만리장성의 감시탑 같은 것으로 보여요. 광속 같은 것에 제한을 받는다면 은하 제국을 한꺼번에 보기란 어려울 겁니다. 수비대장에게 반란 진압 명령을 내리더라도 만년 정도 지나야 결과가 보고될 테니 말입니다. 그러면 곤란하지 않겠어요? 너무 느리지요. 그렇다고 수비대장에게 자율권을 준다면 더 이상 제국은 존재하지 않는 셈이 되고 말아요. 하지만 이런 식으로……」

시 챠오무는 위쪽 하늘을 가리켰다.

「제국의 길을 만들면 문제가 해결되지요. 페르시아나 로마, 중국 모두 이런 길을 가지고 있었어요. 그럼 더 이상 광속 따위에 제한을 받지 않습니다. 제국이 하나로 연결되는 것이지요」

하지만 에다는 생각에 잠긴 채 고개를 흔들었다. 물리학적인 문제가 그를 괴롭히는 듯했다.

일행이 통과해 나온 블랙홀로 보이는 검은 구멍은 이제 직녀성 고리의 입자들 사이에 벌어진 분명한 공간에 놓였다. 안쪽과 바깥쪽 고리 사이 넓게 벌어진 곳은 정말 블랙홀이라는 이름에 걸맞게 완벽하게 캄캄했다.

엘리는 눈앞에 펼쳐진 직녀성의 고리를 녹화하면서 언젠가 그

입자들이 서로 붙어 커져서 중력을 형성하고 결국 별 주위를 도는 몇 개의 커다란 세상을 만들어 나름의 행성 체계를 이루게 될 것이라고 생각했다. 그 광경은 천문학자들이 제시하는 45억 년 전 태양 주위 모습과 너무도 흡사했다. 여기저기서 서로 결합한 입자들 때문에 불룩한 곳이 보였고 이 때문에 고리는 더 이상 균질한 구성이 아니었다.

직녀성 주위를 도는 블랙홀의 움직임은 근처 입자들에 눈에 뜨이는 파동을 만들었다. 12면체는 부드럽게 흔들렸다. 엘리는 이런 식으로 흩어지거나 모여드는 움직임, 즉 〈중력 섭동〉이 장기적으로 행성 형성에 영향을 미치는 것이 아닐까 궁금했다. 그렇다면 수십억 년 후 나타날 미래의 행성들에 블랙홀과 이 기계가 관여한 셈이 되는 것이다. …… 뿐만 아니라 메시지와 아르고스 연구소까지도. 물론 엘리는 지나치게 자기중심적으로 생각하고 있다는 점을 인정했다. 자기가 없었더라도 다른 어떤 전파천문학자가 메시지를 수신했을 것이다. 약간 빠르거나 늦는 시간 차이는 있다고 해도 말이다. 기계를 다른 때 작동시켰다면 12면체도 다른 시간에 여기 도달했겠지. 어쨌든 지금 이 순간 미래의 행성은 엘리의 영향을 받고 있는 것이 분명했다. 엘리가 없었다면 형성될 운명이었던 세상이 그만 생겨나지 못했을 수도 있었다. 아무 생각없이 행한 일이 알지 못할 세계의 운명을 결정한다는 데 엘리는 어렴풋한 책임감을 느꼈다.

엘리는 우선 12면체 안에서 시작해 투명한 5각형 판을 지나 입자 고리로, 그리고 궤도를 돌고 있는 블랙홀까지 연결해서 녹화를 계속했다. 푸르스름한 두 고리 사이의 공간 너머 점점 더 먼 곳으로 시야를 넓혀가던 중 위쪽으로 무언가 이상한 것이 보였다. 안쪽 고리가 약간 휘어진 것일까?
「저 위를 좀 봐 주세요, 시 챠오무」
엘리가 망원렌즈를 넘겨주면서 부탁했다.
「저 위에 뭐가 보이지 않나요?」
「어디요?」
엘리가 다시 방향을 가리켰다. 잠시 후 시 챠오무도 그것을 발견했다. 그는 숨을 삼켰다.
「다른 블랙홀이군요」
마침내 그가 말했다.
「훨씬 더 큽니다」

* * *

그들은 다시 떨어지고 있었다. 이번 터널은 훨씬 더 넓었고 승차감도 좋았다.
「그런 걸까요?」
엘리가 저도 모르게 수하바티를 향해 소리를 질렀다.
「블랙홀을 보여주기 위해 우리를 직녀성으로 데리고 갔고 수천 킬로미터 떨어진 곳에 놓인 전파망원경을 보여주었지요. 10분간 거기 머무르게 한 후 다시 또다른 블래홀을 통해 지구로 돌려보내는 것 아닌가요? 이걸 위해 우리는 2조 달러를 쓴 걸까요?」
「우리는 단순한 조역인지도 몰라요」
베게이가 말했다.
「핵심은 그들 자신이 지구로 가는 것이고 말입니다」
엘리는 한밤중에 트로이 성문 아래서 이루어진 발굴 장면을 떠올렸다.

에다가 손을 들어 조용히 하라는 신호를 했다.

「두고봅시다」

그가 말했다.

「이건 종류가 다른 터널이에요. 왜 이게 다시 지구로 되돌아가는 길이라고 생각하는 거지요?」

「우리 목적지는 직녀성이 아니었나요?」

수하바티가 물었다.

「알 수 없어요. 다음번에는 어디가 나오는지 봅시다」

이 터널에서는 벽에 부딪치거나 흔들리는 일이 훨씬 적었다. 에다와 베게이는 크루스칼-제커리스 좌표의 시공간 다이어그램에 대해 토론했다. 엘리는 두 사람의 이야기를 전혀 알아들을 수 없었다. 감속이 시작되었다. 여전히 마음은 불안했다.

이번에는 터널 끝에서 비치는 빛이 주황색이었다. 일행이 탄 12면체는 엄청난 속도로 두 개의 거대한 태양이 접한 지점에 도달했다. 늙어 팽창한 붉은 거성의 바깥층이 우리 태양과 비슷해 보이는 중년의 노란 왜성 쪽으로 맹렬하게 쏟아져 들어가는 중이었다. 두 별 사이의 접촉 지점은 밝게 빛났다. 엘리는 입자 고리나 행성 혹은 궤도를 따라 도는 전파관측소 같은 것을 찾으려 했지만 아무것도 발견하지 못했다. 〈그건 별로 중요한 게 아니야.〉 엘리는 속으로 중얼거렸다. 이들 체계에는 행성이 아주 많을지도 모르지만 내 망원렌즈로는 아무것도 잡아낼 수 없는걸. 엘리는 다시 흰 종이와 단(短)초점 렌즈를 사용해 두 태양의 모습을 사진기에 담았다.

고리가 없었기 때문에 여기는 직녀성 근처보다 빛이 흩어지는 현상이 덜했다. 잠시 후 엘리는 광각 렌즈를 사용해 북두칠성과 상당히 비슷한 별자리를 찾아냈다. 하지만 다른 별자리를 알아보기는 힘들었다. 북두칠성자리의 밝은 별들은 지구에서 수백 광년 떨어져 있을 뿐이었으므로 엘리는 자신들이 그저 수광년 정도 이동했을 뿐이라는 결론을 내렸다.

엘리는 자기 생각을 에다에게 털어놓으며 그의 의견을 물었다.

「제 생각은 어떠냐고요? 지금 지하철을 탄 것 같은데요」

「지하철이라고요?」

엘리는 기계가 작동된 직후 한없이 밑으로만 떨어지던 일을 기억했다.

「그래요, 지하철 말입니다. 지하철에는 역들이 있죠. 직녀성이나 이 별 체계는 모두 역입니다. 승객들은 역에서 내리고 타죠. 이제 여기서 기차를 바꾸어야 할 것 같군요」

에다가 손을 들자 그림자가 두 개 만들어졌다. 황색과 붉은색 해가 각각 만들어 내는 그림자였다. 마치 현란한 조명이 돌아가는 디스코장 같았다.

「하지만 우리는 내릴 수가 없군요」

에다가 말을 이었다.

「우리는 닫힌 기차를 타고 있는 겁니다. 그래서 종점까지 가야 하죠」

드럼린 선생이라면 그런 생각을 환상이라고 비웃었을 것이다. 그리고 엘리는 에다가 이런 식으로 말하는 것을 처음 들었다.

* * *

　다섯 탑승자 중에서 엘리는 유일한 전파천문학자였다. 물론 세부 전공이 광학 스펙트럼은 아니었지만 말이다. 엘리는 자신들이 경험하고 있는 터널과 4차원 시공간에서 가능한 한 많은 자료를 모아야 한다는 책임감을 느꼈다. 일행이 빠져나온 블랙홀은 하나 혹은 여러 개의 별들로 이루어진 체계의 궤도상에 있는 듯했다. 또한 여러 개가 함께 존재하면서 그중 두 개는 연속된 궤도를 공유했다. 즉 하나에서 빠져나오면 다음 것 속으로 들어가는 식인 것이다. 지금도 일행은 그 한 쌍의 블랙홀을 경험하는 셈이었다. 눈에 보이는 별 체계들은 서로 전혀 달랐고 태양계와 비슷한 것도 없었다. 모든 것이 천문학적으로 커다란 시사점을 지니고 있었다. 제2의 12면체 같은 인공물은 전혀 보이지 않았다.
　이제 눈에 띄게 밝기가 변화되고 있는 별 근처를 지나는 참이었다. 마침 엘리가 조도를 조절해야 하는 망원렌즈를 들여다보고 있던 참이라 그 사실을 알아차릴 수 있었던 것이다. 아마 RR 라이래 별들 중 하나 같았다. 그 다음에는 5성 체계, 그리고 희미하게 빛나는 갈색 왜성이 나왔다. 어떤 것은 활짝 열린 우주 공간에 놓였고, 다른 어떤 것은 성운 속에서 타오르는 분자 구름에 묻혀 있었다.
　엘리는 파리에서 본 〈태양의 입맞춤〉 담배 선전 문구인 〈천국에서 누리실 즐거움을 살짝 빼내 왔습니다〉를 떠올렸다. 눈앞의 광경은 천국의 즐거움과 다름없었지만 그것을 미리 맛봄으로써 손해본다는 느낌은 전혀 없었다. 전문가다운 침착성을 유지하려고 애써보았지만 어쩔 수 없이 엘리의 마음은 이 다양한 태양들의 존재에 빠져들었다. 엘리는 그 하나하나가 누군가의 집이기를 바랬다. 혹은 언젠가는 그렇게 되기를 말이다.

하지만 네번째 블랙홀에 들어간 후에는 걱정이 되기 시작했다. 손목시계를 보니 홋카이도를 떠난 지 벌써 한 시간이 지나 있었다. 이렇게 한참을 더 가야 한다면 예의바른 대접을 받는다고 보기는 어려웠다. 인간의 심리란 이렇게 훨씬 앞선 문명이 보여주는 흥미로운 광경으로도 다 충족되지 못하는 모양이었다.

외계인들이 그렇게 현명하다면 왜 이처럼 자꾸 블랙홀을 바꿔 타야 하는 걸까? 물론 한쪽 끝인 미개한 지구가 조악한 장비를 사용했기 때문일 수도 있었다. 하지만 직녀성에서 출발한 뒤에는? 왜 곧장 12면체를 목적지로 데려가지 못하는 거지?

터널 속을 무서운 속도로 달리면서 엘리는 기대에 부풀었다. 다음번에는 어떤 놀라운 일이 기다리고 있을까? 그건 마치 엄청난 시설을 갖춘 놀이공원 방문과도 같았다. 엘리는 헤든이 궤도 위에서 기계 작동 시점에 맞춰 홋카이도를 관찰하는 광경을 상상했다.

메시지 송신자들이 열어보인 구경거리는 대단했다. 그리고 다른 탑승자들에게 별의 진화 과정을 설명해 주는 것도 기분이 괜찮았다. 하지만 조금 더 시간이 지나자 엘리는 기운이 빠졌다. 도대체 왜 그렇게 맥이 빠지는 것인지 엘리는 곰곰이 생각했다. 그리고 마침내 해답을 찾았다. 외계인들은 자랑스럽게 떠벌리고 있는 셈이었다. 꼴 보기 싫게 말이다. 그건 인격적인 결함을 보여주는 듯했다.

또다른 터널, 더 넓고 굴곡이 심한 터널을 빠져나가고 있을 때 베게이는 에다에게 도대체 왜 별 볼일 없어 보이는 태양계들에

지하철역이 있는 것 같으냐고 물었다.

「팔팔한 젊은 별, 아니면 파편 따위가 없는 별에 정거장을 만들지 않은 까닭이 뭘까요?」

「그건 말입니다」

에다가 대답했다.

「물론 이건 추측일 뿐입니다만…… 그 모든 체계에 생명체가 살기 때문이 아닐까요」

「그리고 관광객이 원주민을 놀라게 하는 걸 원치 않는 거죠」

수하바티가 맞장구를 쳤다.

에다가 미소 지었다.

「아니면 주위에 다른 길이 있는지도 모르고요」

「그러니까 당신 말뜻은 이런 건가요? 원시 행성들에 대해서는 일종의 불간섭 원칙이 있다, 하지만 때때로 일부 원시인들은 지하철을 탈 수도 있다……」

「그리고 그들은 원시 문명에 대해 상당히 잘 알고 있어요」

엘리가 말을 받았다.

「완전히는 아닐지라도 말이죠. 결국 원시인은 원시적이에요. 그래서 원시인들한테는 시골로 가는 지하철만 태우죠. 설계자들은 틀림없이 아주 조심성이 많을 거예요. 하지만 그렇다면 도대체 왜 특급열차 대신 이런 완행 기차를 보내온 걸까요?」

「아마 특급 열차는 제작하기가 너무 어려웠겠죠」

유적 발굴 경험이 풍부한 시 챠오무가 말했다. 엘리는 지구의 자랑거리가 되고 있는 혼슈 홋카이도 해저 터널이 고작해야 51킬로미터라는 것을 떠올렸다.

이제 급회전이 몇 번 이어졌다. 엘리는 자기 선더버드 자동차 생각이 났다. 멀미가 나기 시작했다. 가능한 한 버텨야 했다. 12면체 안에는 멀미용 비닐봉투가 준비되어 있지 않았던 것이다.

갑자기 길이 곧아지면서 별들로 가득 찬 하늘이 나타났다. 지구에서 익숙해진 밤하늘과는 달랐다. 지구 하늘에서는 수천 개 별들이 여기저기 흩어져 보였지만 여기서는 그야말로 수없이 많은 별이 온 사방을 꽉 채우고 있었던 것이다. 어찌나 많은지 별들끼리 서로 부딪칠 것만 같았다. 노랑, 파랑 등 여러 색깔이 있었지만 특히 빨갛게 빛나는 경우가 많았다. 하늘은 가까이 있는 태양들로 불타올랐다. 엘리는 소용돌이치는 거대한 입자 구름을 볼 수 있었다. 그 입자 구름은 부풀어 오르는 블랙홀로 빨려 들어가면서 여름날의 뜨거운 햇살 같은 방사선 빛을 뒤에 남겼다. 이것이 은하계의 중심이라면 주위는 온통 방사능투성이일 것이 분명했다. 엘리는 외계인이 인간의 허약한 신체 구조를 기억해 주었기를 바랬다.

12면체가 회전하면서 엘리의 눈앞에 파노라마처럼 펼쳐지는 광경은 그야말로 경이로운 기적이었다. 그것은 무엇인지 알아차리기도 전에 갑자기 나타났다. 하늘을 절반쯤 채울 정도로 컸다. 표면에는 수백 아니 수천 개의 번쩍이는 출입구가 서로 다른 모양으로 나 있었다. 다각형이나 원형도 있었고 번쩍이는 꼬리가 달리거나 부분적으로 겹쳐지는 원들도 있었다. 엘리는 그것이 모두 도킹 장소라는 것을 알아차렸다. 수천 개의 서로 다른 도킹 지점이었던 것이다. 불과 몇 미터짜리에서부터 수십 킬로미터에 이르는 것까지 각양각색이었다. 그 각각이 지구에서 온 이 12면체 같은 우주선의 착륙장인 셈이었다. 커다란 기계에 탄 커다란 생명체는 큰 착륙장을, 인간처럼 작은 생명체는 작은 착륙장을 이용할 것이었다. 어느 문명에 특혜를 부여하지 않는 민주적인 방식이었다. 착륙장의 다양한 형태는 갖가지 문명 사이의 차별이 없다는 것을 보여주는 동시에 엄청나게 다양한 생명체와 문명의 존재를 암시했다. 〈우주의 거대한 중앙역이구나!〉 엘리는 생각했다.

은하계 안에 수많은 생명체와 지능체가 존재하고 있다는 사실을 자기 눈으로 확인한 엘리는 기쁜 나머지 눈물이 나올 지경이었다.

일행은 노란 착륙장 쪽으로 다가가는 중이었다. 일행이 타고 있는 12면체와 정확히 일치하는 형태였다. 바로 옆에서는 12면체와 크기는 비슷하지만 형태는 불가사리와 비슷한 우주선이 부드럽게 착륙장에 내려앉는 것이 보였다. 엘리는 은하수의 중심으로 여겨지는 이 거대한 정거장을 상하좌우로 둘러보았다. 마침내 여기까지 초대받아 오다니 얼마나 큰 인류의 경사인가! 우리에겐 희망이 있어! 엘리는 마음속으로 외쳤다. 희망이 있다고!

「글쎄, 여긴 브리지포트가 아니군요」

엘리는 완벽할 정도로 부드럽게 착륙이 끝난 후 큰 소리로 말했다.

|2 마 장|

거대한 중앙역

모든 것은 인공적이다.
자연은 신이 만들어낸 작품이기 때문이다.
──토머스 브라운의 『의사의 종교』(1642) 중 「꿈에 대해」

천사들은 육체를 가질 필요가 있다.
자신을 위해서가 아니라 인간이
이해할 수 있도록 하기 위해서.
──토머스 아퀴나스의 『신학대전』 I, 51, 2

악마는 자신의 권능으로
호감 가는 외모를 보일 수도 있다.
──윌리엄 셰익스피어의 『햄릿』 II, ii, 628

좁은 출입구로는 한 번에 한 사람씩만 드나들 수 있었다. 준비 단계에서 어느 나라의 대표가 처음으로 내릴 것인가 하는 문제가 대두되었을 때 다섯 탑승자는 한결같이 손을 내저으며 그런 것은 이런 종류의 여행에서 아무 의미 없는 일이라고 설명했다. 그리고 서로 간에도 의식적으로 그 문제를 언급하지 않았다.

이중으로 된 에어록 출입구가 열렸다. 아무런 지시도 없었다. 착륙장의 압력이 맞춰지면서 산소가 공급되는 것이 느껴졌다.

「자, 누가 제일 처음 나가시겠어요?」

수하바티가 물었다.

비디오카메라를 손에 든 채 출입구 앞에 서 있던 엘리는 새로운 세계에 발을 디디는 이 순간 야자수 이파리를 가져가야 한다는 생각이 들었다. 이파리를 챙기고 다시 출입구 쪽으로 돌아섰을 때 바깥쪽에서 기쁨에 넘치는 환호성 소리가 들려왔다. 베게이의 목소리인 듯했다. 엘리는 환한 햇살이 비치는 곳으로 달려 나갔다. 출입구 아래쪽은 모래에 파묻힌 상태였다. 수하바티는 발목까지 차는 물속에서 시 챠오무 쪽으로 물을 튀기며 즐거워했다. 에다도 활짝 미소를 지었다.

해변이었다. 모래사장 쪽으로 파도가 밀려왔다. 푸른 하늘에 층층이 쌓인 구름이 보였다. 해안에서 약간 뒤로 물러선 곳에 자유롭게 솟아오른 야자수들이 보였다. 태양이 떠 있었다. 하나였고 노란색이었다. 〈우리 태양이랑 똑같은걸.〉 엘리는 생각했다. 공기 중에는 희미하게 무슨 냄새가 났다. 계피 냄새랑 비슷했다.

3만 광년을 여행해 마침내 해변에 도착한 셈이었다. 아니, 다른 가능성도 있었다. 산들바람이 불자 모래가 솔솔 일어났다. 어쩌면 이건 수백만 년 전 지구를 탐사하고 돌아간 외계인들이 당시 자료에 근거해 재현해 놓은 지구의 모습인지도 몰랐다. 혹은 천문학 지식을 늘리기 위해 여행에 나선 다섯 탑승자가 다시 지구 한 구석에 떨어지고 만 것은 아닐까?

뒤로 돌아선 엘리는 12면체가 사라졌다는 것을 깨달았다. 슈퍼컴퓨터를 비롯한 모든 장비도 함께 사라진 셈이었다. 하지만 그런 우려는 한순간에 불과했다. 역사에 남을 여행에서 모두들 안전하게 살아남았던 것이다. 베게이는 야자수가 늘어선 이 해변으로 엘리가 악착같이 챙겨온 야자수 이파리를 보고 웃음을 터뜨렸다.

「석탄 산지 뉴캐슬로 석탄을 가져온 셈이군요」

수하바티도 한마디 거들었다.

하지만 엘리의 야자수 이파리는 특별한 것이었다. 물론 종도 다를지 몰랐다. 아니, 어쩌면 다양한 종들의 존재 자체가 부주의한 창조주의 실수는 아닐까. 엘리는 바다를 바라보았다. 4억 년 전 최초로 이루어진 지구 정복 장면이 어쩔 수 없이 마음속에 떠올랐다. 여기가 어디든, 인도양이든 은하계 중심이든 간에 다섯 탑승자는 다른 무엇과도 비교할 수 없는 엄청난 일을 해낸 것이다. 여행 일정이나 목적지를 정하는 것은 물론 그들 권한 밖의 일이었다. 하지만 그들은 우주라는 대양을 건너 인류 역사의 새로운 시대를 연 것이다. 엘리는 한껏 자랑스러웠다.

시 챠오무는 신발을 벗고 출발시 모든 탑승자가 의무적으로 입어야 했던 우주복 소매를 걷어올렸다. 그리고 부드럽게 밀려오는 파도를 따라 천천히 걸어갔다. 수하바티는 야자수 뒤로 사라지는가 싶더니 우주복을 팔에 걸치고 사리 차림으로 나타났다. 에다는 자신의 상징으로 전세계에 알려진 특유의 마직 모자를 꺼내 썼다. 엘리는 그런 동료들의 모습을 비디오카메라에 담았다. 지구로 가져가 그 테이프를 보면 영락없이 휴가 중에 찍은 것으로 보일 것이었다. 엘리는 해변으로 가서 시 챠오무와 베게이랑 함께 어울렸다. 물은 따뜻했다. 상쾌한 오후였다. 한 시간 전에 떠나온 홋카이도의 겨울과 비교하면 모든 면에서 나무랄 것이 없었다.

「모든 사람들이 무언가 상징적인 의미가 될 만한 것을 가져왔군요」

베게이가 말했다.

「나만 빼고 말이오」

「무슨 뜻이시죠?」

「수하바티와 에다는 전통 의상을 가져왔고 시 챠오무는 쌀알을 가져왔거든요」

정말로 시 챠오무의 손에는 쌀알이 든 봉지가 들려 있었다.

「그리고 당신한테는 야자수 이파리가 있지 않소」

베게이가 말을 이었다.

「하지만 나한테는 지구로부터의 기념품이 하나도 없어요. 아마 내가 여기서 유일한 유물론자인 모양입니다. 내가 가져온 모든 것은 이 머릿속에 들어 있죠」

엘리는 우주복 아래에서 대롱거리며 목에 걸려 있는 메달이 떠올랐다. 우주복 목 부분을 느슨하게 하여 목걸이를 꺼냈다. 그리고 궁금하다는 표정을 짓는 베게이에게 읽어보라고 건넸다.

「플루타르크 같군요」

베게이가 말했다.

「이건 스파르타인들의 용감한 말이었지만 정작 전투에서 이긴 건 로마인이었지요」

그 충고의 말투로 보아 베게이는 메달을 데어 헤르의 선물로 생각하는 것이 분명했다. 엘리는 데어 헤르를 마땅치 않게 여기는 베게이가 얼마나 자신을 염려해주고 있는지 새삼 깨닫고 마음이 푸근해졌다. 엘리가 베게이의 팔을 잡았다.

「정말 담배가 피우고 싶어 미치겠소」

베게이는 다정하게 말하며 엘리의 손을 잡아당겼다.

* * *

다섯 탑승자는 작은 원형을 이룬 해안가에 앉았다. 파도가 부드럽게 밀려와 부서지면서 내는 백색잡음을 듣고 있자니 아르고스 연구소에서 신호를 찾아내려 애쓰던 시절이 떠올랐다. 기울어가는 태양은 대양 위에 낮게 떠 있었다. 게 한 마리가 능숙한 옆걸음으로 곁을 스쳐 지나갔다. 게와 코코넛 열매, 그리고 준비해온 식량으로 당분간은 충분히 버틸 수 있을 것 같았다. 모래사장에는 일행 외에 다른 사람의 발자국은 보이지 않았다.

「그들이 이 모든 것을 다 해놓았다는 생각이 듭니다」

베게이는 자신과 에다의 생각을 설명하기 시작했다.

「터널을 고정시킬 수 있도록 시공간에 일종의 주름을 잡아야 할 필요가 있었소. 다차원 기하학에서는 시공간의 작은 주름을 추적하는 것도 아주 어려워요. 거기 터널 끝을 맞추어 넣는 것은 말할 나위도 없지요」

「그게 무슨 말씀입니까? 그들이 우주의 기하학을 바꾸었다는 뜻인가요?」

「그렇습니다. 우주는 위상학적으로 볼 때 단순하게 연결된 것이 아니에요. 그건 마치, 물론 에다는 이런 유추를 좋아하지 않겠지만, 편평한 2차원 표면이 다른 편평한 이차원과 미로 같은 터널로 연결되는 것과 같습니다. 좀더 발전된 문명을 가진 표면의 존재들이 터널 끝에 출구를 맞추었다고 상상해 봅시다. 그러면 두 평면 사이의 터널이 만들어지겠지요. 표면에 작은 주름을 만들어 출구를 고정시키는 겁니다」

「그럼 더 발전된 생명체가 메시지를 보내 상대방에게 어떻게 주름을 만들면 좋을지 알려주겠군요. 하지만 그들이 정말로 2차원의 존재라면 어떻게 표면 위에 주름을 만들 수 있을까요?」

「한곳에 엄청난 질량을 쌓아올리면 되겠지요」

베게이는 가설을 세워보았다.

「하지만 우리는 그렇게 하지 않았어요」

「저도 압니다. 어쨌든 벤젤이 그 역할을 했죠」

「보십시오……」

에다가 부드러운 말투로 설명했다.

「터널이 블랙홀이라면 분명한 모순이 있습니다. 아인슈타인 장

등식에 대한 정확한 커 Kerr 해답에서 나오는 터널 내부는 아주 불안정한 상태입니다. 〈작은 섭동〉만 있어도 입구가 막혀 결국 아무것도 그 사이를 통과하지 못하는 물리적 특이점이 되어 버리거든요. 붕괴하는 별의 내부 구조를 통제하여 터널 안쪽을 안정화시키는 발달된 문명을 상상해 보려고 했습니다만 이것 역시 퍽 어려운 일입니다. 늘 터널의 상태를 지켜보면서 끊임없이 안정화시켜야 하니까요. 더욱이 12면체와 같은 커다란 물체가 떨어지는 상황이라면 문제가 많지요」

「어떻게 터널 출입구를 열어놓을 것인지의 문제를 요행히 해결한다 해도 다른 어려움이 있습니다」

베게이가 말했다.

「아니, 어려움이 너무 많다는 말이 어울리겠죠. 블랙홀은 온통 문제투성이입니다. 조력도 있지요. 블랙홀의 중력장 안에서 우리는 갈기갈기 찢어질 수도 있습니다. 이탈리아의 엘 그레코이던가? 하여튼 그런 그림에 나오는 사람들처럼 몸이 길게 늘어나 버릴지도 모르고요」

베게이가 확인해 달라는 듯 엘리 쪽을 바라보았다.

「자코메티예요」

엘리가 대답했다.

「스위스 사람이지요」

「맞아요. 자코메티 그림에 나오는 사람처럼 말입니다. 또 이런 문제도 있어요. 지구의 계산식에 따르면 블랙홀을 통과하기 위해서는 무한한 시간이 걸립니다. 그럼 우리는 절대 지구로 돌아갈 수 없어요. 어쩌면 정말 그런 일이 일어났는지도 모릅니다. 특이점 근처에는 지옥 같은 방사능 지대가 있습니다. 그곳의 양자 역학적 불안정성은……」
「그래서 결국……」
에다가 말을 받았다.
「커 유형의 터널은 인과 관계를 뒤틀어놓고 맙니다. 터널 안 방향이 조금만 바뀌더라도 우주의 시작 단계 같은 엉뚱한 곳으로 가버릴 수 있지요. 우주 탄생을 낳은 대폭발 직후 시점에 떨어져 버릴지도 모릅니다. 아주 혼란스러운 우주라고 할 수 있죠」
「좀 보세요」
엘리가 말했다.
「전 일반 상대성 이론의 전문가는 아니에요. 하지만 우리는 두 눈으로 똑똑히 블랙홀을 보았잖아요? 또 그 안에 떨어졌잖아요? 그러고는 그 바깥으로 나오지 않았어요? 1그램의 관찰은 1톤의 이론보다 더 가치 있는 것이 아니었나요?」
「저도 압니다」 베게이가 괴롭다는 듯 대답했다.
「무언가 다른 것이었을지도 몰라요. 물리학에 대한 우리의 이해는 그렇게 멀리 나아간 것이 아니니까요. 그렇죠?」
베게이의 질문은 에다를 향한 것이었다. 에다는 그저
「자연적으로 만들어진 블랙홀은 터널이 되지 못해요. 그 중심부에 도저히 통과할 수 없는 특이점이 있으니까요」
라고 답했을 뿐이었다.
급조한 육분의와 손목시계로 일행은 태양의 각 운동을 측정했다. 지구에서처럼 태양은 24시간 동안 360도 회전했다. 태양이 지평선 너머로 완전히 사라지기 전에 일행은 엘리의 사진기를 분해해 렌즈로 불을 지폈다. 엘리는 어둠 속에서 누군가 아무 생각없이 불 속으로 집어던질까 봐 걱정이 되어 야자수 이파리를 단단히 챙겨 놓았다. 시 챠오무는 능숙하게 불을 지폈다. 그러고는 일행이 바람을 등지고 앉게 한 후 불길을 낮게 유지했다.

서서히 별들이 나타났다. 지구에서 익숙하게 보았던 별자리들이 모두 보였다. 엘리는 다른 사람들이 자는 동안 지청해서 불을 지켰다. 거문고자리가 보고 싶었던 것이다. 몇 시간 후 거문고자리가 떠올랐다. 밤하늘은 놀랄 만큼 깨끗했고 직녀성은 밝게 빛났다. 하늘을 가로지르는 별자리들의 분명한 움직임, 남반구의 별자리들, 북쪽 지평선 근처에서 보이는 북두칠성 등으로 미루어 엘리는 지금 열대 지방 근처에 있는 것이라고 추정했다. 〈이 모든 것이 모형이라면 정말 대단한 어려움에 봉착한 셈이야.〉 잠들기 전에 마지막으로 떠오른 생각이었다.

* * *

엘리는 이상한 꿈을 꾸었다. 다섯 사람이 벌거벗은 채 물 밑에서 수영하고 있었다. 커다란 산호초 옆에 편안하게 누웠다가는 갈라진 틈 사이로 헤엄쳐 들어가려 했더니 틈은 금방 해초들로 덮여버렸다. 엘리는 한번인가 수면으로 떠올랐다. 12면체 형태의 배가 근처를 지나갔다. 배의 벽면은 투명했고 그 안에서 천을 두른 사람들이 신문을 읽거나 이야기를 나누는 모습이 보였다. 엘리는 다시 깊은 물 속으로 돌아갔다. 자기가 속한 세계로 말이다.

그 꿈은 오랜 시간 계속된 것으로 보였지만 일행은 아무도 호흡에 문제를 느끼지 않았다. 그들은 물을 들이마셨다가는 내뱉었다. 아무런 고통도 없었다. 물고기처럼 모두들 자유로웠다. 베게이는 정말로 작은 물고기처럼 보였다. 물에 산소가 많이 녹아 있는 모양이라고 엘리는 생각했다. 꿈을 꾸던 중에 엘리는 생리학 실험실에서 보았던 생쥐가 생각났다. 녀석은 산소가 녹아 있는 물속에서 기분 좋게 돌아다녔고 앞발과 꼬리로 헤엄치는 시늉을 하기도 했다. 엘리는 그렇게 하기 위해 산소가 얼마나 필요한지 기억해내려고 애썼지만 마음대로 되지 않았다. 엘리는 점점 생각을 덜하게 된다고 생각했다. 하지만 그건 별 문제가 아니었다.

다른 사람들은 이제 정말 물고기처럼 보였다. 수하바티의 지느러미는 반투명했다. 어렴풋하게 재미있다는 생각이 들었다. 엘리는 이 상황이 지속돼 무언가 판단할 수 있기를 바랬다. 하지만 대답하고 싶었던 문제마저 기억이 나지 않았다. 아 따뜻한 물을 호흡하고 있구나, 엘리는 생각했다. 이 다음은 뭐지?

* * *

엘리는 잠에서 깨어나 한참 동안 어리둥절했다. 도대체 자기가 어디 있는지 알 수 없었다. 위스콘신인가? 푸에르토리코? 뉴멕시코? 와이오밍? 홋카이도? 아니면 말라카 해협? 그러다가 갑자기 기억이 났다. 지구에서 3만 광년 떨어진 은하계 안 어딘가로 왔었지. 두통에도 불구하고 엘리는 소리 내어 웃었다. 그 소리에 옆에서 자고 있던 수하바티가 몸을 움직였다. 언덕배기 경사 아래 누워 있었기 때문에 아직은 직접 햇살이 비치지 않았다. 어제 일행은 1킬로미터 정도 주위를 탐색했지만 생명체의 흔적을 전혀 찾지 못했었다. 엘리는 모래를 베개 삼아 다시 누웠다. 우주복을 말아 베고 자던 수하바티는 이제 완전히 잠에서 깨어났다.

「부드러운 베개가 필요한 문명이라니 너무 응석받이를 키워내는 느낌이지 않아요?」

엘리가 물었다.

「딱딱한 나무 등걸을 베고 자는 사람이야말로 똑똑하게 돈을 벌 수 있을 거예요」

수하바티는 웃으며 잘 잤느냐고 인사했다.

해변 저편에서 고함 소리가 들렸다. 세 남자가 손을 흔들며 어서 오라고 부르고 있었다. 엘리와 수하바티는 그쪽으로 달려갔다.

모래 위에 문 하나가 똑바로 서 있었다. 나무로 된 문이었고 놋쇠 손잡이처럼 보이는 것이 달렸다. 검은색 경첩으로 문틀에 고정된 상태였다. 이상한 점은 하나도 없었다. 지구 기준으로 본다면 말이다.

「뒤쪽으로 가보라고」

시 챠오무가 말했다.

뒤쪽으로 돌아가 보니 문은 보이지 않았다. 에다와 베게이, 시 챠오무, 그리고 수하바티가 조금씩 사이를 두고 서 있는 모습이 보였고 그들과 엘리 사이의 모래는 끊어지지 않고 이어진 채였다. 엘리는 옆쪽으로 몸을 움직였다. 발끝으로 젖은 모래 위에 선을 그을 수 있었다. 다시 뒤쪽으로 걸어나오면서 엘리는 아무 그림자도, 반사된 상도 없다는 것을 확인했다.

「만세!」

에다가 웃었다. 엘리가 뒤를 돌아보았더니 다시 닫힌 문이 보였다.

「뭐가 보였나요?」

엘리가 물었다.

「사랑스러운 여인 하나가 2센티미터 두께의 문 양쪽으로 걸어다니더군요」

베게이는 담배가 없음에도 불구하고 농담할 여유를 잃지 않고 있었다.

「문을 열어보셨나요?」

엘리가 물었다.

「아직 아닙니다」

시 챠오무가 대답했다.

엘리는 그 환영의 문에 감탄하면서 다시 뒤로 돌아갔다.

「이건 마치…… 그 프랑스의 초현실주의 화가 이름이 뭐요?」

베게이가 물었다.

「르네 마그리트요」

엘리가 대답했다.

「벨기에 사람이에요」

「여기가 지구가 아니라는 점에는 우리 모두 동의했다고 생각해요」

수하바티가 대양과 해변, 그리고 하늘을 가리키면서 말했다.

「3천 년 전의 페르시아 만에 있는 것이 아니라면, 그리고 이슬람교도들이 뛰어나오지 않는다면요」

엘리가 웃었다.

「이 정교한 무대 장치가 감동적이지 않아요?」

「물론 그래요」

엘리가 대답했다.

「아주 훌륭해요. 감사한 마음이고요. 하지만 이렇게 만들어놓은 목적이 뭘까요? 이런 골치 아픈 일을 한 데는 까닭이 있지 않겠어요?」

「어쩌면 그저 일을 바로잡아놓으려고 하는지도 몰라요」
「아니면 과시하기를 좋아할 수도 있어요」
「저는 모르겠어요」
수하바티가 말을 이었다.
「어떻게 인류가 이용하는 문의 형태를 이렇게 정확하게 알 수 있었을까요? 문 만드는 방식이 얼마나 다양한지 생각을 해 봐요. 도대체 어떻게 알아낸 걸까요?」
「텔레비전을 통해서 알았겠지요」
엘리가 말했다.
「직녀성에서는 이제까지, 그러니까 1974년 프로그램까지를 받아보았을 거예요. 그러고는 별로 시간도 들이지 않고 이리로 그 흥미로운 정보를 보냈겠지요. 1936년부터 1974년 사이에는 텔레비전 방송에서 문이 많이 등장하지 않았을까요? 아, 그리고……」
생각에 잠겨 엘리가 말을 이었다.
「우리가 이 문을 열고 안으로 걸어 들어간다면 어떤 일이 벌어질까요?」
「우리가 시험을 받는 거라면……」
시 챠오무가 말했다.
「분명히 문 안쪽에 그 시험이 기다리고 있을 겁니다. 우리 각자가 치러야 하는 시험이지요」
그는 준비가 된 것처럼 보였다. 엘리는 그가 부러웠다.
가까운 야자수들 그림자가 해변에 드리워졌다. 말없이 그들은 서로를 바라보았다. 다른 네 명은 모두들 어서 문을 열고 안으로 걸어 들어가고 싶은 듯했다. 하지만 엘리는 어떤…… 거부감을 느꼈다. 엘리는 에다에게 처음으로 가보겠느냐고 물었다.

에다는 모자를 벗고 살짝, 그러나 부드럽게 고개를 숙여 인사를 하더니 몸을 돌려 문으로 다가갔다. 엘리는 그의 양 볼에 입을 맞췄다. 다른 사람들도 포옹을 나누었다. 에다는 문을 열고 안으로 들어가더니 공기 속으로 사라졌다. 처음에 발이 사라지더니 마지막으로 뒤로 늘어뜨렸던 손이 보이지 않게 되었다. 열린 문 안에서는 에다의 모습 뒤로 바다와 해변 풍경이 끊이지 않고 이어져 보였다. 문은 곧 닫혔다. 엘리는 문 주위를 뛰어다녀 보았다. 하지만 에다의 흔적은 전혀 없었다.

시 챠오무가 다음 차례였다. 엘리는 어떻게 자신들이 이토록 온순하게 익명의 초대에 응하고 있는지 이상했다. 〈도대체 우리를 어디로 데려온 것인지, 목적은 무엇인지 이야기해 줄 수도 있잖아.〉 엘리는 생각했다. 메시지의 일부에 그런 내용을 담을 수도 있고 기계가 작동되기 시작한 후 정보를 줄 수도 있었을 텐데. 지구의 해변을 본뜬 장소에 도착하리라고 알려줄 수도 있지 않았을까. 환영의 문을 만나게 될 거라는 점까지도. 물론 외계인들은 영어를 완벽하게 알지는 못할 것이다. 텔레비전을 통해 일부 배웠을 뿐일 테니까. 러시아어나 중국어, 타밀어에 이르면 더욱 그렇겠지. 하지만 그들은 메시지에서 새로운 언어를 개발해내지 않았던가. 왜 그걸 사용하지 않았을까? 놀라게 하기 위해서?

베게이는 닫힌 문을 응시하는 엘리에게 먼저 들어가고 싶으냐고 물었다.

「아니, 그저 생각하고 있었어요. 바보 같은 생각이라는 건 알지만 도대체 왜 지시받은 대로 따라해야 하는 건지 모르겠어요. 우리가 저들이 시키는 대로 하지 않는다면 어떻게 될까요?」

「엘리, 당신은 정말 미국인이군요. 난 오히려 이쪽이 편합니다. 정부가 시키는 대로 하는 데 익숙해 있거든요. 특히 선택의 여지가 없을 때는 그렇죠」

베게이는 미소를 지으며 몸을 돌렸다.

「대공을 만나더라도 기죽지는 말아요」

엘리가 등 뒤에 대고 외쳤다.

하늘 높은 곳에서 갈매기가 소리내어 울었다. 베게이는 문을 열어놓고 떠났다. 문 안쪽으로는 여전히 해변이 보였다.

「엘리, 괜찮아요?」

수하바티가 물었다.

「괜찮아요. 잠시 혼자 있고 싶어요. 곧 뒤따라갈께요」

「지금 전 의사로서 묻고 있는 겁니다. 기분이 정말 괜찮은 거예요?」

「아침에 일어났을 때 머리가 좀 아팠어요. 이상한 꿈을 꿨지요. 아직 이도 닦지 않았고 커피도 마시지 않았어요. 그래서 아마 좀 언짢은 모양이에요」

「그렇다면 괜찮을 것 같군요. 사실은 나도 머리가 좀 아파요. 몸조심해야 해요. 그리고 모든 것을 잘 기억해 두었다가…… 나중에 이야기해줘요」

「그렇게 하죠」

엘리는 약속했다.

두 사람은 입을 맞추고 서로의 안녕을 빌었다. 수하바티는 문턱을 넘어 들어가 사라져 버렸다. 문이 닫혔다. 나중에 엘리는 카레 냄새를 맡은 것 같다고 생각했다.

엘리는 소금물로 이를 닦았다. 엘리에게는 이런 까다로운 면이 있었다. 코코넛 밀크로 아침을 먹은 후에는 이제까지의 신기한 경험을 담은 소형 카메라와 녹음기에서 꼼꼼히 모래를 털어냈다. 그리고 야자수 이파리를 바닷물에 씻었다. 므두셀라 호로 떠나기 전날 코코아 해변에서 했던 것처럼 말이다.

벌써 날이 더워졌다. 엘리는 수영을 하기로 했다. 야자수 이파리 위에 조심스레 옷을 개켜놓고 알몸으로 바다에 들어갔다. 몸매가 나쁜 편은 아니지만 그래도 종을 막론하고 외계인이 인간의 벗은 몸을 보고 자극을 받을 일은 없을 듯했다. 핵분열 중인 짚신벌레를 보고 성범죄의 유혹을 느끼는 미생물학자가 없듯이 말이다.

엘리는 얼굴을 위로 하고 물 위에 떠 있었다. 밀려오는 파도에 저절로 몸이 위아래로 움직였다. 엘리는 여러 행성의 훌륭한 모습을 정교하게 모방한 수많은 방들, 가짜 세계들을 상상했다. 그 모두가 하늘과, 바다, 땅, 본래의 것과 조금도 다르지 않은 생명체들을 보유하고 있는 것이다. 충분히 능력이 있다 해도 그건 지나친 사치로 여겨졌다. 아무리 자원이 넘쳐난다 하더라도 곧 파멸할 세상에서 온 다섯 방문자를 위해 이만한 세상을 만들어내는 것은 어불성설이었다.

그렇다면…… 외계인들을 동물원 관리인으로 여기는 것은 이미 오래전에 등장한 가정이었다. 여러 착륙장을 갖춘 그 거대한 중앙역이 정말로 동물원이라면 어떨까? 엘리는 〈본래와 똑같은 서식 환경 속에 놓인 이 이상한 동물들을 어서 구경하십시오!〉라고 외치고 있는 괴상한 생명체를 상상해 보았다. 관광객들은 전 은하계에서 몰려들 것이다. 여름방학 철이라면 더 만원이겠지. 시험이 있을 때면 관리인이 잠시 전시 동물과 관광객을 내몰고 해변의 발자국을 깨끗하게 지운 다음 새로 도착하는 동물들에게 반나절의 휴식을 제공하는 것이다.

아니, 어쩌면 이것이 동물원을 채워나가는 방식인지도 몰랐다. 우리 속에서는 번식이 어려워 넓은 공간에 풀어놓는다는 동물들 생각이 났다. 재주를 넘으면서 엘리는 물 속 깊이 잠수했다가는 팔을 휘둘러 해변 쪽으로 헤엄쳐 나아갔다. 지난 24시간 사이에 벌써 두번째로 엘리는 아이가 있으면 좋겠다는 생각을 했다.

주위에는 아무도 없었다. 바다 위에도 배 한 척 보이지 않았다. 갈매기 몇 마리가 해변을 서성였다. 게를 찾는 것이 분명했다. 〈빵을 가지고 있다면 줄 수 있을 텐데.〉 엘리는 생각했다. 몸을 말리고 옷을 입은 엘리는 다시 문을 조사했다. 아무 변화도 없었다. 여전히 그 안에 들어가는 데는 거부감이 들었다. 거부감이 아닌 두려움인지도 몰랐다.

엘리는 뒤로 물러나 문을 바라보았다. 야자수 아래 자리를 잡고 앉아 무릎에 턱을 괴고 끝없이 펼쳐진 백사장을 바라보았다.

잠시 후 엘리는 자리에서 일어나 기지개를 켰다. 야자수 이파리와 소형 사진기를 한 손에 든 채 엘리는 문으로 다가가 손잡이를 돌렸다. 문이 약간 열렸다. 틈 사이로 백사장이 보였다. 조금 더 밀자 문은 활짝 열렸다. 무심한 해변이 엘리를 바라보았다. 엘리는 고개를 돌리고는 다시 야자수 아래에 앉아 아까의 자세로 돌아갔다.

* * *

엘리는 다른 사람들의 일이 궁금했다. 낯선 시험장에서 주관식 문제를 풀고 있을까? 아니면 구두시험일까? 시험관은 누구지? 엘리는 다시 불안감을 느꼈다. 먼 세계에서 지구와는 전혀 다른 물리적 환경을 겪으며 전혀 다른 유전적 과정을 거친 생명체의 모습이란 엘리가 아는 그 무엇과도 다를 것이었다. 도무지 상상도 할 수 없었다. 이것이 시험이고 동물원 관리인이 정말로 존재한다면 그는 인간과는 전혀 다른 모습일 것이 분명했다. 엘리는 곤충이나 뱀, 두더지 따위를 싫어했다. 약간만 기형인 사람을 만나도 소름이 끼치는 유형이었던 것이다. 불구자나 다운 증후군을 가진 아이, 파킨스씨병을 앓는 노인 등을 보면 아무리 머릿속의 이성이 억눌러도 아무 소용없이 혐오감이 차올라 도망가고만 싶어졌다. 대부분의 경우 엘리는 그런 마음을 억누를 수 있었다. 물론 자신도 모르게 누군가에게 상처를 입혔을지 모른다는 불안감은 지워지지 않았지만. 그건 엘리가 곰곰이 생각해 보지 않은 문제였다. 그런 문제가 떠오르면 늘 애써 다른쪽으로 생각을 돌렸었다.

하지만 지금 이건 피할 수 없는 문제였다. 엘리는 인류를 대표해 당당히 외계인을 상대하기는커녕 마주 쳐다볼 자신조차 없었다. 다섯 탑승자를 선발할 때 그런 기준은 있지도 않았다. 쥐나 난쟁이 혹은 화성인을 무서워하는지의 여부는 고려 대상이 아니었던 것이다. 하여튼 탑승자 선발 위원회는 그랬다. 하지만 이쯤되고 보니 왜 그런 생각을 하지 못했던 것인지 이상했다. 이렇게 중요한 문제를 말이다.

그런 면에서 엘리를 보낸 것은 커다란 실수였다. 털 난 뱀 같은 은하계의 관리인과 마주치게 된다면 엘리는 무슨 문제가 나오든 풀 수 있을 것 같지가 않았다. 수수께끼 같은 문을 엘리는 불안과 호기심에 차서 바라보았다. 문 아래쪽은 벌써 물에 잠기기 시작했다. 밀물이 들어오는 것이다.

몇 백 미터 아래쪽 해변에 누군가가 나타났다. 처음에는 베게이라고 생각했다. 시험장에서 나와 기쁜 소식을 전하려는 걸까? 하지만 그는 탑승자 우주복을 입고 있지 않았다. 그리고 베게이보다 좀더 젊고 기운찬 모습이었다. 엘리는 망원렌즈를 통해 그를 바라보고는 흠칫 놀랐다. 자리에서 일어나 엘리는 손으로 해를 가리며 앞을 바라보았다. 저것은…… 그건 불가능한 일이었다. 이런 식으로 나를 놀릴 수는 없어…….

하지만 결국 엘리는 참을 수가 없었다. 물가 모래사장을 따라 그쪽으로 달려갔다. 머리카락이 날렸다. 그는 엘리가 본 가장 나중의 사진에 있는 모습처럼 기운차고 행복해 보였다. 하루 동안 면도를 하지 않은 모습이었다. 엘리는 흐느끼며 그의 품에 안겼다.

「우리 귀염둥이구나!」

그는 오른손으로 엘리의 머리를 쓰다듬었다.

틀림없는 아버지 목소리였다. 곧장 기억이 되살아났다. 냄새, 걸음걸이, 웃음소리, 뺨에 닿는 수염의 감촉…… 다른 생각은 하나도 할 수 없었다. 거대한 석조 봉인이 열려 거의 잊혀져 가는 고대의 무덤에 최초의 햇살이 닿은 듯한 느낌이었다.

엘리는 이성을 잃지 않으려고 노력했지만 흐느낌을 그칠 수 없었다. 그는 참을성 있는 표정으로 잠자코 서 있었다. 어린 시절 엘리가 처음으로 커다란 계단을 혼자 내려갔을 때 아래쪽에서 기다리면서 보여주었던 그 표정이랑 똑같았다. 엘리는 늘 아버지를 한번이라도 더 만나볼 수 있기를 열망했고 그 마음을 오랫동안 억눌러왔다. 그건 너무도 분명하게 불가능한 일이었기 때문이다. 엘리는 아버지와 헤어져 있었던 그 모든 세월을 위해 울었다.

소녀 시절, 그리고 성인이 된 이후에도 엘리는 아버지가 찾아와 자기는 죽은 것이 아니라고 말하는 꿈을 꾸었다. 그럴 때 그는 정말 사람과 똑같았고 엘리를 껴안아 주었다. 꿈에서 깨어나 그가 곁에 없다는 것을 확인해야 하는 슬픔을 기꺼이 감내하면서 엘리는 계속 그런 꿈을 꾸었다. 그런 꿈조차 소중했다. 그런 공상의 순간에서는 최소한 아버지와 함께할 수 있었던 것이다

하지만 지금 아버지는 유령도 꿈도 아니었다. 살과 피가 있는 생명체였다. 아니 최소한 그렇게 보였다. 그 정도면 충분했다. 아버지는 이 별들로부터 엘리를 불렀고 그래서 엘리가 여기 온 것이다.

엘리는 있는 힘껏 아버지를 껴안았다. 이것이 만들어낸 형상이요, 가짜라는 점은 알고 있었다. 잠시 엘리는 뒤로 물러서 아버지를 살펴보았다. 완벽했다. 여러 해 전에 돌아가신 아버지를 하늘나라에서 마침내 다시 만나게 된 기분이었다. 엘리는 다시 흐느끼면서 아버지를 껴안았다.

마음을 가라앉히기까지 시간이 좀 걸렸다. 나타난 인물이 데어헤르였다면 혹시라도 지구에서 곧이어 다른 12면체를 만들어 은하계 중심으로 보낸 것이 아닐까 하는 의심이 들었을 것이다. 하지만 아버지에게는 그럴 가능성이 전혀 없었다. 아버지의 시신은 호수 근처 묘지에서 썩어 이미 흙이 되었을 테니까.

* * *

엘리가 울고 웃다가는 눈물을 닦았다.
「자, 이 환영은 로봇인가요, 최면술인가요?」
「내가 로봇인지 꿈인지 궁금하다는 거냐? 여기 있는 모든 것에

그런 질문을 던질 수 있겠지」
「전 아버지와 다시 만나 단 몇 분만이라도 함께 지낼 수 있다면 제가 가진 모든 걸 버릴 수 있다고 늘 생각해 왔어요」
「그래서 내가 여기 왔지 않니」
아버지는 명랑하게 말하며 손을 들어 올렸다. 옆구리가 드러나면서 등 뒤쪽도 분명 존재한다는 것을 확인할 수 있었다. 하지만 그는 너무 젊었다. 엘리보다도 젊은 것 같았다. 세상을 떠났을 때 그는 겨우 서른여섯 살이었다.
어쩌면 이것이 엘리의 두려움을 누그러뜨리는 외계인의 방법인지도 몰랐다. 그렇다면 그들은…… 아주 사려 깊은 생명체였다. 엘리는 아버지 허리에 팔을 두르고 자기 짐이 있는 곳으로 안내했다. 아버지는 정말로 살아 있는 사람 같았다. 이 피부 아래 기계 장치와 집적 회로가 있다면 기가 막히게 잘 숨겨진 셈이었다.
「저, 우리는 지금 뭘 하고 있는 거지요?」
엘리가 물었다. 질문이 좀 모호했다.
「그러니까 제 말은……」
「무슨 말인지 안다. 너희가 메시지를 받고 여기 오기까지 여러 해가 걸렸구나」
「속도나 정확도가 판단의 근거인가요?」
「아니. 둘 다 아니지」
「그럼 아직 시험이 끝나지 않은 건가요?」
아버지는 대답하지 않았다.
「저한테 설명해 주세요」
엘리는 초조하게 말했다.
「우리는 메시지를 해독하고 기계를 제작하느라 수년이 걸렸어요. 이 모든 것이 실제로는 어떤 일이었는지 설명해 주실 건가요?」

「진짜 투사가 되었구나」

그는 진짜 엘리의 아버지인 양 말했다. 정말로 기억에 남아 있는 과거의 엘리와 현재의 엘리를 비교라도 하는 듯한 말투였다.

아버지는 엘리의 머리카락을 부드럽게 쓰다듬었다. 어린 시절에 해 주었듯이. 하지만 3만 광년이나 떨어진 곳에 있는 그들이 어떻게 오래전 위스콘신에 살았던 아버지의 애정 어린 태도를 흉내낼 수 있었단 말인가? 갑자기 엘리는 깨달았다.

「꿈이군요」

엘리가 말했다.

「어제 밤, 우리가 모두 잠자는 동안에 머릿속에 들어온 거지요? 그래서 우리가 알고 있는 모든 것을 빼냈군요」

「우리는 복사를 했을 뿐이다. 머릿속에서 사용된 정보는 모두 그대로 남아 있어. 한번 살펴보렴. 없어진 것이 있다면 말해봐」

아버지는 빙긋 웃더니 말을 계속했다.

「텔레비전 방송만으로는 알 수 없는 것이 많았단다. 물론 기술 발달 수준이라든지 인간의 특성 같은 점을 이해하는 데는 도움이 되었지. 하지만 인간에게는 간접 관찰로만은 완전히 알아차릴 수 없는 많은 것이 있거든. 물론 넌 사생활 침해라고 느끼겠지만……」

「농담이시겠죠」

「우리에겐 시간이 부족하거든」

「시험이 끝났다는 말인가요? 지난밤에 잠자면서 우리가 모든 질문에 답했다는 거죠? 그럼 합격인가요, 불합격인가요?」

「이건 그렇지 않아」

아버지가 말했다.

「6학년 과정하고는 다르거든」

아버지가 돌아가셨을 때 엘리는 6학년이었다.

「우리를 악한 문명을 쏘아 넘어뜨리는 우주의 보안관으로 생각하지는 말아라. 그저 은하계 통계청 정도로 여기려무나. 우리는 정보를 모으고 있거든. 기술적으로 낙후된 탓에 지구인들로부터 우리가 배울 것이 없을 거라는 것이 너희 생각이지. 하지만 지구의 문명에도 장점이 있단다」

「어떤 장점이 있죠?」

「음악이 있지. 사랑도 있고. 꿈도 중요하다. 인간은 꿈을 아주 잘 꾸더구나. 물론 그건 텔레비전을 통해서는 나타나지 않았다만. 은하계에는 꿈을 사고파는 문명들도 존재하지」

「그러니까 당신들은 우주의 여러 문화들 사이에서 중개 역할을 하는 거군요? 바로 그 때문에 이 모든 일을 했던 건가요? 탐욕스럽고 잔인한 문명이 우주 비행 능력을 갖게 된다 해도 아무 상관 없는 건가요?」

「이미 난 우리가 사랑을 소중히 여긴다고 말했다」

「만약 나치가 전세계를, 그러니까 전 지구를 정복하고 우주여행을 준비하기 시작했다면 거기 개입하지 않으실 건가요?」

「그런 일이 얼마나 드물게 일어나는지 알면 놀랄 게다. 공격적인 문명은 결국은 자멸의 길을 걷는 법이다. 거의 대부분이 그렇단다. 그것이 그들의 본성이니 달리 어쩔 도리가 없다. 이런 경우 우리는 그냥 그런 존재를 내버려두면 돼. 아무도 자멸의 길을 방해하지 않도록 하면서 말이다. 스스로 운명을 결정하게 되는 거지」

「그렇다면 왜 우리를 그냥 내버려 두지 않았죠? 전 불평하고 있는 건 아녜요. 그저 은하계 통계청이 어떤 식으로 기능하는지 궁금할 뿐이죠. 당신들이 처음 지구에서 받은 정보는 히틀러의 방송이었죠. 왜 우리와 접촉하기로 했죠?」

「그 프로그램은 정말 놀라웠다. 너희들이 어려움이 빠져 있다는 것을 알 수 있었지. 하지만 음악은 달랐다. 베토벤의 음악은 그래도 인류에게 희망이 남아 있다는 것을 일깨워 주었단다. 우리는 이런 특별한 경우를 전문으로 다루지. 작은 도움이 필요하다고 생각했어. 실제로 우리가 줄 수 있는 것도 자그마한 도움뿐이고. 너도 이해하겠지. 인과관계 때문에 한계가 있는 법이거든」

그는 몸을 숙여 손을 물에 담갔다가 바지에 문질러 닦았다.

「지난밤 우리는 너희들 안을 살펴보았다. 다섯 사람 모두 말이다. 많은 것이 있더구나. 감정, 기억, 본능, 학습된 행동, 직관력, 광기, 꿈, 사랑 등등. 사랑은 특히 중요하지. 너희는 아주 흥미롭고 복합적인 존재야」

「모든 것을 하룻밤 동안에 살펴보셨다고요?」

엘리는 못 믿겠다는 듯 말했다.

「서둘러야 했거든. 시간이 별로 없단다」

「왜죠? 무얼 하셔야 하는데요?」

「우리가 인과 관계의 사슬을 만들지 않는다면 그건 혼자서 제멋대로 이어져 나가고 말지. 그러면 언제나 상황이 악화되어 버리거든」

엘리는 무슨 말인지 이해할 수 없었다.

「인과 관계의 사슬을 만든다고요? 우리 아버지는 그런 말을 하신 적이 없어요」

「네 아버지는 그렇게 말했어. 어떤 말투였는지 기억나지 않니?

그는, 그러니까 나는 책을 많이 읽은 사람이었고 네가 아주 어렸을 때부터 어른을 대하듯 이야기를 하곤 했지. 기억이 나지 않아?」

엘리는 기억할 수 있었다. 그리고 양로원에 계신 어머니 생각을 했다.

「멋진 목걸이구나」

청소년기에 아버지가 곁에서 들려주기를 바랐던 바로 그런 다정한 말투였다.

「누가 준 거냐?」

「아, 이거요」

엘리는 메달을 손가락으로 만지작거렸다.

「실은 제가 잘 모르는 사람이 준 거예요. 그는 내 신념을 시험했죠…… 그는…… 하지만 당신은 벌써 모든 걸 다 알고 있을 것 같군요」

다시 그는 미소를 지었다.

「우리를 어떻게 생각하는지 알고 싶어요」

엘리가 짤막하게 물었다.

「정말로 어떻게 생각하시나요?」

그는 조금도 망설이지 않고 대답했다.

「일단 너희들이 이제까지 잘해 왔다고 생각한다. 감탄할 만해. 너희들은 사회 조직에 대해 거의 아무런 이론이 없고 놀랄 만큼 낙후된 경제 체제를 지녔으며 역사 예측 기계도 없고 자기 자신에 대해서조차 거의 알지 못하지. 너희들의 세계가 얼마나 빨리 변화하는지를 고려하면 너희들이 아직까지 스스로 파멸의 길로 가지 않았다는 점이 신기할 정도야. 바로 그 때문에 아직은 우리가 너희를 포기할 수 없기도 하지. 너희 인간은 적응력이 뛰어나

단다. 비록 단기간의 적응력이기는 하지만」

「그게 문제군요. 그렇죠?」

「여러 문제 중 하나이지. 가까운 미래밖에 예측하지 못하는 문명은 곧 사라져버리는 법이거든. 그들 역시 스스로 멸망할 운명인 거야」

엘리는 그가 솔직히 인간을 어떻게 여기고 있는지 묻고 싶었다. 호기심? 동정? 감정을 개입시킬 가치조차 없는 하루의 업무 대상? 마음속 깊숙이에서 그는 엘리를 그저…… 한 마리 개미로 여기는 것은 아닐까? 하지만 막상 입 밖에 내어 물을 수는 없었다. 어떤 답변이 나올지 두려웠다.

그의 말투나 사용하는 단어를 통해 엘리는 아버지로 가장한 이 인물이 정말 누구인지 조금이라도 단서를 잡아내려고 애썼다. 사람들 상대로 그런 추측을 해본 경험은 많았다. 하지만 이 외계 생명체와는 만난 지 채 하루도 되지 않은 것이다. 이 다정하고 세심한 겉모습 아래 숨겨진 본성은 무엇이지? 하지만 아무것도 찾아낼 수 없었다. 물론 그는 스스로 자신이 엘리 아버지가 아니라고 밝혔고 그런 척 하지도 않았다. 하지만 그 점을 제외하고 나면 그는 상점을 운영하며 다정한 남편과 아버지로 1924년에서 1960년까지 살다가 죽은 디어도어 애로웨이랑 완전히 똑같았다. 줄곧 마음을 다잡지 않았더라면 그를 진짜 아버지로 여기고 말았을 것이다. 마음속으로는 아버지가 하늘나라에 간 뒤 어떤 일이 일어났는지 묻고 싶었다. 재림과 천년왕국에 대해 어떻게 생각할까? 산 위나 구름 속, 동굴이나 오아시스에서의 내세를 운운하는 인류 문화는 있었지만 해변에서의 내세란 듣도 보도 못한 일이었다.

「다음에 해야 할 일이 무엇인지는 모르겠지만 그전에 몇 가지

「여쭤 봐도 될까요?」

「물론이지. 한두 가지 정도는」

「이곳의 교통 체계에 대해 말해 주세요」

「말하는 것보다는 보는 것이 낫겠지. 잘 보렴」

그가 대답했다.

태양과 푸른 하늘을 가리며 칠흑 같은 어둠이 하늘 꼭대기에서부터 서서히 퍼져나가기 시작했다.

「대단하군요」

엘리가 말했다.

발밑에는 여전히 모래밭이 펼쳐져 있었다. 엘리는 단단히 그 안에 발을 파묻었다. 하지만 머리 위는…… 우주였다. 은하계 훨씬 위쪽에서 그 나선형 구조를 내려다보며 상상할 수 없는 속도로 아래로 떨어지는 것 같은 느낌이었다. 그는 엘리에게 익숙한 과학적인 용어들을 사용하여 그 거대한 소용돌이 구조를 설명했다. 그리고 오늘날의 태양이 위치한 오리온자리를 찾아 보여주었다. 그 안에는 궁수자리와 방패자리 등도 놓여 있었다.

복잡하게 얽힌 직선들이 나타났다. 그들이 사용하는 교통 체계였다. 그건 마치 파리 지하철 노선도와 비슷했다. 에다의 말이 옳았다. 각각의 역은 질량이 적은 이중 블랙홀 별 체계 안에 놓인 듯했다. 그런 블랙홀은 별의 붕괴, 정상적인 별 체계의 진화 결과로는 생겨날 수 없을 만큼 작았다. 태초에 대폭발의 흔적으로 남아 있다가 어떤 우주선 같은 것에 끌려와 역에 연결된 듯했다. 혹은 다른 방법으로 만들어진 것일지도 몰랐다. 엘리는 그에 대해 묻고 싶었지만 하늘에 숨 가쁘게 펼쳐지는 장관 때문에 그럴 틈이 없었다.

은하계 한가운데 근처를 돌고 있는 원형 수소군이 보였다. 그 안에서는 고리 모양 분자 구름들이 은하계 바깥쪽을 향해 돌진하는 중이었다. 그는 거대한 분자구름 복합체 궁수자리 B2 안에서 일어나는 질서정연한 움직임을 보여 주었다. 수십 년 동안이나 지구의 동료 전파천문학자들이 복합 유기 분자를 찾아내어 온 인기 있는 사냥터가 바로 거기였다. 중심부 가까이에는 또다른 거대한 분자 구름이 있었고 그 다음에 엘리 자신이 아르고스 연구소에서 강한 전파 원천으로 찾아내었던 궁수자리 서쪽 A 지점이 보였다.

그러더니 은하계 한중간에 엄청난 중력으로 붙잡혀 있는 한 쌍의 거대한 블랙홀이 나타났다. 블랙홀 하나의 질량은 태양의 5백만 배에 달했다. 태양계 크기만한 가스의 흐름이 계속 그 검은 공간으로 밀려들어가고 있었다. 엄청난 질량의 블랙홀 두 개는 은하계 중심에서 서로 뒤엉켜 돌고 있었다. 정말이지 지구의 언어로는 어떻게 표현해야 좋을지 모를 장관이었다. 한 쌍의 블랙홀 중 하나에 대해서는 그 존재가 주장된 적이 있었다. 물론 많은 반론이 제기되기는 했다. 하지만 또다른 하나가 있다는 것은 처음 안 사실이었다. 스펙트럼의 도플러 효과에 의해 확인이 되었어야 하는 것이 아닌가? 엘리는 그 블랙홀 중 하나에는 입구, 다른 하나에는 출구라고 쓰여진 광경을 상상했다. 그 순간 입구는 사용 중이었고 출구는 비어 있었다.

그리고 이 거대한 중앙역은 역시 은하계 한중간, 하지만 블랙홀로부터는 안전하게 떨어진 곳에 위치하고 있었다. 하늘은 수백만 개도 더 되어 보이는 별들 때문에 환했다. 별들과 가스, 그리고 먼지는 끊임없이 블랙홀로 빨려 들어가는 중이었다.

「저것들은 어디로 가고 있는 모양인데요, 그렇죠?」 엘리가 물었다.

「그래, 그렇단다」

「어디인지 말해주실 수 있나요?」

「물론이지. 저것들은 백조자리 A로 가고 있어」

엘리도 백조자리 A를 알고 있었다. 카시오페이아자리의 초신성 잔재만 제외한다면 지구에서 가장 밝게 보이는 전파 원천이었던 것이다. 백조자리 A는 1초 만에 태양이 4만 년 동안 만들어내는 것보다 더 많은 에너지를 낸다는 것을 계산해 본 적도 있었다. 그 전파 원천은 은하계에서 한참 떨어진 곳, 다른 은하들의 영역인 6억 광년 바깥에 있었다. 은하계 외부 전파 원천들이 대부분 그렇듯 광속에 가까울 정도로 고속으로 갈라져 나가는 거대한 가스 흐름 두 개가 은하 간 엷은 가스층에 충돌하면서 복잡한 랜킨-후고니오트 전선을 만들어냈다. 그리고 그 과정에서 전 우주를 밝게 비추는 전파 등대가 나타나는 것이다. 사방 50만 광년 내의 모든 물질은 이 두 흐름 한 중간에 있는 거의 눈에 띄지도 않을 만큼 작은 구멍에서 쏟아져 나오고 있었다.

「지금 백조자리 A를…… 만들고 있는 건가요?」

엘리는 소녀 시절 미시간에서의 여름밤을 어렴풋이 기억해냈다. 그때 하늘로 빨려 들어갈까봐 겁이 났었지…….

「우리 혼자 만들고 있는 건 아냐. 이건…… 여러 은하들이 참여하는 협력 사업이지. 우리가 담당하는 일은 엔지니어링이야. 우리 중에서도…… 신생 문명에 관여하는 경우는 많지 않지」

그의 말이 중간 중간 끊어질 때마다 엘리는 왼쪽 관자놀이에서 통증을 느꼈다.

「은하들의 협력 사업이라고요?」

엘리가 되물었다.

「은하들이 중앙정부라도 가지고 있는 모양이지요? 한 은하에만 해도 수천억 개의 별이 있을 텐데요. 그런 정부들이 협력한다는 말씀이군요. 그러고는 켄타우르스에, 아니, 죄송해요, 백조자리 A에 수백만 개의 태양을 공급한다고요? 그렇다면…… 아, 죄송해요. 너무 어마어마한 일이어서 정신이 없군요. 도대체 이런 일을 하는 목적이 뭐죠? 대체 왜요?」

「우주를 황무지로 보아서는 안 된다. 수십억 년 동안이나…… 개척되어 왔지」

그가 말했다.

다시 머리가 아팠다.

「무엇 때문에요? 왜 개척하는 거지요?」

「기본적인 문제는 간단하게 설명할 수 있다. 그 규모 때문에 놀라지는 말아라. 너는 어차피 광대한 우주를 다루는 천문학자가 아니냐. 문제는 우주가 팽창하고 있고 그 팽창을 멈추게 할 만한 충분한 물질이 없다는 데 있어. 얼마간 시간이 지나고 나면 새로운 은하계도, 새로운 별도, 새로운 행성도, 새로운 생명체도 등장하지 않게 될 거야. 모든 것이 그저 노쇠해갈 뿐이란 말야. 그건 지루한 세상이 되겠지. 그래서 우리는 백조자리 A에서 무언가 새로운 것을 만들어낼 수 있을까 실험을 하고 있는 거야. 도시 개발 계획쯤으로 이해하면 될까. 이건 그저 시험 단계에만 그치지 않을지도 몰라. 얼마 후에는 우주 한쪽을 막아 내부가 점점 비어가는 상황을 뒤바꾸게 될 수도 있거든. 특정 지역의 물질 밀도를 높이는 것이 한 가지 방법이지. 그건 훌륭한 사업이야」

위스콘신에서 상점을 운영하는 것처럼…….

백조자리 A가 6억 광년 떨어져 있다는 말은 지구, 혹은 은하계 어딘가에 위치하는 천문학자들이 6억 광년 이전의 백조자리 A를 관찰하고 있다는 뜻이 된다. 지구에서 6억 년 전이라면 대양 속에 조차 커다란 생명체가 나타나지 않았을 시기이다.

6억 년 전의 해변이라면…… 게도, 갈매기도, 야자수도 없었을 것이다. 엘리는 현미경을 통해야 간신히 보일 만큼 작은 식물이 해변으로 밀려 올라와 후들거리며 몸을 지탱한 채 실험적으로 젖산을 생산하며 우주 생성에 동참하는 광경을 상상했다.

「지난 6억 년 동안 내내 백조자리 A에 물질을 쏟아 부어온 건가요?」

「너희가 전파망원경으로 탐지한 것은 우리 시험의 초기 단계에 불과해. 지금은 훨씬 더 진척된 상황이지」

수억 년이 지난 후에 지구의 천문학자들은 백조자리 A의 새로운 우주 건설 작업이 상당히 진척되었음을 깨닫게 될 것이었다. 엘리는 또다시 엄청나게 새로운 사실을 알더라도 놀라지 않겠다고 마음을 굳게 먹었다. 지금껏 상상도 못해 보았던 규모의 생명체간 서열이 있었던 것이다. 하지만 지구 역시 중요한 자리를 차지하고 있었다. 그렇지 않았더라면 외계인들이 이렇게 골치 아픈 일을 자처했을 까닭이 있는가.

어느덧 어둠이 가시고 태양과 푸른 하늘이 되돌아왔다. 아까와 똑같은 풍경이었다. 파도, 모래, 야자수, 환영의 문, 소형 카메라, 야자수 이파리, 엘리 자신…… 그리고 아버지.

「은하계 중심 부근에서 움직이는 구름들은 이 근처에서 주기적으로 일어나는 폭발 때문에 만들어진 것이 아닌가요? 그렇다면 여기 중앙역을 두는 건 위험할 텐데요?」

「그건 주기적이라기보다는 어쩌다 일어나는 일이다. 그리고 우리가 백조자리 A에서 하는 실험과는 비교할 수도 없이 작은 규모의 폭발이고. 충분히 통제할 수 있단다. 언제 폭발이 일어날지 알고 있으니 말이다. 정말로 위험한 상황이라면 잠시 중앙역을 옮기기도 하지. 그건 그저 일상적인 일에 불과해」

「일상적인 일이라고요…… 누가 이 모든 것을 건설했나요? 지하철 말이에요. 당신들을 포함한 여러 은하의 기술자들이었나요?」

「아니, 우리는 아무것도 만들지 않았다」

「잘 이해가 안 가는데요. 설명해 주세요」

「어디나 마찬가지인가 보다. 우리는 오래전에 은하계 안의 서로 다른 장소에서 생겨나 살기 시작했다. 처음으로 우주선을 만든 측에서 우연히 그 연결 통로를 발견했지. 물론 처음에는 무엇인지 몰랐어. 첫번째 용감한 사람이 거기 들어가 보기 전에는 인공적으로 만들어진 것이라는 점도 깨닫지 못했단다」

「우리라니 누구 말씀인가요? 당신들 족의 선조 말인가요?」

「아니, 우리란 여러 세계에 흩어져 사는 여러 생명체를 말하는 거다. 결국 아주 다양한 지하철 노선을 알게 되었어. 만들어진 연대도 다양했고 모양도 가지각색이었지만 하나같이 버려진 상태였지. 하지만 대부분은 쓸만했다. 그래서 조금 손을 본 것뿐이란다」

「다른 인공물이나 폐허 같은 것이 없었단 말인가요? 기록도, 최후의 생존자도 없고요?」

그는 고개를 끄덕였다.

「발전된 문명의 흔적을 보여주는 버려진 행성도 없었나요?」

다시 한번 그가 고개를 끄덕였다.

「은하계 전체를 무대로 했던 문명이 지하철만 남긴 채 돌연 자취도 없이 사라져버린 걸까요?」

「그런 것 같다. 다른 은하계에서도 상황은 마찬가지였어. 수십억 년 전에 모두들 어디론가 가버린 게다. 도대체 어디로 갔는지 전혀 알 수 없어」

「도대체 어딘가 갈 수 있는 곳이 있기는 할까요?」

이번에는 아주 천천히 고개를 저었다.

「그렇다면……」

「우리는 임시로 여길 관리하는 거다」

그가 말했다.

「언젠가는 그들이 돌아올지도 몰라」

「좋아요. 한 가지만 더요」

엘리는 둘째 손가락을 세워 보이며 간청했다. 몇 년 전 버릇이 되살아난 모양이었다.

「딱 하나만요」

「좋다」

그가 참을성 있게 대답했다.

「하지만 이제 남은 시간은 몇 분뿐이다」

엘리는 다시 환영의 문 쪽을 바라보다가 거의 투명하다시피 한 작은 게가 움직여 가는 것을 보고 흠칫 놀랐다.

* * *

「당신들의 종교나 신화가 궁금해요. 두려워하는 것이 있나요? 이런 누미너스, 신비롭고 성스러운 세계를 만든 당신들은 혹시 두려움이라는 감정조차 모르는 것이 아닐까요?」

「인간 역시 누미너스를 만들고 있다. 무슨 질문인지는 알겠다. 우리 역시 두려움을 느낀단다. 이런 건 말로 표현하기 어렵다는 걸 너도 알겠지. 한 가지 예를 들어주마. 정확히 말할 수는 없지만 도움이……」

그는 잠시 말을 멈췄고 다시금 엘리는 왼쪽 관자놀이에 통증을 느꼈다. 그가 다시 자기 신경 세포를 뒤지는 모양이었다. 지난밤에 무언가 빠뜨린 것이라도 있나? 그렇다면 기쁜 일이었다. 그들 역시 완전하지는 않다는 뜻이니까.

「……될 게다. 우리의 누미너스를 이해하는 데 말이다. 원둘레와 지름과의 비율인 π에 대해 생각을 해보렴. 너도 잘 알고 있는 개념이지? 마지막까지 계산할 수 없다는 것도 알고 있을 게다. 우주에는 아무리 똑똑하다 해도 π의 마지막 자리를 계산할 수 있는 존재란 없어. 왜냐하면 그 마지막 자리 자체가 없으니까. π는 무한히 계속되는 수지. 너희 수학자들은 그걸 계산해내려고 애써왔지만……」

다시 머리에 통증이 느껴졌다.

「……아무도 성공하지 못했어. ……백억번째 자리가 있다고 하자. 다른 수학자들이 더 작은 자리까지 갔다고 해도 놀랄 건 없다. 결국 그쯤 가면 무작위 수들은 멈추고 0과 1이 무한히 반복되기 시작하거든」

그는 발끝으로 모래밭에 동그라미를 그리고 있었다. 엘리는 잠시 숨을 돌리고 물었다.

「그 0과 1은 결국에는 멈추나요? 아니면 다시 무작위 숫자들의 배열로 돌아가나요?」

격려하는 듯한 그의 표정에 용기를 얻어 엘리는 말을 이었다.

「그 0과 1의 개수는요? 소수의 곱이 되나요?」

「그래, 그중 열한 개는 그렇다」

「결국 π 깊숙이 메시지가 숨어 있다는 말인가요? 우주의 생명체들은…… 수학을 통해 대화하는 거예요? 잠깐만요, 잘 이해가 안 가는 걸요. 수학은 멋대로 만들어낼 수 있는 상대가 아니에요. 그러니까 제 말뜻은 π 값은 어디서나 늘 같다는 거죠. 어떻게 그 안에 메시지를 숨길 수 있죠? 정말로 메시지가 있다면 그건 우주의 구조 안에 이미 짜여져 있는 것이겠군요」

「정확한 지적이다」

엘리는 그를 응시했다.

「그보다 더욱 대단한 점도 있지」 그가 말을 계속했다.

「0과 1의 나열이 눈에 띄게 되는 것은 오로지 10진법 체계 안에서뿐이라는 점을 생각해보렴. 물론 다른 산술 체계에서도 나름의 흥미로운 특징이 있긴 하지만 말이다. 또 처음으로 이것을 발견한 생명체가 우연히도 손가락을 열 개 가지고 있었다는 점은 어떠니? 자, 이걸 어떻게 생각해야 할까? 마치 π가 몇십억 년 동안이나 손가락 열 개 달린 수학자를 기다려 왔다는 말 같지 않아? 그러니까 메시지는 우리에게 온 것이었어」

「하지만 이건 은유법에 불과한 거죠? 실제로는 π나 백억번째 자리가 아닌 거죠? 당신은 실제로는 손가락이 열 개가 아닌 거예요」

「실제로는 그렇지 않지」

다시 그는 미소를 지었다.

「그럼 그 메시지는 도대체 무슨 뜻을 가진 건가요?」

그는 잠시 머뭇거리더니 손가락을 들어 환영의 문을 가리켰다.

흥분한 사람들이 떼 지어 문을 빠져나오고 있었다.

* * *

오랫동안 미루어온 소풍이라도 나온 듯 모두들 흥겨운 분위기였다. 에다는 밝은 색깔의 블라우스와 치마를 입은 젊은 여인과 함께 있었다. 요루바랜드(기니아 만 연안 동부의 옛 왕국으로 현재는 나이지리아 서남부의 지방——옮긴이)의 이슬람교도들처럼 머리를 레이스로 단정하게 감싼 여인이었다. 에다는 그 여인을 만나 몹시 기쁜 듯했다. 전에 보았던 사진 덕분에 엘리는 여인이 에다의 아내라는 것을 알아볼 수 있었다. 수하바티는 성실해 보이는 젊은이와 손을 잡고 있었다. 눈이 커다랗고 진지했다. 오래전 의과대학 학생 시절에 죽은 남편 수린다 고시가 틀림없었다. 샤챠오무와 함께 끊임없이 이야기를 나누고 있는 남자는 키가 작고 위엄 있는 인물이었다. 수염을 아래로 길게 늘어뜨리고 화려한 자수며 구슬로 장식된 옷을 입고 있었다. 엘리는 그가 제국의 모형 건설을 직접 감독하며 수은을 붓는 인부들에게 소리치고 지시하는 모습을 상상했다.

베게이는 열한 살이나 열두 살 정도 되어 보이는 소녀를 데리고 왔다. 곱게 땋아 내린 머리가 걸을 때마다 흔들렸다.

「내 손녀 니나입니다. 내 공주님이죠. 전에 소개해야 했었는데. 모스크바에서 말입니다」

엘리는 소녀를 껴안았다. 베게이가 나체 무용수 친구 미라와 나타나지 않은 것이 내심 다행스러웠다. 베게이가 손녀를 대하는 다정한 모습을 바라보고 있자니 새삼 그가 더 좋은 사람으로 느꺼졌다. 몇 년이나 베게이와 만나 왔지만 그는 마음속에 비밀을 감추어두고 있었던 것이다.

「이 아이 엄마한테는 좋은 아버지가 되어 주지 못했죠」

베게이가 털어놓았다.

「그래서 요즘은 니나를 거의 보지 못했습니다」

엘리는 주위를 둘러보았다. 이 행성 사람들은 다섯 명의 지구인에게 가장 깊은 애정의 대상을 보여준 셈이었다. 그건 전혀 다른 생명체의 마음을 풀고 대화를 쉽게 하려는 의도였는지도 몰랐다. 엘리는 그중 누구도 자기 자신의 모형과 만나 기뻐하는 사람이 없는 것이 다행이라고 생각했다.

지구에서 이런 일이 일어난다면 어떨까? 엘리는 상상했다. 모든 가면을 벗어 던지고 가장 사랑하는 사람과 대중 앞에 모습을 나타내야 한다면? 그것이 지구에서 사회적인 관계를 맺는 데 필수 조건이라고 해보자. 그럼 모든 것이 뒤바뀔 것이다. 엘리는 일단의 여성 혹은 남성들이 하나의 이성 주위를 둘러싼 모습을 떠올렸다. 아니면 사람들이 사슬처럼 이어져나갈 수도 있다. 원이 될지도 모르지. H나 Q자가 만들어질 수도 있다. 아니면 8자 비슷한 것이 그려질지도 모르고. 그럼 그 모양들을 보고 단숨에 깊은 애정 관계를 파악할 수 있을 것이다. 일반 상대성 이론의 사회 심리학적 적용이라고나 할까. 실제로 그렇게 사람들을 배열하는 일은 쉽지 않겠지. 하지만 사랑이란 아무도 숨길 수 없는 것이 아닌가.

외계인들은 최대한 예의를 갖추었지만 몹시 서둘렀다. 말할 시간이 많지 않았다. 12면체의 출입구가 벌써 처음 도착했던 지점에서 모습을 드러내고 있었다. 동시에 환영의 문은 점점 희미해졌다. 차원 보존 법칙이라도 존재하는 것일까? 그들은 서로를 소개했다. 엘리는 진시황에게 영어로 자기 아버지를 소개한다는 것이 우스꽝스럽게 느껴졌다. 하지만 시 챠오무는 지지하게 통역을 했고 아버지와 진시황은 마치 교외의 바비큐 파티에서 만나기라도 한 듯 악수를 나누었다. 수린다 고시는 상당한 미인인 에다 부인에게 관심 있는 눈길을 보내고 있었다. 하지만 수하바티는 거기 신경을 쓰기보다는 정교한 가짜 인간들에 감탄하기에 바빴다.

「환영의 문을 지나 어디로 가게 되던가요?」

엘리가 수하바티에게 살짝 물었다.

「메이든 홀 웨이 416가요」

수하바티가 대답했다.

엘리는 의아한 눈으로 상대를 바라보았다.

「1973년의 런던이었어요. 남편이랑 그때 함께 거기 있었죠」

수하바티는 수린다 고시 쪽을 바라보며 고개를 끄덕였다.

「죽기 전에요」

엘리는 자신이 그 문을 넘어갔다면 어디로 가게 되었을지 궁금했다. 아마도 50년대 말의 위스콘신이었겠지. 엘리가 좀체 나타나지 않았기 때문에 결국은 아버지가 자신에게 찾아온 것이다. 위스콘신에서도 그런 일은 몇 번 있었다.

에다 역시 초월수 안쪽 깊이 숨은 메시지에 대해 이야기를 들었다고 했다. 하지만 그것은 자연 형상 속의 대수 π나 e가 아니라 엘리가 처음 들어보는 수들이었다. 초월수는 무한히 많았고 그래서 그들은 지구로 돌아가 어떤 수를 확인해야 할지 전혀 알지 못하는 상황이었다.

「전 여기 남아 그 수들을 연구하고 싶군요」

에다가 부드러운 어조로 말했다.

「여기 사람들이 해독 면에서 도움을 필요로 하는 것도 같고요. 하지만 그건 그들만의 문제라는 생각도 들어요. 다른 생명체와 문제를 공유하려 하지 않는 거죠. 또 현실적으로 우리가 충분히 도움이 될 만큼 똑똑한 것 같지도 않고요」

그들은 π 안의 메시지를 해독하지 못한 것일까? 이 행성의 사려 깊은 존재들, 새로운 은하 설계자들조차 아직 메시지를 파악하지 못했다는 말인가. 그럼 그 메시지가 너무 어려운 것일까? 아니면…….

「집에 돌아갈 시간이다」

아버지가 말했다.

가슴 아픈 이별이었다. 엘리는 돌아가고 싶지 않았다. 엘리는 야자나무 이파리를 바라보았다. 아직 던지고 싶은 질문이 많았다.

「집이라니 무슨 뜻이죠? 태양계의 다른 곳으로 가게 된다는 말인가요? 어떻게 지구로 갈 수 있지요?」

「곧 알게 될 거야」

아버지가 대답했다.

「재미있을 게다」

그는 엘리의 허리에 팔을 두르고 열려 있는 12면체의 출입구 쪽으로 이끌었다.

어렸을 적 잠잘 시간 때도 그랬다. 귀엽게 굴면서 똑똑한 질문을 던지면 얼마간 잠자리에 들 시간을 늦출 수 있었다. 이번에도 효과가 있을까?

「지구는 지금 연결되어 있는 건가요? 양쪽으로 말이에요. 우리가 집에 갈 수 있다면 당신도 언제든 우리에게 올 수 있군요. 그건 우리에게는 아주 무서운 일이 아니겠어요? 어째서 그 길을 끊어버리지 않죠?」

「미안하다, 귀염둥이야」

엘리가 잠잘 시각인 여덟시를 계속 넘기고 있다는 듯 가벼운 책망의 말투였다. 뭐가 미안하다는 걸까? 잠잘 시각이 되어 버린 것이? 아니면 터널을 끊어버리지 않아서?

「그저 잠시 동안 이쪽으로 오는 길만이 열려 있을 거야. 하지만 우리는 그걸 사용하지 않을 거다」

엘리는 지구가 직녀성으로부터 동떨어져 있기를 바랐다. 지구가 용납받지 못하는 행동을 하게 되더라도 처벌 위원회가 도착할 때까지 52년 정도 시간이 걸리는 편이 좋았던 것이다. 블랙홀 연결 통로란 달갑지 않았다. 외계인들은 순식간에 홋카이도를 비롯하여 지구 위 어느곳이든 도착할 수 있었기 때문이다. 그건 헤든이 말했듯이 세세한 간섭이 가능하게 되는 방법이었다. 그들이 어떤 식으로 우리를 안심시키든 마음만 먹으면 언제든 상세히 관찰할 수 있다는 말이 아닌가. 이제 수백만 년에 한 번씩 확인차 들여다본다는 말은 성립될 수 없었다.

엘리는 생각을 거듭했다. 상황은 얼마나 종교적으로 되었나. 하늘에 사는 생명체, 방대한 지식과 권력을 보유하고 우리의 생존에 대해 염려하며 우리가 어떻게 행동해야 하는가의 문제에 분명한 기대치를 가진 생명체가 여기 존재한다. 그런 역할을 부인하고 있기는 하지만 이들에게는 지구상의 초라한 인류를 상대로 보상이나 처벌, 삶과 죽음 등을 결정할 능력이 충분하다. 도대체 이것이 과거의 종교와 다른 점이 무엇이란 말인가? 엘리는 반문하지 않을 수 없었다. 즉각 대답이 나왔다. 다른 점은 바로 증명

가능성이다. 자기가 찍은 비디오테이프, 다른 사람들이 모은 기록, 이런 것들은 자신들이 이곳에 와서 무슨 일을 겪었는지, 블랙홀 교통 체계가 어떻게 생겼는지 분명하게 보여주는 증거가 될 것이다. 다섯 사람의 각기 독립적인, 하지만 상호 연관된 경험이 강력한 증거와 함께 제시될 것이었다. 이것은 허무맹랑한 주장이 아닌 분명한 사실이었다.

엘리는 아버지 쪽으로 돌아서면서 야자수 이파리를 떨어뜨렸다. 말없이 아버지는 몸을 굽혀 다시 이파리를 주워 올려 엘리에게 내밀었다.

「제 모든 질문에 친절하게 대답해 주셨어요. 제가 대답해드릴 것은 없나요?」

「고맙구나. 하지만 지난밤 넌 모든 질문에 대답해 주었다」

「그게 다인가요? 무슨 지시 사항은 없나요? 지구라는 시골 동네를 위한 생존 지침 같은 것은요?」

「그런 식으로 되는 일은 아니란다, 귀염둥이야. 이제 넌 성인이잖니. 네가 스스로 알아서 해야지」

아버지는 머리를 한 쪽으로 기울이며 미소를 지었다. 엘리는 달려가 아버지의 팔에 와락 안겼다. 눈물이 가득 고였다. 긴 포옹이었다. 결국 엘리는 그가 부드럽게 자신을 밀어내고 있다는 것을 느꼈다. 잠자러 가야 할 시간이었다. 엘리는 손가락을 세우고 1분만 더 있게 해달라고 간청하는 자신의 모습을 상상했다. 하지만 그를 실망시키고 싶지는 않았다.

「자, 우리 귀염둥이 안녕!」

아버지가 말했다.

「엄마한테 안부 전해다오」

「몸조심하세요」

엘리가 작은 목소리로 대답했다. 엘리는 은하계 중심의 해변을 마지막으로 바라보았다. 바다제비로 보이는 새 두세 마리가 하늘 높이 떠 있었다. 날개도 거의 움직이지 않은 채 정지된 모습이었다. 12면체의 출입구 바로 앞에서 엘리는 뒤를 돌아보았다.

「메시지는 무슨 뜻이죠? π 안에 있는 메시지 말이에요」

「우리도 모른단다」

아버지는 약간 슬픈 듯 대답하며 몇 발자국 다가왔다.

「통계상 오류가 있는 것 같아. 아직 작업 중이지」

미풍이 불어 엘리의 머리카락을 흩뜨려 놓았다.

「알게 되면 저희한테도 알려주세요」

엘리가 말했다.

2장
인과 관계

신 앞의 인간은 장난꾸러기 소년 앞에 놓인 파리와 같다.
그들은 그저 재미로 우리를 죽인다.
── 윌리엄 셰익스피어의 『리어왕』 IV, I, 35

전능한 존재는 분명 모든 것을 두려워할 것이다.
── 피에르 코르네이유의 『신나』 4막, 2장(1640)

그들은 다시 돌아온 것이 기뻤다. 몹시 흥분된 상태였다. 그래서 의자 위에 올라서기도 하고 서로를 껴안고 등을 두드리기도 했다. 모두들 울음을 터뜨리기 직전이었다. 임무를 완수했을 뿐 아니라 무사히 모든 터널을 통과하여 되돌아온 것이다. 갑자기 공전 상태에 있던 전파가 기계 상태를 알리기 시작했다. 벤젤 세 개도 감속되었다. 대전 상태가 약해졌다. 지구에 남아 있던 프로젝트 팀은 무슨 일이 일어났는지 전혀 알지 못하고 있었다.

엘리는 시간이 얼마나 흘렀는지 궁금했다. 자기 시계를 보니 최소한 하루는 지난 듯했다. 그러면 2000년이 되었으리라. 그 정도면 충분했다. 그런 걸 묻기 전에 우선 우리가 겪은 일을 이야기해야 해, 엘리는 생각했다. 그러고는 다시 한번 소형 비디오카세트 수십 개가 들어 있는 가방을 손으로 만져보았다. 이 필름이 공개되고 나면 세상은 얼마나 많이 바뀌게 될까?

벤젤 사이와 주변의 공간이 다시 압력을 되찾았다. 출입구가 열렸다. 안부를 묻는 목소리가 내부 스피커에서 울렸다.

「우리는 모두 건강해요!」
엘리가 자기 마이크로 대답했다.
「이제 내보내 주세요. 어떤 일이 있었는지 상상도 못하실 걸요」
다섯 탑승자는 즐거운 표정으로 12면체에서 나와 기계를 제작하고 움직였던 기술자, 과학자들과 인사를 나누었다. 일본 기술자들이 허리를 굽혀 인사했다. 담당 관리가 앞으로 나섰다.
수하바티가 낮은 목소리로 엘리에게 말했다.
「제가 보기에는 모두들 어제와 똑같은 차림이에요. 피터 발레리언의 저 노란 넥타이를 보세요」
「그는 늘 저걸 맨답니다」 엘리가 대답했다.
「부인이 준 선물이거든요」 시계는 15:20을 가리켰다. 기계 작동은 전날 오후 세시에 시작되었다. 그러면 그들은 겨우 24시간 정도 거기 있었을……」
「오늘이 무슨 요일이지요?」
엘리가 물었다. 사람들은 화들짝 놀란 표정으로 엘리를 보았다. 무언가 잘못되어 있었다.
「발레리언, 말해 주세요. 오늘이 무슨 요일인가요?」
「무슨 뜻이오?」
발레리언이 대답했다.
「오늘은 1999년 12월 31일 금요일이에요. 새해 전날이지. 엘리, 당신 괜찮아요?」
베게이는 겐리히 아르항겔스키에게 담배부터 한 대 피우고 모든 것을 순서대로 말하겠다고 전했다. 담당 관리들과 기계 제작 컨소시엄 대표들이 주위에 몰려들었다. 엘리는 데어 헤르가 다가오는 것을 보았다.

「당신 쪽에서는 어떤 일이 일어났지요?」

마침내 그가 자기 목소리를 들을 수 있는 거리에 도달했을 때 엘리가 물었다.

「아무 일도 없었어요. 진공 상태가 되고 벤젤이 돌면서 대전 상태가 되었지. 지정된 속도에 도달하자 이번에는 모든 것이 거꾸로 움직였소」

「거꾸로 움직였다니, 무슨 뜻인가요?」

「벤젤 회전 속도가 느려지고 대전이 약해졌지. 압력이 들어가고 벤젤이 멈추자 당신들이 밖으로 나온 거요. 모든 일이 20분 남짓 걸렸을 뿐이야. 하지만 벤젤이 도는 동안에는 통신할 수가 없었소. 당신은 어땠소?」

엘리는 웃었다.

「당신한테 할 이야기가 있어요」

* * *

기계 작동과 새해를 기념하는 파티가 열렸다. 엘리와 다른 네 명의 탑승자는 파티에 참석하지 않았다. 텔레비전 방송은 축하 연설과 행진, 전시회, 지난 천년에 대한 회고, 미래의 예측, 낙관적 전망 등으로 가득했다. 큰스님 우츠미의 연설도 있었다. 하지만 텔레비전을 들여다보고 있을 만큼 한가한 상황은 아니었다. 프로젝트 측은 다섯 탑승자가 번갈아 털어놓은 모험 이야기 중 일부만 듣고서도 무언가 잘못되었다는 결론을 내렸다. 결국 그들은 운집한 군중과 컨소시엄 관계자들의 눈을 피해 예비 심문 장소로 이동했다. 다섯 사람은 각각 단독 심문을 받았다.

엘리에 대한 질의응답은 데어 헤르와 발레리언이 진행했다. 작은 회의실 안에는 다른 관리들도 일부 보였는데 그중에는 베게이의 전 제자인 아나톨리 골드만도 끼어 있었다.

그들은 정중한 태도를 유지했고 특히 발레리언은 계속 엘리를 격려했다. 하지만 사건을 이해하는 데는 어려움을 겪었다. 엘리가 설명하는 많은 부분에 대해 그들은 수긍하지 못했다. 엘리의 흥분은 혼자만의 것이었다. 하루도 아닌 고작 20분 사이에 12면체가 우주로 날아갔다가 돌아왔다는 말이 믿기지 않는 것은 오히려 당연했다. 더욱이 기계 외부에 부착된 장치들에는 아무런 이상도 기록되지 않았던 것이다. 발레리언의 설명에 따르면 벤젤이 지정된 속도에 도달한 후 기능을 알 수 없는 계기 바늘들이 움직였고 이어 벤젤이 속도를 줄이다가는 마침내 멈추고 다섯 탑승자가 흥분된 모습으로 나타났다고 했다. 드러내놓고 〈허무맹랑한 헛소리〉라고는 하지 않았지만 엘리는 그가 그런 느낌임을 짐작하고도 남았다. 모두들 모두 같은 생각임이 분명했다. 20분 동안 기계는 다섯 탑승자에게 환상을 불러일으키거나 정신을 돌게 만드는 역할을 했다는 생각 말이다.

엘리는 비디오카세트를 동원했다. 각각 「직녀성의 고리 체계」, 「직녀성의 전파망원경」, 「은하 중앙역」, 「해변」 등의 제목이 붙어 있었다. 하나씩 틀어보았지만 어찌된 영문인지 모두가 텅 빈 상태였다. 아무 내용도 없었다. 엘리는 도대체 무엇이 잘못되었는지 이해할 수 없었다. 비디오카메라 조작 방법은 상세하게 익혀 실습까지 했었다. 직녀성 체계를 떠나면서는 촬영 시간을 확인하기까지 했었다. 다른 사람들의 장비에도 마찬가지로 아무 기록이 남지 않았다는 말을 듣자 정말 실망하지 않을 수 없었다. 피터 발레리언이나 데어 헤르는 엘리 말을 믿고 싶어했다. 하지만 그건 어려운 일이었다. 당연했다. 다섯 사람은 물리적인 증거가 전혀 없는 믿기 어려운 이야기를 가지고 돌아온 것이다. 우선 시간부터가 충분치 못했다. 그들이 눈앞에서 사라졌던 것은 겨우 20분에 불과했기 때문이다.

이건 엘리가 기대했던 식의 결과는 전혀 아니었다. 하지만 결국에는 사실로 인정받을 수 있으리라 확신했다. 그렇게 될 때까지 당분간은 마음속에 그 경험을 고이 간직하고 상세한 기록을 남기는 것으로 만족해야 했다. 아무것도 잊어버리지 않기 위해서 말이다.

* * *

캄차카 반도에서 몰아치는 매서운 추위에도 불구하고 새해 첫날 오후 예정에 없던 비행편들이 삿포로 국제공항에 내려앉을 때는 계절답지 않게 날씨가 포근했다. 미국 국기가 선명하게 찍힌 비행기에서 내린 일행은 신임 미 국방장관인 마이클 키츠와 급히 구성된 전문가단이었다. 워싱턴은 홋카이도에서 이미 소문이 파다해진 후에야 마지못해 이들의 방문을 확인했다. 간략한 보도자료에 따르면 이 방문은 평상적인 것으로 위기나 위험과는 관련이 없으며 〈삿포로 북동쪽의 기계 시스템 통합 단지에서도 아무런 이상이 보고되지 않았다〉고 강조되어 있었다. 다른 한편 티모페이 고트리제와 스테판 바루다 등을 태운 Tu-120 기도 모스크바를 출발하여 밤새 비행한 끝에 홋카이도에 도착했다. 두 대표단이 고국을 떠나 새해 휴가를 온 것이 아니라는 점은 분명했다.

하지만 그럼에도 불구하고 홋카이도의 날씨는 반가웠다. 어찌나 따뜻한지 삿포로의 얼음 조각이 손쓸 틈 없이 녹아내릴 정도였다. 12면체 조각 또한 거의 형체를 알아볼 수 없는 작은 빙산이 되었다. 한 때 오각형의 날카로운 각이었던 곳은 둥글게 변해 물방울을 떨어뜨렸다.

이틀 뒤 매서운 겨울바람이 되돌아왔다. 기계 단지 안으로 들어가는 교통수단은 모두 두절되었다. 라디오와 텔레비전 방송도 중단되었다. 초음파 중계탑이 고장난 것이 분명해 보였다. 새로 심문이 진행되는 동안 외부와의 통신 수단은 전화밖에 없었다. 12면체 또한 가능한 통신수단이기는 하지, 엘리는 생각했다. 엘리는 남몰래 12면체 안으로 숨어 들어가 벤젤을 돌려보고 싶었다. 하지만 생각처럼 기계가 다시 작동해 12면체를 출발시켜 줄지는 알 수 없었다. 아버지는 그렇게 되지 않을 것이라고 말하지 않았나. 엘리는 다시 그 해변을 떠올렸다. 그리고 아버지의 모습을 생각했다. 앞으로 무슨 일을 겪게 되든 마음속의 깊은 상처는 치유되는 중이었다. 엘리는 베인 상처가 꿰매진 것 같다는 느낌을 받았다. 그건 세상의 역사에서 가장 값비싼 심리 치료였을 것이다. 또 인구에 가장 많이 회자된 치료이기도 했다…….

* * *

시 챠오무와 데비 수하바티에 대한 심문은 해당 국가 관리들이 맡았다. 나이지리아는 메시지 수신이나 기계 제작에 주목할 만한 역할을 맡지 않았지만 에다 역시 나이지리아 관리들과의 장시간 심문을 기꺼이 받아들였다. 하지만 이후 프로젝트 담당자들의 심문에 비하면 이전 것은 아무것도 아니었다. 베게이와 엘리는 소련과 미국에서 특별히 파견한 고위층 앞에서 한층 상세한 심문을 받아야 했다. 처음에 이들 미소 심문단은 외국 대표를 포함하지 않았지만 세계 기계 제작 컨소시엄의 항의를 받은 후 보다 국제화되었다.

엘리를 맡은 사람은 키츠 장관이었다. 홋카이도 파견 통보를 받은 후 출국 때까지 여유가 별로 없었다는 점을 감안하면 그는 놀라울 정도로 준비를 많이 해놓은 상태였다. 발레리언과 데어헤르는 옹호성 발언을 주로 하다가는 가끔씩 날카로운 질문을 던졌다. 그건 키츠 장관이 만든 쇼였다.

키츠 장관은 최고의 과학적 전통을 따라 엘리의 이야기에 대해 회의적으로, 하지만 동시에 구조적으로 접근하겠다고 말했다. 그리고 엘리가 개인적인 이해관계 때문에 더욱 직설적인 질문을 받는다고 오해하지는 않을 것으로 믿는다고 했다. 자신은 엘리에 대해 그저 깊은 존경심만을 가지고 있다는 것이다. 또한 자신의 판단이 처음부터 기계 제작 프로젝트에 반대해왔다는 입장 때문에 흐려지는 일은 없을 것이라고 다짐했다. 엘리는 그런 기만 전술을 모른 척하고 말을 시작했다.

처음에 키츠 장관은 경청하면서 세부적인 질문을 던지다가는 끼어든 것을 사과하기도 했다. 하지만 두번째 날이 되자 그런 예의는 이미 찾아볼 수 없었다.

「그래서 나이지리아 인은 아내를 만났고 인도인은 죽은 남편을, 러시아인은 귀여운 손녀를, 중국인은 몽고 황제를 만났다는 것이군……」

「진시황은 몽고인이 아니에요」

「……그리고 당신은 죽은 아버지를 만나 그가 친구들과 함께 만일의 사태에 대비해 우주를 만들고 있다는 말을 들었다는 말이오? 〈하늘에 계신 우리 아버지〉, 이건 종교에 나오는 말 아닌가? 문화 인류학과 다를 것이 없군. 지크문트 프로이트 자체란 말이오. 당신은 그걸 모르겠소? 당신은 죽은 아버지가 살아 돌아왔다고 주장할 뿐더러 우리더러 그가 우주를 창조한다는 사실을 믿으라고 하고 있어요」

「지나치게 왜곡하시는……」

「그만 둬요, 애로웨이 박사. 우리 지식을 모욕하지 마시오. 증거라고는 눈곱만큼도 제시하지 못하면서 사상 최대의 헛소리를 믿어달라고 하는 거요? 그게 얼마나 무리한 소리인지는 당신이 더 잘 알 텐데. 당신은 똑똑하기로 유명한 여성이 아니오? 어떻게 그런 허무맹랑한 말을 꾸며낼 수가 있소?」

엘리는 항변했다. 발레리언 또한 이런 식의 말참견은 시간 낭비에 불과하다며 항의했다. 기계는 정밀 검사를 받고 있었다. 엘리 이야기의 신빙성이 확인될 수 있는 기회였다. 키츠 장관은 물리적인 증거가 가장 중요하다고 생각했다.

「애로웨이 박사, 천당에서 아버지를 만났다는 그런 이야기는 당신이 기독교 문화 속에서 성장했다는 점을 반영하는 거요. 다섯 탑승자 중 당신만 그런 환경에서 자랐고 그래서 혼자 아버지를 만난 거요. 당신 이야기는 너무 전형적이야. 상상력이 부족하다는 말이오」

이건 최악의 상황이었다. 엘리는 공포스러웠다. 주차시켜둔 곳에 차가 없는 것을 발견했을 때, 혹은 간밤에 잠가놓은 문이 아침에 활짝 열려 있을 때 느끼는 그런 종류의 공포였다.

「우리가 이 모든 이야기를 만들어냈다고 생각하시는 건가요?」

「난 젊었을 때 검사 사무실에서 일했소. 누군가를 기소하려면 세 가지 질문을 했지」

그는 손가락으로 세 가지를 세어 나갔다.

「그는 기회를 가졌는가? 방법이 있었는가? 동기는 무엇인가?」

「도대체 무얼 위한 기회며 동기이지요?」

키츠 장관은 경멸하는 시선으로 엘리를 보았다.

「우리 시계를 보세요. 시계 바늘을 보아도 우리가 하루 이상 어딘가에 가 있었다는 건 분명하다고요」

엘리가 항변했다.

「이런, 정말 왜 이렇게 멍청하게 구는지 모르겠군」

키츠 장관이 자기 앞 이마를 두드렸다.

「당신은 시계 바늘을 하루 뒤로 움직이는 일 따위가 불가능하다고 생각한다는 거요?」

「우리가 음모를 꾸몄다는 뜻인가요? 시 챠오무가 거짓말을 했다고 생각하는 거예요? 에다까지도? 그럼 당신은……」

「내가 생각하는 건 이제 좀더 중요한 문제로 넘어가야 한다는 거요. 발레리언, 당신도 알겠지만,」

키츠 장관은 발레리언을 바라보았다.

「당신 때문에 일이 더 복잡하게 되고 있소. 내일 아침이면 기계 상태 보고서 초안이 도착할 거야. 이제 더 이상 이런 이야기들로 시간을 낭비하지 맙시다. 잠시 쉬도록 하지」

데어 헤르는 오후 회의 내내 한마디도 하지 않았다. 그저 엘리에게 애매한 미소만 지어 보일 뿐이었다. 엘리는 그 미소를 아버지의 웃음과 비교하지 않을 수 없었다. 때로 데어 헤르의 표정은 자기를 격려하려는 것 같았다. 하지만 그 끝이 무엇인지는 알 길이 없었다. 어쩌면 자기 말을 바꾸려는 시도인지도 모르지. 그는 엘리의 어린 시절에 대해 잘 알고 있었다. 엘리가 얼마나 아버지를 그리워하는지도 말이다. 분명히 그는 엘리가 미쳐버렸다고 생각할 것이었다. 더 나아가 다른 네 명의 탑승자도 모두 그렇다고 여기겠지. 집단적인 광기 현상인 것이다. 모두들 환상에 사로잡힌 것이다.

* * *

「자, 여기 있소」 키츠 장관이 말했다. 보고서는 1센티미터 두께나 되었다. 그는 보고서를 탁자 위에 내려놓게 했다. 연필 몇 개가 주위에 흩어져 있었다.

「한번 훑어보고 싶겠지요, 애로웨이 박사? 하지만 일단 내가 간단하게 정리를 해 드리겠소. 괜찮지요?」

엘리는 고개를 끄덕였다. 다른 소식망을 통해 그 보고서가 다섯 탑승자의 증언에 유리한 내용을 담고 있다는 소식을 들었었다. 엘리는 이로써 헛소리라는 비난이 그치기를 바랐다.

「12면체는 명백히,」

키츠 장관은 〈명백히〉라는 말을 강조했다.

「벤젤이나 다른 지지 구조와는 대단히 다른 환경에 노출이 되었던 것으로 판명되오. 잡아당기거나 누르는 거대한 힘이 작용한 것 같아요. 산산조각 나버리지 않은 것이 기적이오. 그러니까 박사나 다른 탑승자들 역시 산산조각 나버리지 않은 것이 기적이란 말이오. 또한 명백히 엄청난 방사능을 쐬었던 듯하오. 낮은 수준으로 유도된 방사능, 우주 스펙트럼의 흔적들도 있었지. 그런 방사능을 견뎌냈다는 것도 기적이오. 하지만 12면체 자체에 덧붙여지거나 떨어져 사라진 것은 아무것도 없소. 터널을 내려가면서 계속 벽에 부딪쳤다는 당신 주장과는 달리 긁히거나 마모된 흔적도 없어요. 고속으로 대기권에 진입하는 경우 생겨날 수 있는 흔적도 없소」

「그건 우리 주장을 뒷받침하는 것이 아닌가요, 장관님? 생각해 보세요. 잡아당기거나 누르는 힘은 블랙홀로 떨어질 때 전형적으로 받게 되는 힘이에요. 그건 최소한 50년 전에 알려진 사실이라고요. 우리가 느끼지 못했다는 점이 이상하긴 하지만 아마 12면체가 블랙홀 안쪽과 감마선의 원천인 은하계 중심으로부터 나오는 엄청난 방사능에서 우리를 보호해 주었을 거예요. 그러니까 블랙홀에 대해서도, 은하 중심에 대해서도 증거가 존재하는 셈이지요. 우리가 꾸며내거나 한 일이 전혀 아니라고요. 할퀸 자국이 남지 않았다는 건 이상하군요. 어쩌면 우리가 완전히 알지 못하는 물질이 상호 작용하여 원상회복이 되었는지도 모르죠. 우리는 고속으로 대기권을 통과하지 않았기 때문에 그런 흔적이 없는 것은 당연하고요. 제가 보기엔 전적으로 우리 이야기를 뒷받침하는 증거군요. 문제가 뭐죠?」

「문제는 당신들이 너무 똑똑하다는 데 있어요. 지나칠 정도로 똑똑하지. 자, 이제 회의적 시각에서 볼까요. 한 걸음 뒤로 물러나 큰 그림을 보도록 합시다. 지구 전체가 지옥으로 빠져 들어갈 것이라고 생각하는 똑똑한 사람들이 세계 각국에서 모여들었소. 그러고는 우주에서 복잡한 메시지를 받았다고 주장하는 거요」

「주장……한다고요?」

「우선 내 말을 들어봐요. 그들은 메시지를 해석하고 어떻게 수조 달러를 들여 복잡한 기계를 제작하는지에 대한 설계도를 발견했다고 발표하지. 세상은 혼란에 빠지게 되오. 온갖 종교들이 새로운 천년왕국을 주장하고 나서고 말이오. 결국 놀랍게도 기계는 제작되오. 한두 명 탑승자 교체가 있기는 하지만 결국은 모두 같은 사람들이 선발되어……」

「전혀 같은 사람들이 아니에요. 수하바티도, 에다도, 시 챠오무도 모두 마지막 순간까지 지명되지 않았던……」

「일단 들어보시오. 근본적으로는 모두 같은 사람들이 이제 기계 안에 타게 되오. 본래 그렇게 설계되었기 때문에 기계가 작동한 후에는 아무도 그들을 보거나 이야기를 나눌 수 없어요. 그래서 기계는 돌아가기 시작합니다. 일단 시작하면 20분 안에는 멈출 수가 없소. 그렇지. 그래서 20분 후에 같은 사람들이 기계에서 내렸고 즐거운 낯빛으로 빛보다 더 빠른 속도로 블랙홀을 통과해 은하계 중심을 여행하고 되돌아왔다고 하는 거요. 이제 당신이 보통 사람으로 이런 이야기를 들었다고 합시다. 증거를 요구할 거요. 사진이든, 비디오테이프이든 뭐든 말이오. 그런데 어떻게 되었소? 아무것도 없소. 다 지워졌다는 거요. 은하계 중심에 있다고 주장하는 그 앞선 문명의 물건이 하나라도 있소? 없지. 기록은? 역시 없소. 하다못해 돌조각이나 기념품이라도? 아무것도 없는 거요. 유일한 물리적 증거라고는 기계 표면의 작은 상처뿐이오. 그럼 당신은 생각하겠지. 그렇게 주도면밀하고 영리한 사람들이라면 높은 압력이나 방사능이 어떤 흔적을 남기게 될지 알고 있을 것이라고 말이오. 더군다나 이미 2조 달러나 쓸 수 있는 사람들이라면 말이오」

엘리는 경악했다. 이건 악의에 차서 완전히 사건을 재구성하는 것이나 다름없었다. 도대체 어떻게 키츠 장관은 이렇게까지 생각할 수 있을까. 정말로 그는 깊이 실망한 모양이라고 엘리는 생각했다.

「당신 말을 믿는 사람은 아무도 없을 거요」

그가 말을 이었다. 「이건 사상 최대의, 그리고 가장 주도면밀한 사기극이야. 당신과 당신 친구들은 미국 대통령을 조롱하고 국민을 기만했소. 아니, 지구상 모든 정부가 놀아난 셈이오. 당신 눈에는 세상 사람들이 모두 바보로 보이겠지」

「키츠 장관님, 이건 미친 소리예요. 무려 수만 명에 이르는 사람들이 메시지 수신과 해독, 그리고 기계 제작에 참여했어요. 메시지는 분명 전세계 연구소의 카세트테이프와 레이저디스크, 그리고 출력지에 보관되어 있고요. 장관님 말대로라면 지구상 모든 전파천문학자들과 항공우주공학자, 또 인공지능 회사들이 함께 모의한 건가요?」

「아니, 그렇게 큰 규모의 모의가 필요하지도 않소. 그저 직녀성에서 오는 방송처럼 보이는 송신기를 우주에 설치하기만 하면 되지. 당신이 어떻게 했을지 방법을 말해주겠소. 당신은 메시지를 준비했고 다른 몇 사람, 기존 발사 시설을 보유한 이들을 동원해 그것을 우주 공간에 올렸소. 다른 발사 계획의 일부분이었는지도 모르고. 그래서 별의 운행 궤도로 보이는 곳에 그것을 놓았소. 인공위성은 한 개 이상이었을 수도 있소. 그러고는 송신기를 켜고 당신이 좌지우지하는 관측소가 메시지를 수신할 때까지 기다렸소. 그 다음에 아무것도 모르는 우리들에게 엄청난 발견 운운하며 떠벌렸던 거지」

이건 데어 헤르로서도 참기 어려운 지나친 말이었다. 데어 헤르는 의자에서 몸을 일으켰다.

「정말이지, 장관님······」

하지만 엘리가 그의 말을 가로막았다.

「전 해독 과정에 거의 참여하지 못했어요. 다른 사람들의 공헌이 컸죠. 예를 들면 드럼린 선생님 같은 분이요. 그는 우리 연구에 몹시 회의적이었어요. 장관님도 아시겠죠. 하지만 일단 데이터가 수신되자 완전히 태도를 바꾸었지요」

「맞아, 가엾은 데이비드 드럼린 교수. 고인이 되어 버린 드럼린 선생. 당신이 그를 그렇게 만들었지요. 마음속으로는 좋아하지 않는 스승이 아니었소?」

데어 헤르는 다시 의자에 앉은 자세였다. 엘리는 데어 헤르와 키츠 장관이 다정하게 밀담을 주고받는 광경을 떠올렸다. 엘리는 뚫어질 듯 데어 헤르를 바라보았다. 차마 그렇게는 생각할 수가 없었다.

「메시지를 해독하는 단계가 되자 당신은 혼자서 도저히 모든 일을 다 맡아 할 수 없었소. 할 일이 너무 많았으니까. 그래서 드럼린 선생이 등장한 거요. 노인이 된 후까지도 과거의 제자가 자신을 가리고 공을 독차지할까봐 걱정이 많았던 스승 말이오. 갑자기 그는 중심적인 역할을 할 수 있게 된 셈이지. 당신은 스승의 자기도취 성향을 이용한 거요. 그가 해독을 해내지 못했다면 아직도 당신은 그를 돕고 있겠지. 당신이 스스로 그 여러 층의 메시지를 벗겨가며 해독 작업을 했다면 상황이 더 불리했을 테니 말이오」

「장관님은 우리가 메시지를 만들어낼 수 있다고 말씀하십니다.

그건 정말로 베게이나 제 능력을 과대평가하시는 겁니다. 그건 불가능합니다. 될 수가 없는 일이지요. 유능한 기술자를 아무나 붙잡고 물어보십시오. 지구상에 전혀 알려져 있지 않은 새로운 기술과 재료로 그런 기계를 만드는 것이 가능한지를 말입니다. 그것도 몇 안 되는 물리학자와 전파천문학자들 손으로요. 또 설령 그걸 알고 있다 하더라도 메시지를 만들어낼 시간이 있었다고 생각하시는 건가요? 얼마나 많은 정보가 그 안에 들어 있는지 생각해 보세요. 줄잡아 몇 년은 걸릴 작업이라고요」

「몇 년의 세월이 있었소. 당신이 아르고스 연구소에 있을 때 말이야. 그 연구는 중단되기 직전이었지. 당신도 기억하겠지만 드럼린 선생은 중단해야 한다 쪽이었소. 바로 그 순간에 당신이 메시지를 발견한 거요. 그러자 연구를 중단시켜야 한다는 말은 쑥 들어가 버렸지. 그러니 나는 당신과 그 러시아 학자가 남는 시간 동안 이 모든 일을 꾸며낸 것으로 볼 수밖에 없소. 당신은 분명 충분한 시간을 가지고 있었어요」

「그건 미친 소리예요」

엘리가 나직한 소리로 내뱉었다.

발레리언이 끼어들었다. 자신은 그 몇 년의 세월 동안 애로웨이 박사를 잘 알고 지냈으며 그동안 생산적인 과학적 활동만을 했을 뿐 그런 사기극을 꾸밀 시간 따위는 없었다는 설명을 늘어놓았던 것이다. 또한 메시지나 기계를 만들어내는 것은 엘리를 포함, 그 누구에게도 불가능한 일이라고 주장하기도 했다.

하지만 키츠 장관은 끄떡도 하지 않았다.

「발레리언 박사의 개인적인 판단으로 받아들이겠소. 사람마다 다른 판단을 하기 마련이지. 당신은 본래 애로웨이 박사를 좋아하지 않았소. 그러니 편을 드는 것도 당연하오. 그걸 나쁘게 생각하지는 않아요. 나 역시 애로웨이 박사를 좋아하오. 하지만 이건 확실하게 해 두어야 하는 문제요. 자, 또 한 가지 말할 것이 있소. 당신들은 아직 모르는 일이지」

키츠 장관은 몸을 앞으로 내밀고 엘리를 바라보며 말했다. 분명 앞으로 말할 내용에 대한 엘리의 반응이 궁금한 모양이었다.

「우리가 기계를 작동하는 순간 메시지가 멈추었소. 벤젤이 지시 속도에 도달한 후 바로 몇 초 만이었지. 전세계에서 똑같은 현상이 보고되었소. 직녀성을 향해 있던 모든 전파천문학 관측소들에서 그런 일이 벌어졌단 말이오. 이건 내가 당신들 증언에 방해가 되지 않도록 일부러 이야기하지 않았던 부분이오. 메시지가 중간쯤 오다가 멈춘 거요. 어처구니없는 일이 아니오」

「무슨 말씀인지 모르겠군요, 장관님. 메시지가 멈췄다고 해서 이상한 점이 뭐죠? 이미 메시지는 목적을 달성했어요. 우리는 그 지시에 따라 기계를 만들어 우주로 갔으니까요. 그들이 오라고 하는 곳으로요……」

「메시지가 멈춤으로써 당신 입장이 아주 독특해진 거요」

갑자기 엘리는 장관의 말뜻을 알아차렸다. 전혀 예상치도 못한 일이었다. 그는 음모에 대해 논의하고 있었던 것이다. 키츠 장관이 미친 것이 아니라면 자신이 미친 것일까? 우리 기술이 망상을 이끌어 낼 수 있을 정도라면 한층 더 발전된 기술은 보다 복잡한 통합적인 환각을 일으킬 수 있는 것이 아닌가? 일순간이나마 그건 가능한 일로 보였다.

「자, 지난주를 떠올려 봅시다. 지금 막 지구에 도착한 전파는 26년 전 직녀성에서 송신된 것이에요. 우주 공간을 건너 우리한

테까지 오는 데 26년이 걸리니까. 하지만 애로웨이 박사, 26년 전이라면 아르고스 연구소가 없었을 때가 아니오. 베트남 전쟁이니 워터게이트 사건으로 한창 시끄러운 시기였지. 당신은 꽤 머리를 썼지만 광속이라는 문제를 잊었던 거요. 기계를 작동시켰다는 것을 알고 메시지 송신을 중단했다 해도 26년은 흘러야 수신이 끝나지 않소. 통상적인 우주에서 메시지를 광속 이상으로 보낼 수 없다는 가정을 받아들인다면 말이오. 우리는 둘 다 그 가정을 받아들이고 있지. 당신은 빌리 조 랭킨 목사와 파머 조스가 광속을 뛰어넘는 여행이 불가능하다는 사실을 모른다고 나무랐던 일까지 있었소. 그런 당신이 이런 문제를 등한시했다니 정말 놀라울 따름이오」

「장관님, 좀 들어보세요. 우리가 단 20분 만에 거기로 갔다가 되돌아올 수 있었던 핵심이 바로 거기 있어요. 특이점 주변에서는 인과 관계가 거꾸로 될 수 있거든요. 저는 이 문제에 전문가는 아니니 에다나 베게이에게 여쭤보시는 편이 좋겠군요」

「고맙지만, 이미 물어봤소」

키츠 장관이 딱딱한 어조로 대답했다.

엘리는 베게이가 오랜 적수인 겐리히 아르항겔스키로부터 상대적으로 더 날카로운 심문을 받지 않았을까 상상했다. 혹시 전파망원경을 파괴하고 데이터를 없애버리자고 주장한 바루다를 상대해야 했던 것은 아니었을까. 아마도 그들 심문관과 키츠 장관은 마주앉아 방법을 논의했겠지. 엘리는 베게이가 곤란한 상황을 잘 참아냈기를 바랐다.

「당신도 잘 알고 있겠지만, 애로웨이 박사, 다시 한번 설명하겠소. 내가 무언가 빠뜨리면 말해주시오. 26년 전 전파가 지구를 향해 날아왔소. 직녀성과 지구 사이의 우주 공간에 전파가 날아오는 광경을 상상해 보시오. 일단 직녀성을 떠난 이상 아무도 그 전파를 잡을 수 없고 중단시킬 수도 없어요. 인류가 기계를 제작해서 작동했다는 사실을 송신자 측에서 당장 알았다고 하더라도 정작 신호가 끊어지려면 26년이 걸려요. 직녀성 생명체가 제아무리 대단하다 해도 26년 후 어느 시점에 기계가 작동을 시작할지는 알 수 없는 노릇이 아니오? 분까지 정확하게 말이야. 1999년 12월 31일에 정확히 메시지가 중단되도록 하려면 26년 전으로 되돌아가 상황을 알려야 하는 거지. 무슨 말인지 알겠소?」

「잘 알겠습니다. 이건 미지의 영역에 속하는 문제예요. 아시다시피 괜히 시공간 연속체라는 말을 쓰는 것이 아니에요. 그들이 우주 공간을 통해 터널을 만들 수 있다면 시간을 통해서도 마찬가지 터널이 만들어질 수 있을 겁니다. 우리가 하루 일찍 돌아온 것만 봐도 이미 그들이 제한적이나마 시간 여행의 개념을 가지고 있다는 점을 알 수 있어요. 따라서 우리가 자기들 구역을 떠나자마자 그들은 26년 전으로 연락해 메시지 송신을 중단시킨 것으로 보입니다. 정확한 방법은 모르지만요」

「지금 메시지가 중단된 것이 당신에게는 얼마나 다행인지 모르오. 여전히 메시지가 송신되는 상황이라면 당장 당신이 쏘아 올린 소형 인공위성을 추적해 송신 테이프를 회수했을 테니 말이야. 그럼 결정적인 증거를 얻게 되었겠지. 하지만 당신은 블랙홀 운운하면서 그런 위험을 미리 피했소. 하지만 속으로는 당황했겠지」

장관은 흥미진진하다는 표정이었다.

그건 마치 단순하고 명백한 사실들이 조각보처럼 모여 복잡한 음모로 조합되는 환상의 파노라마와도 같았다. 이 경우 사실은 결코 평범하지 않았고 따라서 정부 관료들이 다른 가능성을 시험해 보려는 것도 당연했다. 하지만 키츠 장관의 해석은 정말로 악의에 차 있었다. 누군가에게 공포와 상처, 그리고 고통을 남기려는 의도도 분명했다. 엘리의 마음속에서 이 모든 것이 집단 환각에 불과하다는 생각은 약간 줄어들었다. 하지만 메시지 송신이 중단되었다면 걱정스러운 일이었다.

「자, 애로웨이 박사, 당신들 과학자란 사람들은 이 모든 것을 꾸밀 두뇌가 있고 동기도 있소. 하지만 당신들만으로는 자본이 부족하지. 당신에게 인공위성을 빌려준 사람이 러시아인이 아니라 해도 가능한 발사대는 예닐곱 군데쯤 있소. 하지만 우리가 조사해본 바로는 그 누구도 그런 궤도에 자유 비행 인공위성을 쏘아 올리지 않았소. 그럼 개인 소유 발사대만 남아요. 이렇게 되었을 때 가장 가능성이 높은 인물은 헤든이요. 그를 알고 있지요?」

「우스꽝스러운 질문은 하지 마세요, 장관님. 그의 초대를 받고 므두셀라 호로 가기 전에 제가 먼저 헤든에 대해 이야기를 해드리지 않았나요?」

「그저 기본적인 사항을 확인하고 넘어가자는 거요. 일단 이렇게 생각해 봅시다. 당신과 러시아 인들이 기본 계획을 짰소. 초기에는 헤든이 많은 것을 맡았지. 인공위성의 설계, 기계 발명, 메시지 암호화, 방사선 파손 조작 등등. 그 대가로 기계 제작 프로젝트가 시작된 이후 그는 2조 달러를 가지고 놀 수가 있었소. 헤든은 얼씨구나 했겠지. 엄청난 이익을 볼 수 있었을 것이고 그의 이력이 알려주듯 늘 정부를 당황하게 하는 일을 즐겼으니까. 암호 해독에 문제가 생기고 열쇠를 발견할 수 없게 되자 낭신은 자청해서 그를 찾아가기까지 했소. 부주의한 짓이었지. 당신 스스로 문제를 해결하는 편이 좋았을 텐데」

「지나치게 부주의한 짓이었을 겁니다」

데어 헤르가 한마디 했다.

「완전히 사기를 치려고 작정한 사람이었다면 말이죠」

「데어 헤르, 당신에겐 정말 놀랐소. 당신은 쉽게 남의 말을 믿는 사람이죠? 당신은 지금 애로웨이 박사와 그 일당이 왜 헤든의 조언을 구하는 것이 좋다고 생각했는지를 정확히 보여주었소. 그리고 애로웨이 박사는 그 사실을 일부러 우리에게 알리기까지 했지」

다시 키츠 장관은 엘리 쪽을 보았다.

「애로웨이 박사, 객관적인 입장에서 한번 상황을 생각해 보시오……」

키츠 장관은 기세를 누그러뜨리지 않은 채 엘리의 눈앞에서 사실들을 새로이 조합해 기상천외한 가설을 만들었고 엘리의 인생을 다시 썼다. 엘리는 전에도 키츠 장관을 바보로 여기지는 않았지만 이토록 상상력이 뛰어나리라고는 미처 생각지 못했다. 아마 누군가의 도움을 받는 듯했다. 하지만 이러한 가설을 위한 심리적 동기는 그 자신 안에 있었다.

장관은 과장된 몸짓과 현란한 용어로 무장하고 있었다. 이런 식으로 새로운 설명과 해석을 만들어내는 데 그는 온 정열을 쏟았다. 잠시 후 엘리는 자신이 처한 상황을 완전히 이해했다. 다섯 탑승자가 돌아왔다. 군사적이거나 정치적인 내용은 하나도 없이 이상하기 짝이 없는 이야기만 가진 채 말이다. 그 이야기에는 중요한 함축점이 담겨 있었다. 우주의 생명체들이 은하계를 건설하는 것과 대조적으로 키츠 장관은 지구의 파괴적인 힘을 상징했다. 그는 핵 대립 전략을 만들어낸 미소 정상들의 뒤를 잇는 후계자였고 반면 우주는 서로 다른 세상에서 온 다양한 종들이 함께 조화를 이뤄 일하는 조직이었다. 그러한 외계인의 존재란 그 자체가 무언의 비난이었다. 터널이 반대쪽에서부터 작동한다고 생각해보자. 그 움직임을 막을 수 있는 것은 아무것도 없다. 외계인들은 순식간에 지구에 도착할 것이다. 그런 상황에서 키츠 장관은 어떻게 미국을 지켜낼 수 있을까? 기계 제작 여부를 결정하는 과정에서 키츠 장관은 열광적으로 기계 제작을 주장했고 결국 그런 행동은 직무 태만으로밖에 해석될 수 없었다. 따라서 그는 이야기의 방향을 돌려놓아야만 하는 것이다. 터널에서 선악을 가리는 천사들이 쏟아져 나오는 사태가 벌어지지 않는다 해도 이 여행의 진실이 알려진다면 세상은 완전히 바뀌어버릴 것이었다. 아니, 세상은 이미 변하고 있었다. 앞으로는 더 많이 변할 것이 분명했다.

다시 한번 엘리는 키츠 장관을 동정하는 눈으로 바라보았다. 최소한 백여 세대 이상 세상은 장관보다도 더 못한 이들의 지배를 받았다. 그럼에도 불구하고 게임의 규칙이 다시 쓰여지려는 이때 등장했다는 것은 그의 불운이었다.

「만약 당신 이야기를 모두 믿는다고 해도……」

키츠 장관이 말을 이었다.

「외계인들이 탑승자에게 너무 불친절한 것은 아니었을까? 그들은 당신의 죽은 아버지로 위장하면서 당신의 가장 여린 감정을 이용한 거요. 자신들이 하는 일이 무엇인지 이야기해 주지 않으면서 필름을 못쓰게 만들고 기록을 모두 파괴했지. 하다못해 그 빌어먹을 야자수 이파리도 남겨두지 못하게 했소. 처음과 달라진 것이라고는 음식이 약간 줄었고 모래가 조금 발견되었다는 것뿐. 그러니까 20분 동안 당신들은 음식을 좀 먹고 주머니에 들어 있던 모래를 꺼내 흘려놓은 거야. 객관적인 관찰자 입장에서 볼 때 당신들은 전혀 어디에도 갔다 오지 않았소.

만약 외계인들이 당신들이 정말로 어딘가에 다녀왔다는 점을 분명하게 하고 싶었다면 하루나 일주일 후에 돌려보내는 편이 좋지 않았을까? 잠시 동안이라도 벤젤 안에서 사라졌더라면 우리는 분명히 당신이 어딘가 갔었다고 믿을 거요. 또 그들이 메시지 송신을 중단하지만 않았더라도 당신 상황은 좀 나았겠지. 도대체 왜 이렇게 불친절한 거지? 당신한테 모든 것을 불리하게 만드는 이유가 뭐냔 말이오. 당신 이야기를 뒷받침할 방법은 많았을 텐데. 필름만 남아 있었어도 이것이 그저 영리한 속임수라고 주장할 사람은 없었을 것이 아니오? 왜 외계인들은 당신 주장을 확인시키지 않는 거지? 당신은 외계인을 발견하기 위해 수년의 세월을 허비했어요. 그들은 그런 당신의 노력을 정당하게 평가하지 않는 것이 아니오?

애로웨이 박사, 이런 일이 정말로 일어났다는 것을 어떻게 확신하시오? 이 모든 것이 꾸며낸 것이 아니라면…… 혹시 환각은 아닐까? 물론 이렇게 생각하는 것은 고통스러운 일이겠지. 아무도 자기가 조금 돌았다고 여기고 싶어하진 않아요. 하지만 당신이 처했던 긴장 상황을 감안해 보면 큰일은 아니오. 환각이었다는 것을 부인하는 경우, 유일하게 남는 대안은 범죄적인 조작이고…… 잠시 조용히 생각을 정리하도록 시간을 드리겠소」

엘리는 이미 생각을 정리했다.

* * *

그날 늦게 엘리는 키츠 장관과 단 둘이 만났다. 키츠 장관은 협상을 제안했다. 엘리는 그의 각본에 휘말리고 싶은 생각이 없었다. 하지만 키츠 장관은 엘리의 그런 태도에조차 대처 방안을 마련해 놓았다.

「당신은 처음부터 나를 좋아하지 않았지요」

그가 말했다.

「하지만 그건 별일 아니오. 우리는 정말로 공정한 일을 하려고 하는 것이니까.

지금 막 기계를 작동시키려 했지만 실패했다는 언론 보도 자료를 배포한 참이오. 물론 어디서 잘못되었는지 조사해야 하오. 와이오밍과 우즈베키스탄에서도 여러 번 실패한 경험이 있으니 아무도 의심하거나 하지는 않을 거요.

그런 다음 몇 주 뒤에 여전히 조사에 아무런 진전이 없다고 발표할 작정이오. 최선을 다했다고 말야. 기계 제작은 계속 추진하기에는 너무 비싼 과제요. 인류는 아직 그걸 해낼 만큼 충분히 현명하지 못한지도 모르고. 또 위험도 크지 않소. 늘 알고 있던 일이오. 기계가 폭발하거나 할 수 있으니까. 그래서 결국 가장 좋은 것은 이 기계 제작 건을 당분간 잊어버리는 거요. 어쨌든 시도는 해본 셈이니까.

물론 헤든 쪽에서는 반대를 하겠지. 하지만 우리와 함께 있는 것은 아니니……」

「머리 위로 겨우 3백 킬로미터 상공에 있을 뿐이에요」

엘리가 위를 가리켰다.

「아, 소식 못 들었소? 그는 기계가 작동되는 시점에 숨을 거두었소. 우습게 되었지. 미리 말하지 못해 미안하오. 당신이 그와 …… 가까운 사이라는 걸 잊었군」

엘리는 키츠 장관 말을 믿어야 할지 알 수 없었다. 헤든은 아직 50대였고 건강한 상태였기 때문이다. 일단 그 문제는 나중에 생각하기로 했다.

「그럼 당신의 상상 속에서 우리는 어떻게 되는 거지요?」

엘리가 물었다.

「우리라니 누구 말이오?」

「우리 다섯 탑승자 말이에요. 당신이 작동하지 않았다고 주장할 기계에 탔던 사람들이지요」

「아, 조사가 조금 더 진행된 후에 자유롭게 떠날 수 있게 될 거요. 당신들 중에 바깥에 나가서 그런 허무맹랑한 소리를 떠들어댈 만한 바보가 있다고는 생각지 않으니까. 하지만 만약의 사태를 염두에 두고 심리 치료를 준비 중이오. 뭐, 심각한 치료는 아니오. 당신은 언제나 주위의 체제에 대해 반항적인 태도를 가졌었지. 물론 독립적이란 건 좋은 거요. 특히 과학에서는 꼭 필요한 것이기도 하지. 하지만 지난 몇 주 동안의 긴장 상태란 쉽지 않았으리라 생각하오. 특히 당신과 베게이에게 그랬지. 처음에는 메시지를 수신하고 해독한 후 정부를 상대로 기계 제작 필요성을 설득해야 했소. 그 다음에는 제작 과정을 감독하고 방해 공작을 차단하는가 하면 결국 아무곳에도 가지 못한 기계에 탑승하는 등의 일이 벌어지지 않았소. 힘든 과정이었소. 늘 일뿐이고 즐길 기회는 전혀 없었지. 과학자들은 대단한 긴장 상태에 있었고 그래서 기계 작동 실패로 좀 의기소침한 상태라고 하면 아무도 의심하지 않을 거요. 이해할 만한 일이니까. 하지만 당신 이야기 같은 건 아무도 믿지 않을 걸. 아무도 말야. 당신들이 처신만 잘한다면 이번 사건 기록은 공개할 필요가 없지.

 기계가 아직 여기 있다는 건 분명하게 확인될 거요. 길이 뚫리는 대로 통신사 사진 기자들에게 사진을 찍도록 할 작정이오. 그렇게 해서 기계가 어디에도 가지 않았다는 걸 보여주는 거지. 탑승자들은 어떻게 하면 될까? 물론 실망한 상태인 것이 당연하지. 마음이 많이 상했기 때문에 탑승자들은 아직 언론 인터뷰를 원하지 않는다고 둘러대면 될 거요.

 정말 괜찮은 계획이 아니오?」

 키츠 장관이 미소를 지었다. 그는 이 완벽한 계획에 엘리가 감탄해주기를 바라는 듯했다. 엘리는 아무 말도 하지 않았다.

「이런 짓거리에 2조 달러를 써버린 상황임에도 불구하고 우리가 아주 합리적으로 대처한다고 생각지 않소? 탑승자들을 깨끗이 죽여 버릴 수도 있소. 하지만 자유롭게 놓아주겠다는 거야. 신사적인 행동이지. 이야말로 새천년의 정신, 기계의 도(道) 그 자체가 아니오?」

22장
길가메시

다시 되돌아오지 않는다는 것,
바로 그것이 인생을 이토록 달콤하게 만들어준다.
―― 에밀리 디킨슨(1741)

새로운 시대의 여명기에 우주 장례란 값비싼 유행이었다. 이미 상업화되어 경쟁력 있는 사업으로 부상한 우주 장례는 과거라면 자기가 태어난 곳이나 처음으로 돈을 벌기 시작한 곳에 유해를 뿌리고 싶어했을 사람들 사이에서 인기를 누렸다. 이제 동네 수준을 뛰어넘어 지구 주위를 영원히 돌 수 있게 된 것이다. 유언장에 한 줄 써놓기만 하면 족했다. 그러면 죽은 뒤 화장되어 장난감 같은 상자에 재가 담긴다. 상자 위에는 이름과 출생일, 사망일, 간단한 비문, 그리고 원한다면 종교적 상징을 그려 넣을 수 있다. 그러고는 수백 개의 다른 상자들과 함께 우주로 끌어올려져 혼잡한 정지궤도 층이나 불안정한 저궤도를 피해 배치된다. 그리하여 밴앨런 방사능대 한 중간에서 자신이 태어난 행성 주위를 신나게 돌게 되는 것이다. 이 방사능대의 양자 폭풍 속으로 진입하려는 정신 나간 인공위성은 하나도 없을 테지만 재라면 아무 문제없지 않은가.

이렇게 해서 그 궤도는 지구에서 살다간 위대한 인물들의 유해로 뒤덮여 있었다. 멀리서부터 찾아온 영문 모르는 방문객이라도 금방 우주 시대의 음울한 공동묘지를 알아볼 수 있을 정도였다. 무덤의 위치가 이렇다 보니 슬퍼하는 조문객들의 모습 따위는 당연히 찾아볼 수 없었다.

헤든은 그런 우주 장례를 택한 사람들이 바라는 불멸성이 얼마나 소박한 수준인지에 놀라움을 금치 못했다. 그들을 한 개인으로 구별시켜 주었던 신체 부분들은 두뇌고 심장이고 모두가 이미 화장을 통해 원자화되었다. 화장을 하고 나면 본래의 사람은 전혀 남지 않게 되는 것이다. 있는 것이라고는 그저 뼛가루뿐이다. 그걸 가지고서는 아무리 발달된 문명이라고 하더라도 죽은 이를 되살려낼 수 없다. 따라서 그렇게 밴앨런 대에 장례 지낸 뼛가루는 기껏해야 다른 경우보다 천천히 소멸되어 갈 뿐이다.

그보다는 다만 몇 개라도 세포를 보존하는 편이 훨씬 좋을 것이다. DNA가 살아 있는 진짜 세포 말이다. 헤든은 두둑한 대가를 받고 상피 세포 일부를 냉동시켜 우주 궤도에 높이 띄우는 사업을 상상했다. 밴앨런 대보다 더 높이, 지구 정지궤도보다 더 높은 곳에 말이다. 죽은 다음에 해야 하는 것도 아니다. 생각이 있으면 당장이라도 할 수 있는 것이다. 그러면 언젠가 외계인이나 후대 지구인 분자생물학자가 당신을 다시 만들어낼 수 있을 테니까. 눈을 비비며 일어나 기지개를 켜보니 서기 천만 년이라면 어떨까. 아니, 그렇게 다시 살아나지 않는다 하더라도 유전자 코드는 우주 공간에 존재하게 된다. 원칙적으로는 살아 있는 셈인 것이다. 이 두 가지 경우 모두 영원히 산다는 말을 붙일 수 있다.

하지만 더 깊이 생각하기 시작하자 그건 너무 단순했다. 엄밀히 말해 그 세포들은 본래의 그 사람 자신으로는 볼 수 없기 때문이다. 그건 기껏해야 신체적 형태를 재구성할 수 있을 뿐 절대 같은 사람은 아니다. 제대로 하려면 가족 사진, 상세한 자서전, 좋아하던 책이나 테이프 등등 가능한 한 그에 대한 모든 것이 포함되어야 한다. 즐겨 사용하던 상표의 면도 크림이라든지 다이어트 콜라 같은 것까지 말이다. 그건 아주 이기적인 생각이었지만 헤든의 마음에 들었다. 결국 시대가 말세론의 광란 상태를 이어지게끔 한 것이다. 모두들 인류의 종말, 지구의 멸망, 선택된 자들의 승천 등을 떠드는 와중이라면 자신의 최후에 대해 생각하는 것도 당연하지 않은가.

외계인들이 영어를 알 것으로 기대할 수는 없다. 그들이 당신을 다시 살려내게 된다면 당신의 언어를 알아야 하고 따라서 일종의 사전을 지참하고 있어야 한다. 그건 헤든을 즐겁게 하는 생각이었다. 메시지 해독과는 정반대 문제가 아닌가.

이렇게 하려면 상당히 견고한 우주 캡슐이 필요했다. 세포 몇 개에 국한될 필요가 없이 신체 전체를 넣어도 좋을 만큼 견고한 캡슐 말이다. 죽은 후 사체를 급속 냉동시킨다면 더욱 좋았다. 그럼 많은 부분이 정상으로 유지되어 누군가 나중에 캡슐을 발견할 경우 일이 훨씬 쉬워지게 된다. 어쩌면 그대로 사체를 살려낼 수 있을지도 모른다. 죽음의 원인만 바로잡으면 되는 것이다. 죽기 직전에 냉동시킨다면 다시 살아날 가능성을 더 높일 수 있었다. 물론 이런 식의 장례를 원할 사람은 많지 않겠지만 미래의 부활이라는 측면에서 보자면 더 확률이 큰 것이다.

그럼 또 굳이 죽기 직전이어야 할 필요는 어디 있는가? 앞으로 살 날이 1년이나 2년밖에 남지 않았다고 하자. 그러면 당장 냉동하는 편이 낫다. 뼈와 살이 조금이라도 더 싱싱할 때 말이다. 그런데 몸에 지닌 질병이 다시 소생했을 때 치유되지 않는 종류일 수도 있었다. 오랫동안 냉동되어 있다가 깨어난 후 외계인들이 듣도 보도 못한 흑색종이나 심근경색으로 금방 죽어버리게 된다면 허망한 일이 아닌가.

결국 헤든은 결론을 내렸다. 완벽하게 계획을 실현하려면 방법은 하나뿐이었다. 건강한 상태인 사람을 먼 우주로 떠나보내는 것이다. 그런 여행 중에는 병에 걸리거나 나이를 먹지 않는다. 또 태양계에서 멀어지면서 온도는 절대온도 0도 근처까지 떨어질 것이다. 그러면 굳이 냉동 시설이 필요하지도 않다. 무료로 영원히 우주를 떠돌 수 있는 것이다.

최종 결정이 내려졌다. 온도가 내려가는 몇 년의 시간 동안 우주를 충분히 감상하다가 태양계를 벗어나면서 급격하게 냉동되는 길을 택한 것이다. 이렇게 하면 골치 아픈 저온학 기술 응용 문제도 없었다.

* * *

헤든은 지구 궤도 상에서 겪게 될지 모르는 모든 의료 문제에 대해 예방 조처를 취했지만 그만 벌에 쏘여 사망하고 말았다는 것이 공식 발표 내용이었다. 나르니아 호를 통해 배달된 꽃다발 안에 벌 한 마리가 들어 있었다고 했다. 〈므두셀라〉의 대형 약국은 적절한 치료약을 구비하고 있지 못했다. 나르니아 호의 화물칸 온도가 워낙 낮았기 때문에 벌은 움직이지 못했고 따라서 화난 상태였던 것도 당연했다. 죽은 벌은 지구로 보내져 조사를 받았다. 벌에 쏘여 세상을 떠난 억만장자 이야기는 신문 사설과 교회 설교의 좋은 주제가 되었다.

하지만 그런 공식 발표 내용은 모두 거짓이었다. 벌도, 독침도, 사망도 없었다. 헤든은 대단히 건강한 상태였다. 기계가 작동된 후 아홉 시간이 지나 새해가 시작되는 순간 〈길가메시〉라는 여행선 로켓 엔진이 불을 내뿜었다. 곧 여행선은 지구와 달의 영향권을 벗어날 충분한 속도에 도달할 것이었다.

헤든은 권력을 쌓고 시간의 흐름을 안타까워하면서 평생을 보냈다. 하지만 권력이란 가지면 가질수록 부족하게 느껴지는 법이었다. 바로 이 때문에 고대의 왕들은 기념비를 세웠던 것이다. 하지만 기념비는 무너지고 왕가의 융성은 쇠락하기 일쑤였으며 왕의 이름조차 잊혀지곤 했다. 하늘을 찌르는 권력을 누리던 사람이라 해도 결국은 죽어 사라지고 말았다. 그에 비해 이건 훨씬 더 우아하고 아름다우며 만족스러운 일이었다. 헤든은 시간의 벽에서 좁은 문을 찾은 것이다.

그가 자신의 계획을 세상에 발표라도 했다면 논쟁이 일어났을 것이다. 지구에서 백억 킬로미터 떨어진 곳에서 냉동된다면 그의 법적 지위는 정확히 어떻게 되는가? 누가 그의 회사를 경영할 것인가? 차라리 거짓 발표를 내보내는 편이 훨씬 더 깨끗했다. 상세한 유언장에서 그는 상속인을 지정해 로켓 엔진과 냉동학을 전문으로 하는 새로운 회사를 맡겼다. 궁극적으로 그 회사의 이름은 〈불멸 주식회사〉가 될 것이었다. 헤든은 그 문제를 다시 생각할 필요가 없었다.

〈길가메시〉 호에는 라디오가 없었다. 헤든은 다섯 탑승자에게 어떤 일이 일어났는지 더 이상 궁금하지 않았다. 지구로부터 오는 뉴스는 필요 없었다. 즐거울 것도, 실망스러울 것도 없었다.

무의미한 소란도 없었다. 그저 조용히 생각을 정리하는 것뿐……. 침묵에 싸여서 말이다. 길가메시 호의 냉동 시스템은 비상 사태가 발생하면 바로 작동하게 되어 있었다. 그때까지는 좋아하는 음악과 책, 비디오테이프를 즐기면 되었다. 그는 외롭지 않았다. 평소 친구와 어울리는 것을 좋아하던 성격도 아니었다. 야마기시는 결국 오지 않는 편을 택했다. 〈보살펴주는 사람들〉이 없으면 견딜 수 없다는 것이 이유였다. 이 여행에는 공간도 비품도 충분치 않아 하인을 둘 수가 없었다. 단조로운 음식과 소박한 시설은 다른 사람이라면 불편할지 몰라도 위대한 꿈을 지닌 헤든에게는 아무 문제가 되지 않았다.

  2년 후면 이 비행 관은 목성의 중력장 안으로 들어갔다가 되튕겨 나와 더 먼 우주로 흘러가게 될 것이다. 그 하루 동안 헤든은 므두셀라 호의 창 밖으로 보던 것보다 한층 멋진 광경을 볼 수 있다. 가장 큰 행성인 목성의 여러 색깔 구름 말이다. 물론 경관만으로 따지자면 고리가 둘러진 토성을 선택했을 것이다. 헤든은 본래 고리를 좋아했기 때문이다. 하지만 토성까지 가자면 최소한 4년은 걸렸고 그러자면 위험도 컸다. 불멸을 원한다면 신중할 필요가 있었다.

  이런 속도라면 가장 가까운 별까지 가는 데도 1만 년은 걸릴 것이었다. 절대온도 0도 근처로 냉동되고 나면 시간은 충분했다. 언젠가, 길게 잡아 백만 년 정도가 흐르고 나면 길가메시가 다른 태양계로 들어가게 될 것이었다. 아니면 관이 행성 간 암흑 공간으로 빠져들어 훨씬 앞선 외계인들에게 발견될 수도 있었다. 그 외계인들은 관 속의 헤든을 어떻게 해야 하는지 잘 알고 있겠지. 이건 이제까지 한번도 시도되지 않은 일이었다. 지구에 살다 떠난 어느 누구도 이렇게는 해보지 못했다.

자신의 종말이 새로운 시작이 될 것임을 확신하면서 헤든은 눈을 감고 가슴 위에 깍지 낀 두 손을 올려놓았다. 다시 한번 엔진에서 불꽃이 일면서 관은 기나긴 여행을 시작했다.

〈지금으로부터 수천 년 후 지구에 무슨 일이 일어날지는 신만이 알고 있을 것이다.〉 헤든은 생각했다. 어쨌든 그건 자기 소관이 아니었다. 하긴 단 한번도 그의 소관이었던 적도 없었다. 하지만 깊이 잠든 상태로 냉동되는 한 그는 완벽하게 보전될 것이다. 그리하여 텅 비고 어두운 공간을 떠돌면서 파라오보다도, 알렉산더 대왕이나 진시황보다도 더 긴 불멸의 삶을 누릴 것이다. 그는 자신의 부활을 이룬 것이다.

23장
프로그램 재설정

우리는…… 교묘히 만든 이야기를
따른 것이 아니라 직접 목격한 것이다.
──「베드로후서」 1:16

보고 기억하라. 이 하늘을 보라.
바다처럼 맑은 공기를 깊이, 더 깊이 보라.
무한한 기도의 끝.
이제 말하라. 텅 빈 돔에 대고 말하라.
무엇이 들리는가? 하늘이 무어라 응답하는가?
천국은 사라졌다. 이것은 당신의 집이 아니다.
──칼 제이 샤피로의 『추방자를 위한 여행담』

전화선이 복구되고 도로가 뚫렸다. 지정된 보도진이 단지 안을 견학했다. 몇몇 사진 기자들은 벤젤 안쪽 출입구를 지나 12면체 안으로 들어가 보았다. 텔레비전 녹화가 이루어지고 기자들은 다섯 탑승자가 앉았던 의자에 앉아, 기계를 작동시키려는 용감한 시도가 실패로 돌아갔음을 전세계에 알렸다. 엘리와 동료들에 대해서는 그저 멀리 떨어진 곳에서 촬영이 허용되어 무사하다는 것을 보도되었을 뿐 인터뷰는 없었다. 기계 제작 프로젝트는 향후 방향을 모색하는 중이었다. 혼슈에서 홋카이도를 잇는 터널은 다시 뚫렸지만 지구와 직녀성을 잇는 통로는 닫혀버린 것이다. 물론 실제로 그 가능성을 시험해 보지는 않았다. 엘리는 속으로 자기들이 완전히 단지를 떠난 후 사람들이 다시 벤젤을 돌려볼지도 모른다는 생각이 들었다. 하지만 기계는 다시 작동하지 않을 것이고 지구 쪽으로부터의 터널 입구는 봉쇄되었다는 아버지 말을 믿었다. 인류는 시공간을 조작할 능력이 없었다. 설령 그럴 수 있다고 해도 반대편에서 연결을 해주지 않는 한 아무 소용없었다. 〈우리한테는 그저 살짝 보여주었을 뿐이야, 그러고는 우리 자신을 구하기 위해 돌려보낸 거지. 그게 가능하다면 말야.〉 엘리는 생각했다.

마침내 다섯 사람이 함께 이야기할 수 있게 되었다. 엘리는 모두와 반갑게 인사를 나누었다. 비디오 녹화를 실패한 것에 대해 비난하는 사람은 없었다.

「영상은 카세트의 자기 부분에 녹음이 되지」

베게이가 말했다.

「벤젤에는 엄청난 전기장이 형성되었어요. 시간에 따라 변화하는 전기장은 자기장을 만들어내거든. 바로 맥스웰 방정식이지. 바로 그래서 당신 테이프가 지워졌다는 게 내 생각이오. 당신 잘못이 아냐」

베게이는 심문을 끝내고 어이없어하는 상태였다. 서방의 과학자들과 함께 반(反) 소련 음모를 꾸몄다는 혐의를 받았던 것이다.

「엘리, 이제 남은 의문은 정치국에 과연 지능을 가진 생명체가 존재하는가 하는 것뿐이오」

「그리고 백악관에도요. 대통령이 키츠 장관의 이런 행동을 허락했다는 건 믿을 수 없는 일이에요. 늘 프로젝트를 지지하는 입장이셨거든요」

「이 행성은 정신 나간 사람들 손에 놀아나고 있어. 그들이 현재의 지위에 도달하기까지 어떤 일을 해왔는지 기억해 봐요. 그들은 협소한 시각을 가지고 있어. 기껏해야 몇 년 앞을 내다볼 뿐이지. 길다 해도 몇십 년이 고작일걸. 그들은 그저 자신들이 권력을 잡고 있는 동안만을 걱정하는 거요」

엘리는 백조자리 A를 생각했다.

「하지만 우리 이야기가 완전히 거짓이라고 생각하지도 못할 거요. 거짓이라는 걸 증명할 수 없으니까. 그러니까 우리가 그 사람들 생각을 바꿔야 해요. 마음속으로는 이게 정말일 수도 있다는 의문을 가지고들 있을 거야. 일부는 사실이기를 바라기도 하겠지. 하지만 그건 위험한 진실이오. 확실함에 가까운 무언가가 필요하오……. 아마 우리는 그걸 줄 수 있을 거요. 우리는 중력 이론을 정리할 수 있고 새로운 천문 관측을 할 수도 있어요. 우리가 들은 이야기, 특히 은하 중심이나 백조자리 A를 중심으로 말이오. 그들이 우리 천문학 연구를 방해하지는 못할 거요. 12면체에 대해 보다 심도 깊게 연구할 수도 있지. 엘리, 우리는 그런 식으로 그들의 생각을 바꾸어야 해요」

하지만 그들 모두 정신 나간 사람들이라면 어려운 일이지, 엘리는 속으로 생각했다.

「어떻게 각국 정부가 국민들에게 이걸 사기극이라고 믿게 할 수 있을지 모르겠어요」

엘리가 말했다.

「그걸 왜 모른단 말이오? 정부가 국민에게 믿도록 만드는 것들을 생각해 봐요. 정부는 현재 가진 자원을 모두 소비해야만 행복해질 수 있다고 우리를 설득했고 그래서 이제 정부 결정에 따라 언제든 전 지구의 인간이 몰살당할 수 있는 상황이 되었소. 나 역시 그렇게 어이없는 일을 사람들이 믿게끔 하는 건 어려운 일이라고 생각해 왔지. 하지만 그렇지 않소, 엘리, 그들은 설득하는 데는 천재적이거든. 그저 기계가 작동하지 않는다, 그리고 우리가 모두 약간 돌았다라고 말하면 충분할 거요」

「우리가 모두 함께 겪은 이야기를 한다면 정신 나간 사람들로는 보이지 않을 거예요. 하지만 당신 말이 옳을지도 모르죠. 우선은 증거를 좀 찾아야 할지도 몰라요. 베게이, 돌아가서 괜찮으시겠어요?」

「나를 어떻게 할 수 있다는 말이오? 고르키 시로 유배라도 보낼까봐 걱정이오? 난 문제없이 이겨낼 거요. 해변에서 최고의 날을 보냈으니까…… 아니, 난 무사할 거야. 당신과 나는 이제 상호 보호 조약을 맺은 것이나 다름없어요. 당신이 살아 있는 한 우리 정부에는 내가 필요해요. 물론 당신 입장도 마찬가지고. 그 이야기가 사실이라면 소련 정부는 자국민 증인을 확보해야 해요. 그래야 신나게 떠들어댈 수 있으니까. 그리고 당신네 정부와 마찬가지로 우리가 본 것을 군사적으로, 또 경제적으로 이용할 방법이 없을까 궁리하겠지.

그들이 우리에게 하라고 시키는 것은 중요하지 않아요. 가장 중요한 것은 우리가 살아남는 거요. 그러면 언젠가 우리 다섯 명이 함께 이야기를 전할 수 있지. 처음에는 믿을 수 있는 사람들한테만 해야 해요. 하지만 그 다음에는 이야기가 퍼져나갈 거요. 그걸 막을 수 있는 방법은 없어요. 결국 정부도 12면체 안에서 어떤 일이 일어났는지 알게 되겠지요. 그때까지는 우리 모두가 서로에 대한 생명보험 증서가 되는 겁니다. 엘리, 난 정말 즐거운 경험을 했소. 내 일생에서 가장 멋진 일이었어요」

「니나에게 안부 전해줘요」

엘리는 베게이가 모스크바행 밤 비행기를 타기 직전에 이렇게 말했다.

＊ ＊ ＊

아침을 먹으면서 엘리는 시 챠오무에게 실망하지 않았느냐고 물었다.

「실망했느냐고? 거기 가서 그들을 보고 실망했느냐고?」

그는 눈을 들어 하늘을 보았다.

「난 대장정 시절에 태어난 고아요. 문화 혁명을 견디고 살아남았지. 6년 동안이나 만리장성 그늘 아래서 감자와 사탕수수를 재배했소. 격동의 세월이었지. 그래서 난 실망이 뭔지 아오.

연회에 초대받아 갔다가 다시 가난한 고향집으로 되돌아와 고향 사람들이 자기를 반겨주지 않는다면 실망할 일이오? 이건 실망이 아니에요. 우리는 그저 작은 전투에서 졌을 뿐이야. 이제…… 다시 세력 구도를 살펴봅시다」

시 챠오무는 곧 중국으로 돌아갈 예정이었다. 그리고 중국에서 자신의 경험을 일체 공개하지 않겠다는 약속을 했다. 그가 중국에서 할 일은 서안 유적 발굴 지휘였다. 진시황의 무덤이 그를 기다리고 있었다. 그는 터널 건너편에서 만났던 진시황과 실제 진시황이 얼마나 닮았을지 궁금해했다.

「무례한 질문이지만 꼭 여쭤보고 싶어요」

엘리가 잠시 망설이다가 입을 열었다.

「우리 다섯 중에서 당신만이…… 가족 외의 사람을 만났지요. 평생 동안 사랑했던 사람이 하나도 없으셨나요?」

말을 마치자마자 다른 식으로 물어보아야 했다는 생각이 들었다.

「사랑했던 사람들을 모두 빼앗겼죠. 그래서 다 잊었어요. 20세기의 황제들도 왔다가는 모두 사라지더군요」

그가 대답했다.

「나는 재조명되거나 복권될 필요가 없는 누군가를 꿈꿔왔어요. 지워지지 않는 것은 역사적인 인물뿐이죠」

그는 찻숟가락을 만지작거렸다.

「평생을 혁명에 바쳐왔어요. 후회는 없습니다. 부모님에 대해서도 거의 아는 것이 없어요. 전혀 기억이 없거든요. 당신 어머니는 아직 살아 계시다고요. 또 돌아가신 아버지도 잘 기억하고 있더군요. 당신이 얼마나 큰 행복을 누리고 있는지 잊지 말아요」

* * *

데비 수하바티에게서 엘리는 전에 한번도 느껴보지 못했던 슬픔을 보았다. 엘리는 프로젝트 책임자들과 각국 정부가 탑승자들의 경험을 회의적으로만 보아서 그런가보다 생각했다. 하지만 수하바티는 고개를 저었다.

「그들이 우리 말을 믿어주는지 아닌지는 별로 중요하지 않아요. 경험 그 자체가 중요할 뿐이죠. 변화의 경험 말이에요. 엘리, 그건 정말로 일어난 일이었어요. 우리가 홋카이도로 돌아온 첫날 나는 그 모든 것이 꿈이었다는 꿈을 꾸었어요. 하지만 절대로 그건 꿈이 아니었어요.

그래요. 지금 난 몹시 슬퍼요. 하지만 그건…… 알다시피 나는 그곳에서 죽은 남편을 다시 만나 오랜 소망을 이뤘어요. 그는 내가 기억하던 모습, 꿈꾸던 모습과 완벽하게 일치했지요. 하지만 그를 본 순간, 그렇게 완벽한 모형을 본 순간 나는 알게 되었어요. 그 사랑이 소중했던 건 빼앗겼기 때문이었다고. 그와 결혼하기 위해 너무도 많은 것을 포기해야 했기 때문이었다고. 그 이상은 아무것도 아니에요. 그 남자는 바보예요. 10년만 같이 살았더라면 이혼하고 말았을 걸요. 어쩌면 5년밖에 못 살았을지도 몰라요. 난 너무 어렸고 바보였어요」

「정말 유감이군요」

엘리가 말했다.

「전 잃어버린 사랑을 애달파하는 마음은 잘 몰라요」

「엘리」

수하바티가 대답했다.

「당신은 몰라요. 난 성인이 된 후 처음으로 수린다의 죽음을 애달파하지 않는 중이에요. 애달픈 것은 그를 위해 버렸던 내 가족이지요」

수하바티는 며칠 후 봄베이로 가서 타밀 나두의 고향 마을을 방문하게 되어 있었다.

「결국……」

수하바티가 말했다.

「이 모든 것이 그저 환상이었다고 우리 자신을 설득하는 것은 어렵지 않은 일이에요. 매일 아침 눈을 뜰 때마다 이 경험은 더 먼 것이 되어 꿈처럼 느껴지겠지요. 기억을 유지하려면 우리가 함께 있는 편이 좋을 텐데. 그들 역시 이런 위험을 알고 있었기에 우리 행성에서와 똑같이 보이는 해변으로 우리를 안내했던 거예요. 우리가 잡을 수 있는 현실을 준 거죠. 우리 경험이 아무것도 아니었다고 말하는 사람이 있다면 가만 두지 않을 거예요. 그건 정말로 일어난 것이었어요. 꿈이 아니라고요. 엘리, 그걸 잊지 말아요」

＊ ＊ ＊

처지를 감안한다면 에다는 퍽 안정된 상태였다. 엘리는 곧 이유를 알았다. 자신과 베게이가 오랜 심문을 받는 동안 그는 계산에 열중했던 것이다.
「그 터널은 아인슈타인-로젠 다리 같아요」
그가 말했다.
「일반 상대성 이론에는 웜홀이라는 것이 있어요. 블랙홀과 비슷하지만 별의 중력 파괴로 생겨나지 않는다는 점이 다르지요. 하지만 일반적인 웜홀은 일단 만들어지고 나면 팽창했다가는 무엇도 그 사이를 통과할 수 없도록 수축돼요. 무시무시한 조력을 만들어내고 그 사이를 통과하려면 무한한 시간이 필요하고요」
엘리는 좀더 자세히 설명해 달라고 부탁했다. 핵심적인 문제는 웜홀을 열린 상태로 유지하는 것이었다. 에다는 새로운 거시(巨視) 장의 존재를 보여주는 장 방정식의 해답을 찾았다. 일종의 장력이 작용해 웜홀이 완전히 수축해 버리는 것을 막는 것이다. 그런 웜홀이라면 블랙홀이 지닌 다른 문제를 전혀 갖지 않았다. 조력 긴장 정도가 훨씬 작았고 양방향 접근이 가능했으며 외부 관찰자가 측정할 수 있을 정도로 통과 속도도 빨랐다. 또 내부 방사능 장도 그리 파괴적이지 않았다.
「터널이 작은 섭동에 대해 안정적인지는 모르겠소」
그가 말했다.
「그렇지 못하다면 그들은 불안정성을 관측하고 수정하는 아주 정교한 응답 체계를 갖추고 있어야 할 거요. 이 문제는 아직 확실하지 못해요. 하지만 최소한 터널이 아인슈타인-로젠 다리가 될 수 있다면 우리를 집단 망상으로 몰아붙이는 사람들에게 대답할 말은 있는 거요」

에다는 라고스로 돌아가고 싶은 마음이 간절해 보였다. 양복 주머니에서는 나이지리아 항공 비행기표가 삐죽 튀어나와 있었다. 그는 자기들의 경험이 보여준 새로운 물리학을 완전하게 연구해낼 수 있을지 불안해했다. 자신이 그런 과업에 적합한지, 특히 이론물리학을 위해서는 너무 나이가 든 것이 아닌지 모르겠다는 것이다. 하지만 그는 겨우 서른여덟에 불과했다. 아내와 아이들이 보고 싶어 미칠 지경이라는 말도 했다.

엘리는 에다와 포옹했고 만나서 정말 반가웠다는 인사를 전했다.
「반가웠다니? 우리는 앞으로도 분명 다시 만나게 될 거요」
에다가 핀잔을 주었다.
「그리고 엘리, 부탁 한 가지 해도 될까? 우리가 함께 경험했던 일을 상세하게 기억해서 글로 쓴 다음 내게 좀 보내줘요. 경험적인 데이터를 만들어야 하거든요. 각자 다른 사람이 보지 못한 것을 보았을 거예요. 그리고 그 모든 것이 경험을 깊이 이해하기 위해서는 필수적이지요. 꼭 좀 보내줘요. 다른 사람들에게도 같은 부탁을 했어요」

에다는 손을 흔들어 보이더니 낡은 가방을 집어들고 대기 중인 차로 달려갔다.

이제 다섯 탑승자들은 각각의 고국으로 흩어지고 있었다. 엘리는 마치 가족과 헤어지는 것처럼 슬펐다. 자신 역시 그 경험이 스스로를 변화시켰다는 점을 알고 있었다. 어떻게 변화되지 않을 수 있겠는가? 악마를 몰아냈다. 다양한 악마들이었다. 그리고 이전 어느때보다도 더 많이 사랑할 수 있다고 느끼게 되었지만 주위에는 아무도 없었다.

* * *

그들은 엘리를 헬리콥터에 태워 단지에서 데리고 나왔다. 워싱턴까지 가는 긴 비행 동안 엘리는 곤히 잠들었고 결국 하와이의 외딴 활주로에 잠시 내려앉은 후 백악관 사람들이 올라탔을 때는 억지로 깨워야 할 정도였다.

그들은 협상을 벌였다. 엘리는 다시 아르고스 연구소로 돌아갈 수 있었지만 더 이상 소장은 아니었다. 하고 싶은 과학적 연구는 얼마든지 해도 좋다고 했다. 원한다면 평생 연구원 자리를 보장받을 수 있었다.

「우리는 비합리적으로 행동하기는 싫소」

키츠 장관이 마지막으로 협상안을 내놓으면서 말했다.

「당신이 명백한 증거, 정말로 설득력 있는 증거를 가지고 돌아온다면 기꺼이 발표 단상에 세워주겠소. 하지만 완전히 확신이 서기 전까지는 입을 다물어 주시오. 하고 싶은 연구는 뭐든 지원하겠소. 하지만 지금 그 이야기를 공개하면 처음에는 환희의 물결이 일다가 곧 회의주의가 고개를 들 거요. 그건 당신이나 우리한테나 당황스러운 일이지. 우선은 가능한 한 증거를 모으는 편이 낫소」

아마도 대통령이 그의 마음을 바꾼 모양이었다. 협상이란 키츠 장관의 방식이 아니었던 것이다.

하지만 그 대가로 엘리는 기계에 탑승해서 무슨 일이 일어났는지에 대해 한마디도 할 수 없었다. 다섯 사람은 12면체 안에 들어가 앉았다가 이야기를 나누었고 그러고는 걸어나온 것이었다. 그 밖에 다른 말을 한마디라도 입 밖에 내었다가는 곧 위조된 정신병력이 공개되어 사회에서 매장당하게 된다고 했다.

엘리는 그들이 피터 발레리언이나 베게이 혹은 에다에게도 침묵을 약속받았는지 궁금했다. 도대체 어떻게 비밀 유지가 가능하다는 것인지 알 수 없었다. 심문을 담당했던 각국 대표들과 세계 기계제작 컨소시엄의 입을 막는 것만도 힘에 벅차지 않을까. 그건 오로지 시간의 문제였다. 그래서 결국 엘리는 그들이 시간을 벌고 싶어하는 것이라고 결론을 내렸다.

위협에 비해 처분은 놀랄 정도로 가벼운 수준이었다. 하지만 협상을 어긴다 해도 그건 키츠 장관 재임 기간 중은 아닐 것이다. 그는 곧 은퇴할 사람이었다. 1년만 있으면 라스커 행정부는 두 차례의 임기를 끝내고 헌법에 따라 퇴장해야 했다. 키츠 장관은 이미 워싱턴의 방위산업 전문 법률회사 고문 자리를 받아들인 상태였다.

엘리는 키츠 장관이 무언가 좀 더한 일을 시도하게 되리라 생각했다. 그는 은하 중심에서 일어나는 일에 대해서는 관심이 없었다. 그를 괴롭히는 것은 지구로부터는 아닐지라도 지구를 향해 뚫려 있을 수 있는 터널의 존재가 분명했다. 홋카이도 단지는 곧 해체될 가능성이 컸다. 기술자들은 각자 공장이나 대학으로 돌아갈 것이다. 그들은 어떤 이야기를 하게 될까? 12면체는 과학 도시인 추쿠바에 전시되겠지. 그리고 나서 10년쯤 지나 세계의 관심이 다른 곳으로 쏠려 있을 때 기계 제작 단지에서 돌연 폭발이 일어날 수도 있다. 키츠 장관은 무언가 그럴싸한 설명을 붙이겠지. 그것이 핵폭발이라면 방사능 오염이 지역 전체를 고립시킬 좋은 구실이 될 거야. 최소한 일반 구경꾼들의 출입을 차단할 수 있고 잘만 되면 터널의 연결 노즐을 흔들어버릴지도 모른다. 아니, 일본이란 나라는 워낙 핵폭탄에는 민감하니까 재래 폭탄을 쓸 수도 있어. 홋카이도에서 발생하는 석탄광 사고 중 하나로 위장하는 방법도 있었다. 하지만 엘리는 어떤 식의 폭발이든 간에 그것이 과연 지구와 터널의 연결을 끊을 수 있을지 의문스러웠다.

아니, 어쩌면 키츠 장관은 이런 것을 상상하는 것이 아닌지도 몰랐다. 엘리가 그를 과소 평가하는 것일 수도 있으니까. 그는 기계의 도(道)에서 많은 영향을 받지 않았나. 그에게도 역시 가족과 친구, 사랑하는 누군가가 있을 것이다.

* * *

다음날 백악관에서 대통령은 엘리에게 훈장을 수여했다. 흰 대리석 벽 안쪽의 벽난로에서 장작이 타올랐다. 대통령은 기계 제작 프로젝트에 정치적 물질적 지원을 아끼지 않았고 국가와 세계 앞에 최선의 것을 만들어 보이겠다고 결심했었다. 미국과 세계 각국의 기계 제작 투자는 적절히 이루어진 것으로 평가되었다. 새로운 기술과 산업 분야가 융성했고 그건 일반인들에게 최소한 토머스 에디슨에 버금가는 혜택을 주는 것이었다. 우리는 인류가 외따로 있는 존재가 아니라는 것, 그리고 저 우주 건너의 생명체는 생각했던 것보다 훨씬 앞서 있다는 것을 알게 되었다. 이러한 발견은 우리가 누구인지에 대한 인식을 완전히 바꾸어 주었다고 대통령은 설명했다. 대통령 자신은 이것을 계기로 신에 대한 믿음이 보다 깊어졌으며 이는 대부분의 미국인들에게도 마찬가지일 것이라고도 했다. 신이 여러 세상에 지적인 생명체를 창조했다는 사실은 모든 종교의 화합을 강조하고 있었다. 하지만 기계가 지구와 인류에게 가져다준 가장 커다란 은총은 인류 공동체 안에서 상호 이해가 보다 증진된 데서 찾아야 한다고 대통령은 말했다. 우리는 시공간을 여행하는 동반자들이고 세계는 하나라는 그 기계의 도(道) 말이다.

대통령은 언론 앞에 엘리를 소개하고 12년이라는 긴 세월 동안 신호를 탐색한 정열과 메시지를 수신하고 해독하는 데 보여준 천재성, 그리고 기계에 직접 탑승한 용기를 치하했다. 기계가 어떻게 움직이는지 아무도 모르는 상황에서 애로웨이 박사는 기꺼이 목숨을 걸었던 것이다. 기계를 작동했을 때 결국 아무 일도 일어나지 않았던 것은 전혀 애로웨이 박사의 잘못이 아니었다. 애로웨이 박사는 인간이 할 수 있는 최선을 다했기 때문이다. 따라서 모든 미국인, 아니 모든 지구인은 애로웨이 박사에게 경의를 표해야 했다. 소극적인 성품이었음에도 불구하고 필요한 경우 애로웨이 박사는 기꺼이 나서 메시지와 기계에 대해 설명하는 역할을 떠맡아 왔으며 언론에 대해 무한한 참을성을 발휘했다. 이제 애로웨이 박사에게는 과학적 연구를 계속할 수 있을 만한 진정한 사생활이 보장되어야 했다. 이미 키츠 장관과 과학자문 데어 헤르는 애로웨이 박사와 충분한 논의를 마친 상태였다. 대통령은 더 이상 언론 기자 회견을 원치 않는 애로웨이 박사의 뜻을 존중해 달라고 부탁했다. 하지만 사진 몇 장은 가능했다. 엘리는 대통령이 상황을 얼마나 파악하고 있는지 정확히 알지 못한 채 워싱턴을 떠났다.

* * *

　그들은 다시 엘리를 합동 군 공수사령부의 작고 날씬한 제트기에 태웠다. 가는 길에 양로원에 잠시 들러볼 수 있느냐는 엘리의 부탁은 받아들여졌다. 어머니는 낡은 가운을 입고 있었다. 누군가 어머니 볼에 살짝 화장을 해놓은 상태였다. 엘리는 어머니 옆에 앉아 베개에 얼굴을 대었다. 불완전하기는 하지만 말을 할 수 있게 되었을 뿐 아니라 오른손도 약간 움직일 수 있게 된 어머니는 엘리의 어깨를 가볍게 두드렸다.
　「엄마, 말씀드릴 것이 있어요. 대단한 일이에요. 하지만 너무 놀라시지는 마세요. 흥분하시면 좋지 않으니까요. 엄마…… 저 아빠를 만났어요. 정말로 보았다고요. 아빠가 안부 전하래요」
　「그래……」
　늙은 어머니는 천천히 고개를 끄덕였다.
　「어제도 여기 왔었단다」
　아마 존 스터튼이 어제 요양원에 들렀다는 것은 엘리도 알고 있었다. 오늘 함께 오자는 엘리의 부탁에 그는 일이 많다는 이유를 대며 거절했다. 어쩌면 이런 장면에 끼어들고 싶지 않았기 때문인지도 몰랐다. 그럼에도 불구하고 엘리는 못 참고 덧붙이고 말았다.
　「아니, 그게 아니라, 아빠 이야기를 하고 있는 거예요」
　「아빠한테 말하렴……」
　어머니는 힘겹게 말했다.
　「집으로 오는 길에, 세탁물을 찾아오라고. 가게에서 오는 길에 말야」

어머니의 우주 속에서 아버지는 여전히 가게를 운영하고 있었다. 그건 엘리에게도 마찬가지였다.

* * *

필요도 없는 회오리바람 방어벽이 지평선까지 길게 뻗어나가 황무지의 확장을 막고 있었다. 엘리는 비로소 돌아와 새로운 연구를 수행할 수 있게 되어 몹시 기뻤다.

아르고스 연구소의 임시 소장이 임명된 덕분에 엘리는 행정적인 책임을 벗게 되었다. 이제 직녀성으로부터의 신호를 수신하는 데 망원경 사용 시간을 할당할 필요가 없었으므로 오랫동안 지지부진한 상태였던 전파천문학의 수십 개의 다른 연구 과제들이 놀라운 진척을 보였다. 엘리의 동료들은 키츠 장관이 주장하는 메시지 사기극에 동조하는 기색이 전혀 없었다. 엘리는 키츠 장관과 데어 헤르가 메시지 혹은 기계에 대해 연구소 직원들에게 어떤 말을 했을지 궁금했다.

곧 자리를 비워줘야 하는 국방성 어딘가에서 키츠 장관이 공개적으로 말을 꺼냈을 것으로 생각되지는 않았다. 엘리는 딱 한 번 거기 가본 적이 있었다. 가죽 권총집을 차고 두 손을 등 뒤에 모은 해군 병사가 굳은 자세로 입구를 지키고 있었다. 동심원으로 이어진 복도를 지나던 사람들이 비이성적 충동에 사로잡히게 될 경우를 걱정이라도 하듯이 말이다.

연구원 한 사람이 와이오밍에서부터 선더버드를 운전해 가져왔고 그래서 차는 얌전히 주인을 기다리고 있었다. 엘리는 연구 단지 내에서만 차를 운전할 수 있다는 허락을 받았다. 물론 단지만 해도 기분 전환 드라이브를 하기에는 충분히 넓었다. 하지만 더 이상은 서부 텍사스의 황량한 풍경도, 앞발을 들고 늘어선 토끼들도, 산 위에서 바라보는 남쪽 별도 없었다. 이 유형 생활에서 엘리에게 불만이 있다면 그것뿐이었다. 하긴 줄지어 늘어선 토끼들의 장관이란 어차피 겨울에는 볼 수 없는 것이었다.

처음에는 엄청난 기자 떼가 몰려들어 고함을 치며 엘리에게 질문을 던지거나 사진을 찍으려 했다. 하지만 엘리는 철저히 모습을 감췄고 새로 임명된 홍보 담당 직원들은 기자들을 따돌리는 데 아주 능숙했다. 대통령조차 애로웨이 박사의 사생활 보장을 요청하지 않았나.

다음 몇 주 몇 달이 흐르는 동안 기자들의 수는 대대에서 중대, 이어 소대 수준으로 줄어들다가 결국 가장 끈질긴 사람들만이 남았다. 《월드 홀로그램》을 비롯, 특종을 노리는 주간지 기자들, 천년왕국 신봉 잡지, 《과학과 신》이라는 정체불명의 잡지사 소속 대표 겸 기자 등등이 그들이었다.

언론은 12년 동안의 연구 결과 메시지를 수신 해독하여 결국 기계를 제작하게 된 과정을 상세히 다루었다. 그 프로젝트는 전 세계의 기대가 최고조에 달한 순간 허무한 실패로 끝나고 말았다. 기계는 아무 곳에도 가지 못했다. 에로웨이 박사가 실망한 것은 당연했다. 외부와 연락을 끊을 정도로 상심했다고 했다.

이런 식의 연구 중단을 환영한다는 사설도 많았다. 새로운 발견과 이에 대한 철학적 종교적 재평가가 뒤죽박죽이 된 만큼 조금 시간을 두고 접근해 가야 한다는 논지였다. 아마 지구는 외계 문명과 접촉하기에는 준비가 덜 된 것인지도 몰랐다. 사회학자들과 일부 교육자들은 외계에 지능을 가진 생명체가 존재한다는 사실 자체를 당연한 것으로 받아들이는 데만 해도 몇 세대의 시간이 필요하다고 주장하기도 했다. 그건 인류의 자존감에 커다란 타격을 입히기 때문이라는 설명이었다. 이미 해야 할 일은 넘치도록 많았다. 다음 몇십 년 동안 우리는 기계의 작동 원리를 보다 잘 이해하게 될 것이었다. 그러면 어떤 실수를 저질렀던 것인지도 알게 되고 지난날 얼마나 사소한 실수로 실패하고 말았는지 하는 것을 깨닫고 실소를 금치 못하게 되리라.

일부 종교 평론가들은 기계의 실패는 인간의 오만에 대한 징벌이라고 주장했다. 빌리 조 랭킨 목사 또한 전국 시청자를 대상으로 한 텔레비전 방송에 출연해 메시지는 정말로 직녀성이라고 불리는 지옥에서 온 것이었다고 권위 있게 주장했다. 또 메시지와 기계는 바벨탑이나 다름없다고 말하기도 했다. 인류는 어리석게도, 또한 비극적이게도 신의 권좌에 닿으려 꿈꿨다는 것이다. 수천 년 전에도 신은 바빌론이라고 하는 우상과 교만의 도시를 파괴한 적이 있었다. 우리 시대에도 같은 이름을 가진 그런 도시가 존재했다. 신의 말씀에 순종하는 이들은 신의 목적에 따라 그곳을 파괴했다. 메시지와 기계는 정의와 신에 대한 두려움에 가해진 또다른 사악한 공격이다. 다시 한번 악의 시도는 좌절되는 것이다. 와이오밍에서는 성스러운 사고로 그랬고, 신을 부인하는 소련에서조차 성스러운 은총을 받은 과학자들 덕분에 신의 뜻이 관철되었다.

하지만 이런 분명한 신의 경고에도 불구하고 인류는 세번째로 기계 제작을 시도하고 말았다고 빌리 조 랭킨 목사는 설명했다. 신은 자비로운 마음으로 그런 시도를 지켜보다가는 결국 실패하도록 만들어 악마의 의도가 관철되지 못하게 하고 다시 한번 죄

많은 인류에 대해 애정과 배려를 드러낸 것이다. 바야흐로 우리의 죄를 깨달아야 할 시점이 되었다. 새 천년이 시작되는 2001년 1월 1일이 오기 전에 이 행성과 우리 자신을 신에게 바쳐야 한다.

기계는 모두 파괴되어야 한다. 부품 하나도 남겨두어서는 안 되는 것이다. 마음을 정화하기보다는 기계를 제작하는 것이 더 신의 의지에 따르는 것이라는 거짓된 주장을 너무 늦기 전에 어서 물리쳐야 한다.

자신의 작은 아파트에서 텔레비전을 보던 엘리는 빌리 조 랭킨이 나오자마자 전원을 꺼버리고 프로그램 재설정 작업에 몰두했다.

외부로 허락된 전화는 어머니 양로원으로 거는 것뿐이었다. 또한 양로원 이외에서 걸려오는 전화는 모두 도청되었다. 물론 당연히 정중한 사과의 말이 있긴 했다. 데어 헤르, 발레리언, 대학 친구인 베키 등으로부터 편지가 왔지만 엘리는 개봉도 않은 채 모아 두기만 했다. 파머 조스로부터도 택배 서비스로, 또 인편으로 몇 번 연락이 왔다. 그의 편지는 읽어보고 싶었지만 결국 그냥 쌓아 두었다. 그저 〈친애하는 파머 조스, 아직은 때가 아니에요, 엘리〉라는 메모를 발신 주소 없이 보냈을 뿐이었다. 메모가 제대로 도착했는지는 알 도리가 없었다.

자기 동의도 받지 않은 채 자신에 대한 특별 프로그램이 방송되는 것도 보았다. 엘리 애로웨이 박사는 닐 암스트롱이나 그레타 가르보보다 한층 더한 은둔 생활을 하고 있다고 소개되었다. 엘리는 재미있게, 하지만 평온한 마음으로 그 프로그램을 보았다. 엘리의 정신은 다른 데 쏠려 있었다. 실제로 밤낮 가리지 않고 일하는 중이었다.

외부와의 연락 제한은 순수한 과학적 협력 분야에까지 미치지는 않았다. 그래서 공개 채널 텔레넷을 통해 엘리와 베게이는 장기 연구 프로그램을 짰다. 조사해야 할 대상은 은하계 중심의 궁수자리 A 부근과 거대한 은하 외부 전파 원천인 백조자리 A였다. 아르고스 연구소의 망원경들은 사마르칸트에 설치된 소련 망원경들과 연계되어 긴 배열을 이루었다. 미소 합동 망원경 배열은 지구 절반만한 크기의 전파망원경 역할을 해냈다. 몇 센티미터의 파장으로 작동하면서 그 망원경들은 은하계 중심의 내부 태양계 전파 원천을 탐지해낼 수 있었다.

엘리는 이것만으로는 충분치 않을까봐 걱정이 되었다. 궤도를 도는 블랙홀 두 개는 그보다 훨씬 더 작았기 때문이다. 연속적인 모니터 프로그램이 있다면 확실히 다를 것이었다. 우주선에 실려 태양의 반대편으로 쏘아 올려져 지상과 연계 작동하는 전파망원경이 절실히 필요했다. 그렇게 되면 인류는 정말로 지구만한 크기의 망원경을 가지게 되는 것이다. 정말 그렇게만 된다면 은하계 중심에 위치하는 지구만한 크기의 어떤 천체라도 찾아낼 수 있었다. 아니면 그 중앙역 크기든지. 어쨌든 엘리의 계산으로는 그랬다.

엘리는 대부분의 시간을 기존 크레이 21 프로그램을 재설정하고 기계 작동 경험을 가능한 한 상세하게 기록하면서 보냈다. 타자기와 먹지 덕분에 엘리는 스스로 출판을 하고 있는 것이나 마찬가지였다. 엘리는 원본과 복사본 두 부를 금고 안, 〈미합중국과 헤든 인공지능 사의 합의서〉 옆에 넣었다. 아무도 모르는 세번째 복사본은 49번 망원경 뒷부분에 숨겨 두었다. 먹지는 태워버렸다. 검고 매캐한 연기가 났다. 6주 뒤 엘리는 프로그래밍 재설정 작업을 끝냈다. 머릿속에 파머 조스가 떠올랐을 때 그는 이미 아르고스 연구소 정문에 모습을 드러내고 있었다.

파머 조스는 몇 년 동안이나 알고 지낸 대통령 특별 보좌관의 전화 몇 통으로 간단하게 출입을 허가받았다. 모두들 간편한 차림으로 지내는 이곳에서도 파머 조스는 언제나처럼 흰 와이셔츠에 넥타이를 맨 말끔한 모습이었다. 엘리는 그에게 야자수 이파리를 주었고 목걸이 선물에 대한 감사 인사를 했다. 그러고는 일체의 경험을 비밀에 부치라는 키츠 장관의 지시에도 불구하고 당장 모든 것을 말해 버리고 말았다.

두 사람은 소련 학자들의 습관을 따랐다. 언제든 무언가 정치적으로 문제가 될 만한 것을 말할 때면 산책이 필요한 이유를 생각해내는 습관 말이다. 파머 조스는 종종 발걸음을 멈추고 엘리 쪽으로 몸을 기댔다. 엘리는 그때마다 그의 팔을 잡았고 두 사람은 산책을 계속했다.

파머는 공감한다는 태도로 진지하게 엘리의 이야기를 경청했다. 그 이야기로 말미암아 자신의 신조가 뿌리째 흔들릴 수 있는 사람으로서는 관대하다고까지 말할 수 있는 자세였다. 물론 그 이야기를 조금이라도 신뢰하는 경우여야 그렇게 되겠지만 말이다. 처음 메시지가 수신되었을 때부터 제안했지만 성사되지 않았던 파머 조스의 아르고스 연구소 견학도 비로소 이루어진 셈이었다. 그는 같이 어울리기 즐거운 상대였고 엘리는 진심으로 그와 함께 지내는 시간을 즐겼다. 워싱턴에서 마지막으로 그를 보았을 때 그렇게 정신없는 상태가 아니었다면 좋았을 거라는 생각도 들었다.

49번 망원경 아래 좁은 철 계단을 오르는 두 사람의 모습을 누가 보았다면 분명 산책하는 중에 우연히 그쪽으로 접어들었으리라 여겼을 것이다. 전파망원경 130개가 늘어선 모습은 장관이었다. 엘리는 49번 아래쪽에서 조스의 이름이 쓰인 두터운 봉투를 꺼냈다. 파머 조스는 안주머니에 봉투를 넣었다. 금방 옷이 불룩해졌다.

엘리는 궁수자리 A와 백조자리 A 관찰 프로그램에 대해 설명했다. 그리고 컴퓨터 프로그램에 대해서도.

「크레이 21 프로그램이 있더라도 π를 계산하는 데는 긴 시간이 걸려요. 우리가 찾고자 하는 것이 π 안에 있는지 없는지조차 제대로 모르는 상태지요. 거기에는 없다는 식으로 드는 사람도 있거든요. e를 살펴봐야 하는지도 몰라요. 어쩌면 그들이 베게이에게 말한 초월수 중 하나일지도 모르죠. 또 완전히 다른 수일 수도 있고. 그래서 일반적인 초월수를 영원히 계산해나가는 식으로 단순하고 미련하게 접근한다면 시간 낭비에 불과할 거예요. 하지만 여기 아르고스 연구소에는 신호 안에서 어떤 유형을 찾아내고 무작위로 여겨지지 않는 것들을 제시하는 정교한 해독 알고리듬이 있어요. 그래서 전 프로그램을 다시 설정했지요……」

파머 조스의 표정을 보고 엘리는 다시 설명해야 한다는 것을 알았다. 혼자 생각에 빠져 독백하듯 이야기를 이어가고 있었던 것이다.

「…… 하지만 π와 같은 수에서 자릿수를 계산하고 출력해서 조사하는 건 아니에요. 그러자면 시간이 너무 많이 걸리거든요. 대신 이 프로그램은 π의 자리 수들을 살펴보면서 약간 이상한 방식으로 0과 1이 배열된 경우를 확인하지요. 무슨 말인지 알겠어요? 무작위가 아닌 것을 찾는 거예요. 물론 0이나 1이 우연히 어떤 유형을 보이는 경우도 가능해요. 하지만 평균적으로 보자면 전체 자릿수의 10퍼센트는 0이고 또다른 10퍼센트는 1이죠. 더 많은 자릿수를 살펴볼수록 우연히 얻게 되는 0과 1의 배열은 길어질 거예요. 프로그램은 통계적으로 기대할 수 있는 수준을 알고 있으니까 기대 이상으로 긴 0과 1의 배열에만 관심을 가지게 되요. 또 10진법에만 국한되지도 않고요」

「잘 이해할 수 없군요. 무작위 수를 충분히 살펴보게 되면 원하는 유형을 얻게 되는 것이 아니오?」

「물론이에요. 하지만 그럴 개연성이 얼마나 되는지를 계산할 수 있죠. 아주 초기에 복잡한 메시지를 받았다면 그건 우연일 수가 없어요. 매일 아침 일찍부터 컴퓨터는 이 문제와 씨름하고 있어요. 외부로부터 들어가는 데이터는 없지요. 그리고 아직까지는 안쪽에서 나오는 데이터도 없어요. 그저 계속 π를 계산하며 숫자들을 관찰할 뿐이에요. 무언가 발견하지 못하는 한 계속해서 그 작업에 몰두하죠」

「난 수학자가 아니오. 예를 들어 좀 설명해 줄 수 있어요?」

「좋아요」

엘리는 자기 주머니를 뒤졌지만 종이가 나오지 않았다. 그러자 파머 조스의 안주머니를 뒤져 조금 전에 건네준 봉투를 끄집어내어 그 위에 무언가 쓰기 시작하다가는 곧 위험하다는 것을 깨닫고 다시 집어넣으려고 했다. 그제서야 파머 조스는 무엇이 필요한지 깨닫고 주머니에서 수첩을 꺼냈다.

「고마워요. π는 3.14159126…… 이렇게 시작하죠. 그리고 수들은 무작위로 계속돼요. 처음 네 자리에서 1이 두 번 나왔군요. 하지만 계속 가다 보면 평균치에 가까워지지요. 0, 1, 2, 3, 4, 5, 6, 7, 8, 9라는 각 숫자는 결국 각각 10퍼센트씩 나타나게 돼요. 하지만 4444처럼 같은 수가 반복되는 우연한 경우도 있죠. 하지만 그건 통계적으로 기대할 수 있는 수준 이상은 아니에요. 그런데 갑자기 4라는 숫자가 연속되는 상황이 발생했다고 해봐요. 이를테면 4가 백 번이나 이어지는 거예요. 거기에 무슨 정보가 있는 건 아니지만 우연이라고 보기는 어렵죠. π 수는 무한히 계산할 수 있고 결국 숫자들이 무작위로 나타난다면 연속된 4가 백 개나 발견되지는 않을 거예요.」

「그건 당신이 메시지를 찾으면서 벌였던 작업과 비슷하군요. 이 전파망원경들을 가지고 말이에요.」

「그래요. 두 경우 모두 통계적으로 이해되는 범주를 벗어난 어떤 신호를 발견하려는 시도라고 할 수 있죠」

「하지만 반드시 4가 백 개일 필요는 없지 않소, 그렇지 않아요?」

「그렇죠. 0과 1의 긴 배열을 얻었다고 생각해 보세요. 메시지를 수신할 때 그랬듯이 우리는 그림을 그려낼 수 있어요. 그렇게 되면 의미 있는 무언가가 되는 거지요」

「π 안에 숨겨져 있는 그림을 해독할 수 있단 말이지. 그게 히브리 문자들일 수도 있고 말야?」

「맞아요. 돌에 새겨진 커다란 검은 글자처럼요」

파머 조스는 의문스럽다는 눈빛으로 엘리를 바라보았다.

「용서해요, 하지만 당신, 너무 돌아가는 길을 택한 것 아니오? 불교 승려들의 침묵의 수행이라도 따라하는 거요? 왜 당신 이야기를 공개하지 않는 거지?」

「분명한 증거가 있다면 당장이라도 떠들 거예요. 하지만 증거가 없다면 사람들은 키츠 장관과 마찬가지로 제가 거짓말을 한다고 생각해요. 아니면 환가 증세라고 할지도 모르고. 바로 그래서 당신한테 그 봉투를 드린 거예요. 날짜를 공증받아 금고에 넣어 두세요. 저한테 무슨 일이 생긴다면 당신이 그걸 세상에 공개할 수 있겠죠. 전 그 봉투에 관한 한 모든 권한을 당신한테 일임하겠어요」

「당신한테 아무 일도 일어나지 않는다면?」

「아무 일도 일어나지 않는다면요? 그럼 찾고자 하는 것을 발견하고 난 후 그걸 증거로 이야기를 공개하겠어요. 은하 중심의 이중 블랙홀이나 백조자리 A의 인공 구조라든지 아니면 π 안에 숨겨진 메시지 같은 것이 증거가 되겠죠. 그럼 당당하게 제 이야기를 떠들 거예요. 그동안은 그 봉투를 잃어버리면 안 되요」

「난 아직도 이해가 안 되오」

그가 말했다.

「우리는 모두 우주에 수학적 질서가 존재한다는 것을 알아요. 중력의 법칙이나 뭐 그런 거지. 이건 그것과 뭐가 다르오? π 안에 수들의 질서가 있다고 합시다. 그러면 어떻단 말이오?」

「모르시겠어요? 그건 아주 다른 일이에요. 이건 물리학이나 화학의 정확한 수학 법칙으로 우주가 시작되었다는 데 그치지 않아요. 이건 바로 메시지라고요. 누군가 우주를 창조한 사람이 초월수 안에 메시지를 숨긴 거지요. 150억 년쯤 후에 지능을 가진 생명체가 최종 단계까지 진화했을 때 읽을 수 있도록 말이에요. 우리가 처음 만났을 때 전 당신과 빌리 조 랭킨이 이걸 이해하지 못한다고 비판했지요. 〈만약 신이 자신의 존재를 알리고 싶어했다면 어째서 불명료한 메시지를 보냈겠어요?〉라고 저는 물었어요. 기억하지요?」

「정확히 기억하오. 당신은 신이 수학자라고 생각하는 거지」

「그렇다고 할 수 있어요. 우리가 들은 것이 사실이라면요. 이것이 부질없는 노력이 아니라면요. 메시지가 다른 무수한 초월수가 아닌 π에 숨겨져 있다면요. 조건이 아주 많은 셈이지요?」

「당신은 수학 속에서 계시를 얻으려 해요. 난 더 좋은 방법을 알고 있소」

「파머 조스, 이게 유일한 방법이에요. 회의론자를 설득할 수 있는 유일한 길이고요. 우리가 무언가 발견했다고 상상해 봐요. 뭐 엄청나게 복잡한 것일 필요도 없어요. 그저 많은 수들이 우연히 이어진다고 보기에는 너무도 질서 정연한 어떤 것이면 돼요. 그게 우리가 찾는 전부에요. 그럼 전세계의 수학자들이 똑같은 유형, 메시지 등등을 찾아낼 거예요. 더 이상 파벌은 없게 되는 거죠. 누구든 똑같은 경전을 읽기 시작하고 종교에서 기적은 거짓이라느니 후대의 역사가들이 기록을 조작했다느니 하고 떠드는 사람도 없어질 거예요. 종교가 집단 환각이나 환상, 우리가 성장하도록 보살피는 존재라는 등의 주장도 사라지지요. 모두가 신자가 되는 거예요」

「당신이 무언가 발견하리라는 걸 확신할 수 있소? 여기 숨어서 영원히 계산만 해야 할지도 몰라요. 아니면 밖으로 나가 온 세상에 당신 이야기를 떠들 수도 있지. 조만간 선택을 하게 될 거요」

「그런 선택을 하지 않게 되기를 바라죠. 우선 물리적 증거를 얻어야만 공개적으로 발표할 수 있어요. 그렇지 못하면…… 우리가 얼마나 취약한 상황에 놓여 있는지 정말 모르겠어요? 저 자신뿐 아니라……」

파머 조스는 보일 듯 말 듯 고개를 저었다. 입술 끝에 미소가 스쳐갔다. 그는 두 사람이 처한 역설적인 상황을 깨달은 듯했다.

「왜 제가 나서서 그 이야기를 했으면 하고 그렇게 바라시는 거죠?」
엘리가 물었다. 그는 이것을 그냥 던져진 질문으로 여기는 듯했다. 어쨌든 대답을 듣지 못한 채 엘리가 말을 이었다.
「우리 입장이 아주 이상하게 뒤바뀌었다고 생각지 않으세요? 여기 있는 저는 증명할 수 없는 엄청난 종교적 경험을 했어요. 정말이지 이해할 수 없는 경험이었어요. 그리고 당신은 이전의 저보다도 훨씬 더 성공적으로 완고한 회의론을 펴고 있어요. 가능한 한 저 같은 신자에게 친절하게 대하려고 애쓰면서 말이죠」
「아니, 아니오. 난 회의론자가 아니야. 난 신자요」
「그런가요? 제가 해야 하는 이야기는 정확히 죄와 벌에 관한 이야기는 아니에요. 재림과 환희도 아니고요. 예수에 대한 이야기는 한마디도 없지요. 제 메시지는 우리가 우주 목적의 중심이 아니라는 거예요. 제게 일어난 일은 우리 모두를 아주 자그마한 존재로 만들었어요」
「그건 사실이오. 하지만 동시에 신을 대단히 크게 만들었지」
엘리는 잠시 그를 바라보다가 말을 이었다.
「당신도 알겠지요. 지구는 태양의 주위를 돌아요. 하지만 한때는 세계의 권력자들, 종교적이거나 세속적인 권력자들이 지구는 전혀 움직이지 않는다고 주장했죠. 권력을 누리는 일에만 몰두해 있었으니까요. 아니 최소한 권력을 가진 척하고 싶어했지요. 하지만 진실은 그들을 초라하게 만들었어요. 진리는 공포스러운 것이었죠. 그래서 진리를 압박하는 편을 택한 겁니다. 진리란 위험했거든요. 제 말을 믿는 것이 어떤 결과를 가져올지 알고 계시나요?」
「그 생각을 해오던 중이었소. 최근 몇 년 동안 나는 진리를 추구하는 신앙이라면, 또 신을 알고자 하는 신앙이라면 우주와 조화를 이룰 용기를 가져야 한다는 생각을 해왔소. 실제 우주 말이오. 광년으로 표현되는 공간, 모든 세계 말이야. 당신이 말하는 우주의 규모라든지 그것이 창조주와 공존할 수 있는 가능성 같은 것은 생각만 해도 숨이 탁 막힐 지경이오. 그건 주님을 작은 세계 하나에 국한시키는 것보다 훨씬 더 좋은 일이야. 난 지구를 신의 초록 발판으로 보는 생각을 좋아한 적이 없어요. 그건 너무 동화 같거든. 아이들이 물고 노는 고무 젖꼭지 같단 말이오. 하지만 당신의 우주는 내가 믿는 신에게 충분한 공간과 시간을 제공하는 거요.

난 당신한테 증거가 필요 없다고 말하려는 거요. 이미 증거는 넘칠 정도로 많아요. 백조자리 A니 온갖 과학적 개념들 같은 것 말이오. 보통 사람들에게 이것이 진실이라고 설득하는 것이 어렵다고 생각하는 모양인데 난 그걸 아주 쉬운 문제로 생각하오. 당신은 당신 이야기가 너무 낯설고 특이하다고 여기겠지. 하지만 전에도 난 그런 이야기를 들었소. 그래서 잘 알고 있다오. 당신도 들었으리라 생각하는데」

파머 조스는 눈을 감고 읊조리기 시작했다.

    그는 꿈을 꾸었네. 지구에서 올라가는 사다리를 붙잡고 있었지. 사다리의 끝은 천국에 닿아 있었지. 신의 천사들이 사다리를 따라 내려가고 올라가고 있었어…… 분명 신은 여기 계셨네. 나는 몰랐지만…… 이것은 다름 아닌 신의 집이고 천국의 문이네.

그는 대성당에서 수많은 신자들을 앞에 놓고 설교라도 하듯이 도취되어 있었다. 눈을 떴을 때 그의 얼굴에는 약간 쑥스럽다는 듯한 미소가 흘렀다. 두 사람은 좌우로 거대한 전파망원경이 늘어선 넓은 길로 내려왔다. 곧 파머 조스는 평상시 목소리로 돌아왔다.

「당신 이야기는 이미 알려져 있는 셈이에요. 전에도 일어났던 일이죠. 당신도 마음속으로는 내 생각과 같을 거요. 이처럼 상세한 이야기는 창세기에도 나와 있지 않아요. 당연한 일이지. 창세기는 야곱 시대에나 어울리는 거요. 당신이 겪은 것은 이 시대를 위한 것이고.

사람들은 물론 당신 말을 믿을 거요. 전세계 수백만 명이 말이오. 난 확신하오⋯⋯」

엘리는 고개를 저었다. 두 사람은 다시 파머 조스가 입을 열 때까지 말없이 몇 분인가 걸었다.

「좋아요, 당신 마음을 이해하겠소. 필요한 만큼 시간 여유를 가지도록 해요. 하지만 좀 빨리 할 수 있는 방법이 있거든 그렇게 해 줘요. 새 천년까지는 채 1년도 남지 않았소」

「저도 알고 있어요. 몇 달만 더 참아 줘요. 그때까지 π에서 아무것도 발견할 수 없다면 대중 앞에서 나서 제 경험을 이야기하는 방안도 고려할께요. 1월 1일 이전에 말이에요. 아마 에다나 다른 탑승자들도 그걸 바랄 거예요. 그럼 됐죠?」

두 사람은 연구소 본관 쪽으로 되돌아 걸어갔다. 잔디밭 위로 스프링클러가 돌아갔다. 그들은 바짝 마른 대지와 대조되어 더욱 두드러지는 촉촉한 잔디밭을 돌아 걸었다.

「결혼한 적이 있소?」

파머 조스가 물었다.

「아니오. 너무 바빴기 때문인가 봐요」

「사랑해 본 적은 있나요?」

단도직입적인 질문이었다.

「반쪽 사랑으로 대여섯번쯤. 하지만……」

엘리는 가장 가까운 망원경에 눈길을 돌렸다.

「거기에도 잡음이 너무 많더군요. 신호를 찾기가 힘들었어요. 당신은 어땠나요?」

「한번도 없소」

그는 아무렇지도 않게 대답했다. 잠시 머뭇거리다가 희미한 미소를 지으며 덧붙였다.

「하지만 난 신앙을 가지고 있소」

애매모호한 대답이었지만 엘리는 더 이상 추궁하지 않기로 했다. 그들은 아르고스 주 컴퓨터를 살펴보기 위해 계단을 올랐다.

24장
예술가의 서명

내가 이제 심오한 진리 하나를 말씀드리겠습니다.
우리는 죽지 않고 모두 변화할 것입니다.
——「고린도전서」 15:51

우주는 수에 의해 결정되고 질서가 잡혀 있는 것으로 보인다.
그것은 만물의 창조주가 내다본 것이 틀림없다.
왜냐하면 유형들은 미리 정해진 것처럼 고정되어 있기 때문이다.
세상을 창조한 신의 마음속에서 수들은 이미 존재하고 있었던 것이다.
——니코마코스의『산술입문』(100년경) I, 6

엘리는 양로원 계단을 뛰어올라갔다. 새로 칠해진 초록색 발코니 위에 일정한 간격으로 텅 빈 흔들의자들이 놓여 있었다. 그 뒤로 고개를 숙이고 두 팔도 무겁게 내려뜨린 존 스터튼이 보였다. 오른손에는 샤워용 투명 비닐 모자, 꽃무늬 화장 주머니, 분홍 방울이 달린 침실 슬리퍼 같은 것이 내다보이는 종이 가방이 들려 있었다.

「네 엄마가 떠났다」

비로소 엘리를 알아본 듯 그가 말했다.

「들어가지 마라」

애원하는 말투였다.

「엄마 얼굴을 보지 마. 그런 모습을 네가 본다면 퍽 싫어할 거다. 외모에 얼마나 신경을 쓰는 사람이었는지 너도 알지 않니. 어쨌든 그 몸 안에는 더 이상 네 엄마가 없는 거야」

오랜 습관과 아직도 풀리지 않은 분노 때문에 거의 반사적으로 엘리는 몸을 돌려 안으로 들어가려고 했다. 지금도 자신은 그에게 반항하려는 것일까? 도대체 무엇 때문에? 슬픈 표정으로 보아 존 스터튼의 상심이 거짓으로 여겨지지는 않았다. 그는 어머니를 사랑했던 것이다. 어쩌면 나보다 그가 더 어머니를 사랑했을지도 몰라, 엘리는 생각했다. 자책감이 걷잡을 수 없이 밀려왔다. 어머니는 너무도 오랫동안 그렇게도 나약한 모습이었다. 존 스터튼이 보내준 사진 속에서 어머니가 얼마나 아름다웠는지 불현듯 떠올랐다. 이 순간에 꿋꿋함을 잃지 않기 위해 마음의 준비를 단단히 해 두었음에도 불구하고 엘리는 흐느껴 울고 말았다.

엘리의 격한 반응에 놀란 듯 존 스터튼이 달래러 다가왔다. 하지만 엘리는 곧 두 손을 모아 쥐고 감정을 가라앉혔다. 이런 순간에조차 엘리는 존 스터튼의 품에 안길 수 없었다. 두 사람은 이제 주검이 되어버린 사람에 의해 간신히 연결된 남남이었던 것이다. 하지만 엘리는 그동안 아버지의 죽음을 존 스터튼의 탓으로 여겨 비난했던 것이 잘못이었음을 마음속 깊이 깨달았다.

「너한테 줄 것이 있다」

존 스터튼은 손에 들고 있던 봉투를 뒤적였다. 봉투 안의 물건들을 헤치는 그의 손길을 따라 인조 가죽 지갑과 틀니가 보였다. 엘리는 다른 곳으로 시선을 돌렸다. 마침내 모서리가 온통 너덜너덜한 낡은 봉투를 발견한 그가 허리를 폈다.

봉투 위에 쓰인 「엘리에게」라는 글은 어머니 필체가 틀림없었다. 엘리는 저도 모르게 그쪽으로 한 걸음 다가갔고 존 스터튼은 반사적으로 뒤로 물러서면서 봉투를 얼굴 높이까지 들어올렸다. 마치 얻어맞지 않으려고 방어라도 하듯이 말이다.

「잠깐만」

그가 말했다.

「잠깐만 기다려. 우린 그동안 사이좋게 지내온 편은 아니었지. 하지만 이 부탁만은 들어다오. 오늘밤까지는 이 편지를 읽지 마라. 그렇게 해줄 수 있지?」

슬픔에 잠긴 그의 얼굴은 십년은 더 늙어 보였다.

「왜요?」

엘리가 물었다.

「또 이유를 묻는구나. 이번만은 그냥 내 뜻대로 해다오. 그렇게 어려운 일도 아니지 않니?」

「좋아요」

엘리가 말했다.

「말씀하신 대로 그렇게 어려운 일도 아닌데…… 죄송해요」

존 스터튼은 엘리를 응시했다.

「기계 안에서 무슨 일이 일어났는지는 모르겠지만」

그가 말했다.

「넌 좀 변한 것 같다」

「저도 그랬기를 바래요」

* * *

엘리는 파머 조스에게 전화를 걸어 장례식을 주관해줄 수 있겠느냐고 부탁했다.

「전 종교적인 사람이 아니에요. 하지만 어머니는 한때 열심인 신자였죠. 제가 도움을 청하고 싶은 사람은 당신뿐이에요. 계부도 동의하실 거구요」

파머 조스는 다음 비행기로 오셨다고 약속했다.

호텔 방에서 이른 저녁을 먹은 뒤 엘리는 봉투를 만지작거렸다. 낡은 봉투였다. 아마 어머니는 오래전에 편지를 써서 지갑 속에 넣고 다니면서 엘리에게 주어야 할지 아니면 말아야 할지 고민한 모양이었다. 새로 봉해진 봉투로는 보이지 않았고 그래서 엘리는 존 스터튼이 그 편지를 읽었을지 궁금했다. 마음 한구석으로는 어서 열어보고 싶어 안달이 났지만 다른 한편 왠지 망설여졌다. 엘리는 안락의자에 앉아 무릎에 뺨을 괸 자세로 오랫동안 생각에 잠겼다.

삑 소리가 나면서 팩스가 움직이기 시작했다. 아르고스 연구소 컴퓨터에 연결된 팩스였다. 급할 것은 없었다. 컴퓨터가 찾아낸 것이 무엇이든 예전 직녀성의 신호처럼 금방 사라져 버릴까봐 걱정할 필요가 없었으니까. π 계산은 지구가 자전하면서 불가능해지는 것도 아니었다. 그 안에 무슨 메시지가 숨어 있다면 세상 끝날까지도 엘리를 기다려줄 것이었다.

엘리는 다시 봉투를 살펴보았지만 다시 한번 벨소리가 울려 생각을 방해했다. 초월수 안에 어떤 내용이 담겨 있다면 그것은 태초에 우주가 만들어졌을 때부터 존재했을 수밖에 없었다. 엘리의 새로운 프로젝트는 실험종교학이라 부를 만했다. 〈하지만 결국은 모든 과학이 마찬가지이지 않을까〉 엘리는 생각했다.

팩스의 액정 화면에는 〈대기중〉이라는 문자가 찍혀 있었다.

엘리는 아버지 생각을 했다. 아니 아버지의 모습을 하고 나타난 외계인에 대해, 은하계의 모든 터널을 관리하는 존재에 대해 생각했다. 그들은 수백만 개에 달하는 세상에서 생명체가 탄생하고 진화하는 과정을 지켜보고 때로는 영향을 미치기도 할 것이다. 은하를 만들고 우주의 부분들을 끝내기도 했을 것이다. 그리고 최소한의 수준으로는 시간 여행도 관장하겠지. 그들은 서방 종교들이 상상하는 신이었다. 하지만 그들조차도 한계를 가지고 있었다. 그들은 터널을 건설하지 않았고 그렇게 할 능력도 없다고 했다. 또 초월수에 메시지를 담지 못할 뿐더러 그 메시지를 읽지도 못한다고 했다. 터널을 건설하고 π에 메시지를 담은 사람들은 다른 이들이었다. 그들은 더 이상 여기 살지 않는다. 연락처도 남기지 않고 떠나버린 것이다. 터널 건설자들이 떠나고 난 후 엘리가 만난 존재들은 버려진 아이들이 된 셈이었다. 자기처럼, 바로 자기처럼 말이다.

엘리는 터널이 웜홀이며 여러 은하의 무수한 별들 주위로 적절한 간격을 두고 형성되어 있을 것이라는 에다의 가정에 대해 생각했다. 웜홀은 모양은 블랙홀과 비슷했지만 특성이나 기원은 달랐다. 웜홀은 질량이 없는 것이 아니었다. 엘리는 웜홀이 직녀성 궤도를 돌고 있는 입자에 중력의 흔적을 남기는 것을 보았던 것이다. 그리고 웜홀을 통해 다양한 생명체와 우주선들이 은하계를 가로지르거나 아래위로 움직이고 있었다.

웜홀이라. 이론물리학의 용어로 말하자면 우주는 사과였다. 그리고 누군가 사과 안에 터널을 뚫어 그 통로들이 중심에서 통하도록 해 놓은 셈이었다. 표면에 사는 세균이 볼 때 그것은 기적이었다. 하지만 사과 바깥쪽에서 사는 존재에게 그건 전혀 중요하지 않은 일이었다. 그 존재의 관점에서 보자면 터널 건설자들은 그저 성가신 존재에 불과하겠지. 만약 터널 건설자들이 사과에 구멍을 뚫는 벌레라면, 그렇다면 우리는 과연 무엇일까?

아르고스 컴퓨터는 지구 역사상 어느 인간이나 컴퓨터보다도 더 깊이 π 안으로 들어갔다. 우주의 터널 관리자들의 탐색에는 미치지 못할지도 모르지만. 해변에서 죽은 아버지가 이야기해준 그 수수께끼의 메시지까지 가려면 아직도 멀었어, 엘리는 생각했다. 이건 그저 사전 준비 운동 혹은 앞으로의 탐색을 위한 가벼운 동기부여 수준에 불과한 거겠지. 인간이 의지를 잃지 않도록 하기 위한 유인책 말이야. 그것이 무엇이든 간에 외계인들이 씨름하던 그 문제는 아닐 것 같았다. 어쩌면 다양한 초월수 안에는 쉬운 메시지와 어려운 메시지가 있을지도 몰라. 아르고스 컴퓨터는 지금 제일 쉬운 것을 발견했을지도 몰라.

은하계 중앙역에서 엘리는 겸허함을 배웠다. 지구의 생명체가 아는 것이 얼마나 적은지를 깨달았던 것이다. 인간과 개미 사이의 생명체를 여러 지적 단계로 나눌 수 있듯이 그 진보한 존재들과 인간 사이에도 여러 단계가 있겠지. 아니 인간과 바이러스 사이의 단계로 비교하는 편이 더 좋을지도 몰라. 하지만 그런 생각에 좌절할 필요는 없었다. 오히려 엘리는 경이감에 가득 찼다. 알아내야 하는 것이 너무도 많았다.

그건 마치 고등학교에서 대학교로 넘어가는 단계와도 같았다. 모든 것이 별 노력 없이 얻어지는 단계에서 지속적인 훈련과 노력이 필요한 단계로 옮아가는 것이다. 고등학교 시절 엘리는 다른 누구보다도 빨리 교과 내용을 이해했다. 대학에 가보니 엘리보다도 이해가 빠른 사람들이 많았다. 대학원에 가고 천문학자의 길을 걷게 되면서도 계속 그런 어려움과 도전을 느꼈다. 매 단계마다 엘리는 자기보다 앞선 과학자들을 보았고 새로운 단계는 늘 이전 것보다 흥미로웠다. 엘리는 팩스가 무슨 내용을 전해 왔는지 볼 마음의 준비가 된 셈이었다.

〈전송 문제 발생. 대기 바람〉

엘리는 데프콤 알파라는 통신위성을 통해 아르고스 컴퓨터와 연결되어 있었다. 고도 통제나 프로그램에 문제가 있는 모양이었다. 엘리는 우선 편지를 읽어보기로 했다.

편지지는 예전에 아버지가 가게에서 사용하던 것으로 상호가 찍혀 있었다. 오른쪽 위에는 1964년 6월 13일이라는 날짜가 있었다. 그때 엘리는 열다섯 살이었다. 아버지가 편지를 썼을 리는 없었다. 그보다도 몇 년 전에 돌아가셨으니까. 낯익은 어머니의 필체로 편지가 시작되었다.

사랑하는 엘리에게

이제 나는 죽음을 맞아 진심으로 너에게 용서를 빈다. 내가 죄를 지었다는 것을 잘 알고 있다. 너한테만 죄를 지은 것도 아니지. 사실을 알게 되면 네가 얼마나 나를 미워할까 생각하니 견딜 수가 없었다. 그래서 살아 있는 동안은 네게 말할 엄두를 내지 못했단다. 네가 얼마나 죽은 아버지를 사랑했는지 안다. 나 역시 그랬다는 걸 알아주었으면 좋겠구나. 아니, 지금도 네 아버지를 사랑하고 있어. 하지만 그는 네 친아버지가 아니란다. 네 친아버지는 존 스터튼이야. 난 커다란 잘못을 저질렀단다. 난 나약했고 해서는 안 될 일을 했다. 하지만 내가 그렇게 하지 않았다면 넌 세상에 없었을 거야. 그 생각을 해서 어머니를 조금이라도 이해해 주었으면 좋겠다. 죽은 네 아버지는 나를 용서했고 우리는 너에게는 아무 말도 하지 않기로 했지.

지금 창밖으로 네 모습이 보인다. 언제나처럼 다리를 끌어당겨 무릎에 뺨을 괸 채 뒷마당에 앉아 생각에 잠겨 있구나. 나는 알지도 못하는 별이나 뭐 그런 것을 생각하는 것이겠지. 난 정말 네가 자랑스럽다. 넌 진리를 아주 중요하게 생각하는 사람이야. 그래서 너 자신에 대한 진실도 알아야 한다는 생각이 든다. 네 출생의 진실 말이야.

　존 스터튼이 아직 살아 있다면 그가 이 편지를 네게 줄 거야. 그렇게 해줄 사람이다. 엘리, 네가 생각하는 것보다 존은 훨씬 좋은 사람이야. 난 다행히도 그를 다시 만날 수 있었다. 네가 그렇게도 계부를 미워했던 건 네 안의 무엇인가가 진실을 알았기 때문이 아닐까. 아니, 넌 그가 디어도어 애로웨이가 아니기 때문에 미워하는 거야. 난 그걸 안다.

　넌 아직도 그 자리에 앉아 있구나. 이 편지를 쓰기 시작했을 때부터 움직이지 않고 그저 생각에만 빠져 있어. 난 네가 추구하는 것을 모두 찾게 되기를 기도한다. 나를 용서해라. 난 그저 나약한 인간일 뿐이었단다.

사랑하는 엄마가

　엘리는 단숨에 편지를 읽어 내린 후 다시 한번 읽었다. 숨을 쉴 수가 없었다. 식은땀이 흘렀다. 사기꾼으로 비난하던 사람이 아버지라니! 일생 동안 엘리는 친아버지를 부인하면서 자신이 무슨 짓을 하고 있는지 전혀 눈치 채지 못했다. 사춘기 시절 당신은 내 아버지가 아니고 따라서 내가 무엇을 하든 말할 권리가 없다고 대들 때마다 그는 얼마나 잘 참아냈던 것일까.

　팩스가 다시 울렸다. 수신 단추를 누르라는 신호가 떴다. 하지만 엘리는 그럴 생각이 나지 않았다. 기계는 기다려줄 수 있었다. 엘리는 디어도어 애로웨이에 대해, 존 스터튼에 대해, 그리고 어머니에 대해 생각했다. 모두들 자신을 위해 많은 것을 희생했다. 하지만 자기 생각에만 빠져 있던 자신은 전혀 눈치 채지 못했던 것이다. 엘리는 파머 조스가 곁에 있었으면 하고 바랐다.

팩스가 다시 한번 울렸다. 엘리는 조금이라도 흥미로운 결과가 나오면 바로 팩스로 연결되도록 컴퓨터를 프로그램해 놓았다. 하지만 지금 엘리는 자기 삶의 뒤엉킨 실타래를 풀고 해석하기에 바빴다. 어머니는 커다란 침실 계단에 놓인 책상에서 편지를 썼으리라. 문장을 생각하면서 창밖을 내다보았겠지. 그러면서 어머니의 눈길은 원망에 가득 차 있는 반항적인 소녀, 열다섯 살의 엘리 위에 머물렀던 것이다.

어머니는 또다른 선물을 주었다. 이 편지로 인해 엘리는 과거로 거슬러 올라가 자기 자신과 대면한 것이다. 그때 이후 배운 것이 아주 많았다. 앞으로 배울 것도 너무 많았다.

팩스가 놓인 탁자 위로 거울이 걸려 있었다. 그 안에서 엘리는 늙지도 젊지도 않은, 어머니도 딸도 아닌 여인의 얼굴을 보았다. 당시 엘리에게 진실을 알려주지 않은 것은 옳은 판단이었다. 그때라면 그 신호를 해독하기는커녕 수신하기에도 벅찼을 테니까. 엘리는 멀리 떨어진 낯선 존재들과 접촉을 시도하면서 긴 세월을 보냈지만 실제 삶 속에서는 아무와도 접촉하지 않다시피 했다. 다른 사람들의 창조 신화를 밝히는 데는 열심이었지만 자신의 탄생을 둘러싼 거짓은 알아차리지 못했다. 평생 우주를 연구했지만 그 안의 가장 분명한 메시지는 놓쳐버린 셈이었다. 우리와 같은 자그마한 생명체는 오로지 사랑을 통해서만 광대함을 받아들일 수 있다는 점 말이다.

* * *

아르고스 컴퓨터는 엘리 애로웨이와 접촉하기 위해 엄청난 참을성을 발휘했다. 발견해낸 것을 어서 알리기 위해 애쓰는 사람처럼.

변칙적인 부분은 베이스 11에서 나타났다. 완전히 0과 1로만 쓰여진 부분이었다. 직녀성에서 수신되었던 것과 비교해 볼 때 이것은 퍽이나 간단한 메시지였지만 그 통계적 특이성은 두드러졌다. 컴퓨터 프로그램은 숫자들을 가로 세로 칸 수가 똑같은 사각형 안에 배열했다. 첫번째 줄은 전체가 다 0이었다. 두번째 줄은 한가운데 1이 하나 나오고 양쪽으로는 모두 0이었다. 몇 줄이 더 이어지면서 0들을 배경으로 하여 1로 표시되는 원이 분명하게 드러났다. 이 간단한 기하학적 도형은 많은 것을 의미했다. 마지막 줄에는 한가운데 1이 하나 있었다. 분명 다음 줄은 0으로만 이루어져 있을 것이었다.

숫자들이 서로 바뀌는 유형 속, 초월수 그 깊숙한 곳에는 완전한 원이 있었다. 0들 속에 1로 표시되는 형태의 원이었다.

우주는 의도적으로 만들어졌다고 그 원은 말하고 있었다. 어떤 은하에 살고 있든 원의 둘레를 지름으로 나누어 충분히 계산하고 나면 소수점 몇 킬로미터 아래쪽에서 또다른 원을 발견하는 기적을 만나는 것이다. 더 계속하면 더 풍부한 메시지가 있을 수도 있었다. 그걸 발견하는 생명체의 외모나 특성, 출신지 따위는 중요하지 않았다. 이 우주에 살아있는 한, 그리고 수학에 평균적인 재능만 가지고 있는 한 조만간 발견할 수 있는 것이다. 그건 이미 여기 있었다. 모든 것 안에 존재하고 있었다. 그걸 발견하기 위해 자기가 사는 행성을 떠날 필요는 없다. 이 우주의 구조 속에, 물질의 본성 속에 마치 위대한 예술 작품이 그렇듯이 조그마하게 예술가의 서명이 담겨 있는 것이다. 인류와 신, 악마, 터널을 관리하는 존재와 건설한 사람들을 넘어 우주를 앞서는 지식이 존재하는 것이다.

원이 완성되었다. 엘리는 자신이 찾던 것을 발견하였다.

옮긴이 이상원

서울 대학교 대학원 소비자 아동학과와 한국 외국어 대학교 통·번역 대학원 한노과를 졸업하였다. 통역과 번역 일을 하고 있다. 번역서로는 『야생의 아프리카』, 『개에 대하여』, 『고양이에 대하여』, 『시간을 정복한 남자 류비셰프』, 『별난 고양이 보르가르의 엉뚱한 수학 교실 1~4』 등이 있다.

콘택트
2

1판 1쇄 펴냄 2001년 12월 10일
1판 15쇄 펴냄 2024년 11월 15일

지은이·칼 세이건
옮긴이·이상원
펴낸이·박상준
펴낸곳 (주)사이언스북스

출판등록 1997. 3. 24. 제16-1444호
(06027) 서울특별시 강남구 도산대로1길 62
대표전화 515-2000 / 팩시밀리 515-2007
편집부 517-4263 / 팩시밀리 514-2329
www.sciencebooks.co.kr

한국어판 ⓒ (주)사이언스북스, 2001. Printed in Seoul, Korea.
ISBN 978-89-8371-092-5 03840
ISBN 978-89-8371-093-2 (전2권)